文
景

Horizon

社 科 新 知　文 艺 新 潮

社 科 新 知　文 艺 新 潮

THE SILENT TRAVELLER IN PARIS

By Chiang Yee

巴黎画记

[美] 蒋 彝 著
王 艳 译

上海人民出版社

周六共和国广场上络绎不绝的人群

塞纳河岸的二手书商

夜色中的伯顿街

先贤祠广场上突如其来的雨

蒙马特的爱与虔诚

迷雾中的肖蒙小丘峭壁

宁静的弗斯滕伯格广场上的各种活动

皑皑白雪中的卢森堡公园

从卢浮宫博物馆鸟瞰香榭丽舍大道

亚历山大三世桥上的夕阳

从新桥上看见的美丽白云

从埃菲尔铁塔前走过的驴

文森森林动物园里的猴山

香榭丽舍公园之春

枫丹白露宫的鲤鱼

凡尔赛一个小村庄前的水池

致　范怀克 & 格拉迪斯 · 布鲁克斯

亦致　艾伦 & 玛乔丽 · 怀特

序言

威廉·海赫爵士

蒋彝先生之著作，其非凡魅力主要在于，他能从不寻常的角度看为人所熟知的事物。其作品往往始于平铺直叙，语言平淡朴实，然而，写到最后却峰回路转，引人入胜，日常的事物或插曲往往能带来一首高雅的中国四行诗。而且，从他的书中，我们不仅能从不同的视角看事物，也能看到不同的事物。在为人熟悉的风景中，以往醒目的特征被隐匿在陌生的薄雾中，而历来不被人觉察的景致则呈现出非凡的重要性。

巴黎，诚然是此类文章偏爱的绝佳话题，也能展示有代表性的经典及欧洲风情，在她背后是如同北京一样多姿多彩的深厚底蕴。我初见蒋彝先生时，有些担忧他是否能透过巴黎高雅而流光溢彩的表面挖掘出她深刻的内涵。然而，他的书表明，他的“哑”如同巴黎的恶名一样，是具有欺骗性的，我无须担忧。在他的书中，平淡而熟悉的事物大放异彩。年轻人穿得像黑猩猩，新桥附近的一扇大门变成了一个瓷花瓶，飘落的白雪为巴黎圣母院的塔披上一层薄薄的面纱。这一切无疑是真实的巴黎，当然，书中也不乏神秘的异国风情。读完这本魅力非凡、不同寻常的书后，自认为对巴黎了如指掌的人们也会惊讶于自己认识的不足，即使法国首都最著名的地标，也似乎不再是曾经眼中的那般模样，他们还会发现，巴黎给他们的快乐不仅没有减少，反而更多了。

第一章　三顾巴黎

早在 1933 年，我就立意踏出国门，见识国外的风土人情，决定当年五月去英国。于上海临行前，恰逢一位堂兄的儿子将前往巴黎攻读法律，托我护送。我们搭乘的是“勒布伦号”法国邮轮，二人都完全不懂法语，英语也只会寥寥数词而已。我们在上海江湾上船，由此开始了一段漫长而又艰辛的旅程。由于语言不通，在船上的三十三天，我们只能彼此交谈。从小呼吸着亚洲内陆的空气，海风让我们颇有新鲜感，令人心旷神怡。印度洋上，各种鱼儿不时跃出海面，目不暇接，见之每每令我们开怀不已。人生翻开了新的一页，没有什么能够减退我们对未来的热情期待。终于，在一个浓雾霭霭的清晨，我们抵达马赛，随即又如同七零八碎的货物一般，被塞上前往巴黎的火车。我们于黄昏时分到站，一位朋友前来接应，将我们安顿在一家小旅馆。他给我捎来一封另一位朋友发来的电报，催促我尽快穿过英吉利海峡去伦敦见他。眼见年轻人一切已安排妥当，且我料想，若先在伦敦安顿下来，再来游历巴黎，自当更酣畅淋漓，于是我决定次日一大早便去伦敦。

我对巴黎耳闻已久，在中文译著中更是获悉良多。短暂停留一晚，又匆匆离开，总觉得辜负了巴黎的天下盛名。我站在过海渡轮的露天甲板上，回想起昨夜对巴黎的惊鸿一瞥，不禁诗兴大发：

繁华真许冠欧西，
雾阁云房到眼迷。
三万里来成一宿，
临风我自负巴黎。

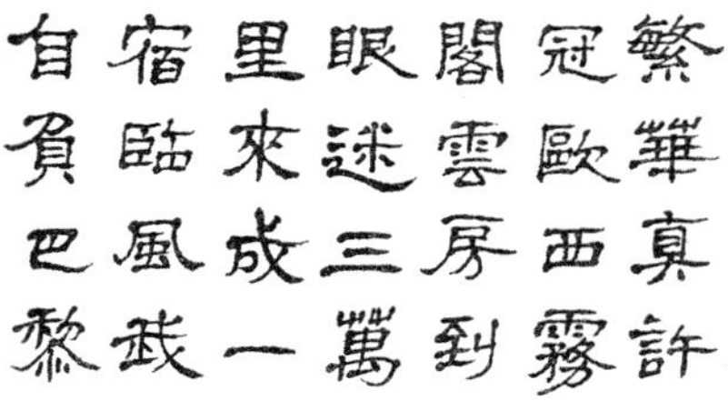

1935 年 7 月，我二顾巴黎，亦是受人所托。我的堂兄早就再三请我去看看他儿子的作为——这个年轻人在法国吃喝不愁，却一直未获学籍。我建议他转而求学伦敦，却遭到断然拒绝。这次受命到访巴黎，行程一周，但大部分时间都用于苦口婆心地规劝这位亲戚。我察觉他在巴黎一事无成，尽是混迹于损友，于是劝诫他，接下来数月若不能专心正业，他父亲极有可能召他回国。果然，他最终于 1936 年春返回中国，标榜自己是“留洋学者”。但这虚名丝毫不能助他谋取一官半职。

此行短短一周，难有闲暇，不过无巧不成书，7 月 14 日法国国庆活动时我正在巴黎，有幸欣赏到巴士底广场上的街头舞蹈表演。我还得幸流连于香榭丽舍大街，漫步在码头遍布的塞纳河畔。某夜，从香榭丽舍大街散步归来，怡然自得之余，我赋得拙诗一首：

笑语随风逐我怀，
明灯如昼广长街。
而今初识巴黎面，
漫说石榴裙下埋。

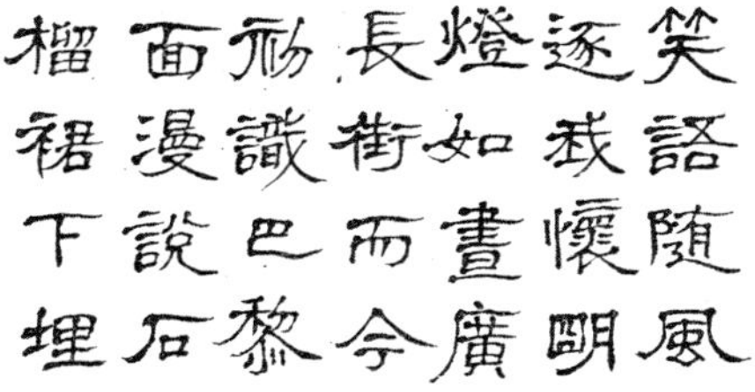

诗中的“广长街”是我对香榭丽舍大街的称呼。最后一句诗文也许需要做一番注解。石榴裙是以石榴花图案作为装饰的半身裙，或说是以深红色丝绸裁制的半身裙，裙身宛如娇羞欲落的石榴花。数百年前，石榴裙曾为中国女子所追捧，亦深得男性青睐。故而，“拜倒在石榴裙下”成为汉语中一个富有诗意、人尽皆知的譬喻。一位著名文学家曾有诗云：

牡丹花下死，
做鬼也风流！

牡丹花象征着富贵、美丽的女子，我则以石榴裙代之。

1939年8月中旬，我赴日内瓦参加普拉多博物馆（Prado Exhibition）展览，计划返英前去巴黎逗留数日。不幸的是，战争将起的传言甚嚣尘上，一时人心惶惶，游客纷纷自日内瓦逃离回乡。参加过两次展览后，我经不住劝告，火速返回了伦敦。巴黎啊，这次甚至没有给我留下过一夜的机会！

“二战”一结束，我便去纽约住了六个月，随后又被伦敦的朋友唤回，他希望我接受一份办公室的工作，是为某驻巴黎的国际性组织服务。想我离开中国就是因为厌倦了冗杂的办公室工作，来了欧洲，又重拾旧业是不是有点儿没出息。终于，经过促膝长谈，朋友对我的想法表示理解。这事于我唯一的遗憾便是与巴黎失之交臂！但柳暗花明，1947 年 5 月，联合国教科文组织在巴黎举办为期两周的艺术与文学大会，我应邀前往。白天，几乎整日开会；到了晚上——也许是我责任心太过于强烈——又忙于讨论、交流，丝毫没有闲暇，抽不出丁点儿时间亲近巴黎！而且，我一直随大家转悠，甚少单独行动。到巴加泰勒公园（Chateaude Bagatelle）观赏玫瑰，在布洛涅森林（Bois de Boulogne）的瀑布边小酌咖啡，踏访巴黎城外的一些去处，无不有人驱车随行。所谓的“哑行者”，所能享受的“哑行”时光，只是片刻的河畔漫步。彼时，信手拈来小诗一首：

此行不为寻春至，
却值春深物象奇。
我自赛茵河畔立，
依稀重认旧巴黎。

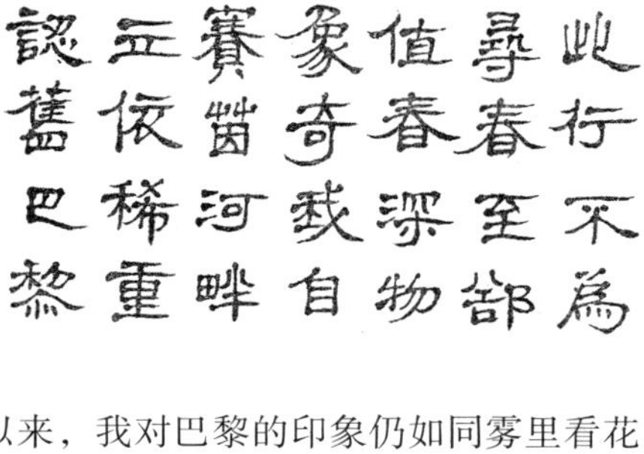

许久以来，我对巴黎的印象仍如同雾里看花。三番五次欲安排行程去看她，但终因杂事纷扰，未能如愿。生活，总有如此多纷繁扰

攘。直到 1951 年 12 月，我终于启程，奔赴巴黎，打算做一次稍长的停留。动身离开牛津前夕，我匆匆写下一首小诗：

伦敦久住似吾乡，
纽约风光尚未忘。
三顾巴黎如梦过，
者番前去慢徜徉。

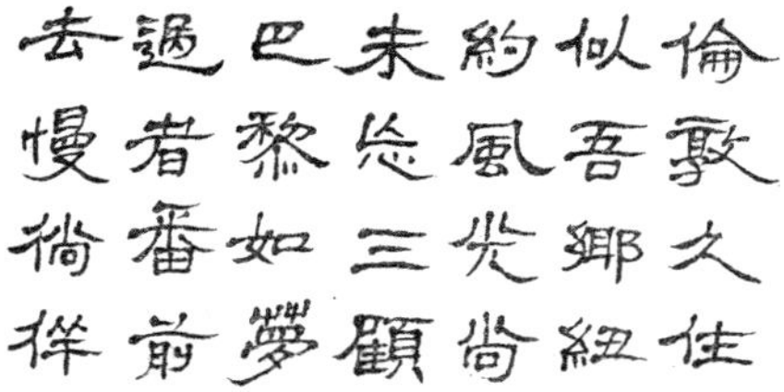

第二章　法语有泪

回想在巴黎的时光，自开始学习法语后，我在课上就不觉带上了一丝糟糕的情绪。中国人素以耐心平和、忍辱负重著称，我生性却并非如此。资质愚钝，兼之起步甚晚，使得我学习一门新语言时困难重重。这时，糟糕的情绪便占了上风，无论有理或无理。现在的我已不再有泪轻弹，然而，那时的法语课上，年富气盛的我可没少落泪。作为一个后进生，我感到焦躁不已，但这“不速之泪”也令我备感安慰——虽然已届中年，我还不至于心肠冷硬。

按理，旅居英伦长达十八年的漫漫岁月里，我早该学一些法语了。但英语就足以令我头疼，何谈再学法语？如今我痛下决心去学法语，好尽情享受游历巴黎之乐。

我决计十二月到达巴黎开始学习，而不是第二年春天才去。这样，所学可以赶在最佳旅游时节派上用场。而且，我也乐意先领略一番巴黎最原汁原味的寒冬风情。

前去接我的中国朋友向我打包票，说他可以帮我找一名法语老师，然而我苦等两周，仍是找寻未果。我不愿耽搁学习时间，果断报名进了一所语言学校。

记得第一堂课，我怀着肃穆的心情，全神贯注地在教室端坐，同堂听课的还有其他十七位学生。整堂课学生们都鸦雀无声。我们来到巴黎的时间不一，但都是初学法语，大多数人要么计划进入索邦大学求学，要么打算在巴黎长久定居。整个班级无疑是个“大熔炉”，学生中有一个印度人、两个伊拉克人、三个土耳其人、一个西班牙人、一个丹麦人、一个匈牙利人、三个英国人、五个美国人，还有我这个中国人。代表法国的则是我们的老师。后来，又陆续加入一个十五岁的意大利男孩、两个巴西人、一个波斯人、一对来自非洲的夫妇和几个美国人。开学一个月里人数剧增，多达三十人。

我们的法语老师是一位风情万种的巴黎女士，她的前额现出三两道细纹，透露出教龄不浅。当她露出迷人的微笑，细纹便销声匿迹；若我们课上迟迟不做回应，她便眉头轻蹙，细纹又显现无遗。她时常穿一身素净的套装，偶尔穿红色，但更经常是黑色，外披一件厚厚的短款毛皮大衣。毕竟，巴黎的一月还是极冷的。师生互相问候完毕，她便脱下大衣和帽子，款款走到暖气片旁。她接下来的一番话令我们忍俊不禁。她且说且演，即便我们听不懂法语，从她的动作中，也能明白她想表达的意思——暖气片早已坏掉，不能供暖，但靠近它总感觉温暖一点。“巴黎的学校都装有暖气片，”她用英语解释道，“但多数已经坏掉了。”她举止友善，又会说英语，大大减轻了我心头的压力。

但这种美景如昙花一现。自那之后，整堂课我再没听到半句英语，除了法语还是法语！我们边听讲边抄写黑板上的单词，但压根儿来不及从词典中查出意思。老师滔滔不绝地讲，法语单词从她嘴里涌出，如同沸腾的开水中不断鼓起的泡泡，而这些词在我们耳中转瞬即逝，也如同泡泡破裂一般迅速。真正大难临头的时刻，还数某人被出其不意地叫起来，用法语作答。“倒霉蛋”听到被叫，站起身来，对着黑板和老师两眼发直，一脸茫然——甚至连提问都没听懂。于是他试着用自己的母语，小心翼翼地请求老师重复一遍问题，老师急得一跺脚，迸出一串连珠炮似的法语——这应该是严厉警告我们不得使用母语。熬到下课铃响，我如释重负，这种欢欣之感，不亚于三十五年前听到学堂的下课铃声。

对这规矩，一些稍晚入学的学生自然不明就里。一次，一位面颊红润的巴西女士答不上问题，突然爆出一连串葡萄牙语，听上去像怪异的小号调子。自然，老师用法语坚决地回应：不许说母语。就在此时，一位美国女士仍浑然不觉，慵懒地用美式英语询问毛皮靴子的法语是什么，边说边取下自己的靴子，高高举起。学生们顿时沉默，只有老师用法语发话了——在我们这个多语种的协奏曲中，她的法语是唯一的独奏乐器。接着，老师用英语说了番不无道理的话：“我可不是在教小孩子，你们应该勤奋，自助者天助。你们跟着我学法语，必须只讲法语。”那一刻，她与平素的气质完全不同。那个早晨，她一贯的和善也消失不见。无论如何，我还是敬佩她的严肃敬业，还有那份一心想教好我们的责任感。

我想，她对教学是有一套的。她首先会在黑板上写下一些简单的单词，边写边用法语解释；然后，会在墙上挂起图片，并指着图片上的实物，说出其对应的法语名称；接着，用一些单词造些简单易懂的句子；最后将这些句子串成一个故事。之前，我迫不及待地想听到下课铃。这时，老师的讲课方式却让我宛如身在幼儿园，甚至有点儿期望着被抱进小床哄午睡。

数次课后，一些同学开始被叫上讲台回答问题。起初只是考查单词，即便如此，我还是胆战心惊——见鬼的是，学习了数日，我仍不解其意。动词和形容词变化多端，高深莫测。冠词 le 和 la 则如同伦敦人行道上的玩具猴般令人难以掌控。见有人在讲台前犹豫不决，无法作答，老师脚一跺，连声感叹：“唉……唉……”然后开始说一通。但我们没人能领悟到老师的“旨意”——“倒霉蛋”不知该下去就座，还是该继续站在那里，直到老师从背后轻推一下，示意其归座。我两次被叫到讲台上，每次都恨不得自己出生在中国的南方——南方人一般不像我生得这般人高马大，引人注目！

一次，有两个学生先后被叫到台上，模仿商店的橱窗模特。第一个是那位匈牙利同学。在以前的课堂点名中，我们得知她嫁给一位英国男士，目前和先生在巴黎经营生意。她向来长于打扮，全身衣饰鲜有重样。那天早上，只见她帽子上装饰着一根橘色的羽毛，脖颈上系着同色的丝绸围巾，与她那硕大的金耳环、金项链和金表交相辉映，相得益彰，衬得深紫色的外衣煞是好看。她站在讲台上，神色温和亲切，不时莞尔一笑，但当老师开始逐一指着她身上的各种物件时，我们大惊失色。“帽子、围巾、衬衫、大衣”等，逐一被问到。很快，这些单词在我脑子里成了一团糨糊。万分后悔啊！在沿着香榭丽舍大街北侧逛街，对着橱窗里的商品凝视时，为什么没记下这些名称！不久，我们就在这位匈牙利女士身上贴上名称：头、头发、脸、口、手等。我们注视着同学，好像突然变成了学艺术的学生，或者一群在某家医院实习的医学院学生正端坐在一个病人前。这“病人”实际上也由其中一位学生扮演，而其他的扮作医生或护士，讨论着“胳膊如何”“腿如何”，“病人”在他们眼里似乎是一具没有生命的尸体。

还没来得及理清思路，我的名字即被点中。老师其实早已注意到班上的美国男生装束五花八门，其他男生尤其是土耳其男生同样衣着不落俗套，但我因为要赴午宴，恰好穿了一身普通西装。我倒抽口气——真该拒绝午餐的宴请。我极不情愿地走上讲台，尽可能表现出和蔼可亲之态，心里很清楚接下来会发生什么。我从未料到会成为橱窗装扮师手中的道具。感谢上苍让我生为中国人！在一期老的漫画杂志《笨拙》(*Punch*)中，我曾见过一幅漫画，里面画有九张完全相同的面孔，配有九种不同标题说明：(1)愤怒，(2)喜悦，(3)厌恶，(4)畏惧，(5)狂喜，(6)憎恨，(7)怀疑，(8)仇恨，(9)何星喜(译音)本人。这些表情属于我的一个同胞，他眼睛稍稍上挑，斜挂在高高的颧骨上。当我站上讲台，几乎就成了他，尽管我的眼睛有些微微向下倾斜，且颧骨并不突出地高耸。见我面无痛苦之色，全班猜我是在微笑。等回到座位，全班人心情大好，仿佛我做了次称职的喜剧演员。这样的经历让我意识到，做一个艺术家的模特或时装模特并非易事，因为鲜有中国人从事这行！

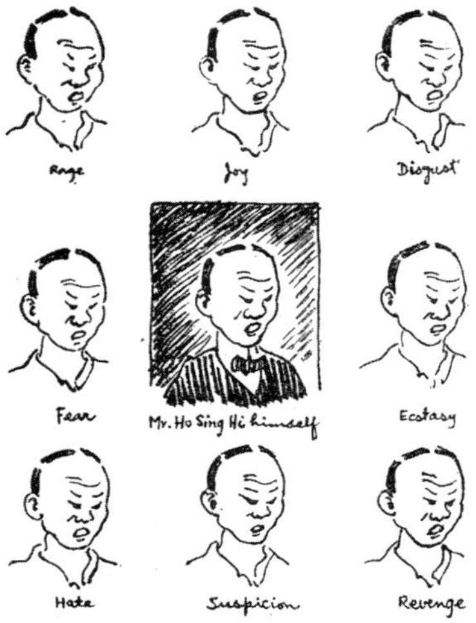

老师总是在黑板上密密麻麻地写满单词、句子及简单的法语故事供我们抄写，而我们的耳朵想听明白讲课内容真是很费劲。我以为众人皆比我掌握得多，然而问了问坐在周围的人，发现他们也都一无所知。

我的英语知识倒是有助我抄得飞快，但蹩脚的英语口音却令我处处受阻。因为对拉丁语的语法一无所知，我的英语语法知识让我对法语动词频繁的变换规则干瞪眼，规则的，尤其是不规则的。更别提形容词和名词性的一致了。我完全一头雾水！

两三周后，班上的成员就成了朋友，至少能交流几句。每次见面，总会亲切地来一声“早安，先生！”或“早安，女士！”，并奉上一个大大的微笑，仿佛是见到熟知多年的老友。接着，就没别的话了。课堂上我们几乎没空聊天。

我们来自五湖四海，学这门新语言时，各自的母语可让我们在发音时吃够了苦头。我虽讲英语多年，可汉语腔调还是很容易被人识别。一个印度人，虽然可能在英语环境中长大，受的也是全英语教育，还是会带有明显的印度腔。我们班上的那位印度来的女士在发某些音时总是苦难重重，无论老师怎么纠正还是容易出错。她倒是非常勇敢，在老师的一次次跺脚中还是能泰然自若地练发音。我们中最年轻的一位，一位波斯女士，甚至不能开口发出一个音节，但她使尽了各种办法，显示了无比的勇气。

受方言影响，有些来自南部省份的中国人在发 R 音时颇费气力。通常，他们发出来的 R 便成了 L。这常常成为英语国家人士眼中的笑柄。因而，“fried rice”（炒饭）在他们口中就变成了“flied lice”。我倒是没有这样的困难，但因生于中国中部，我特别的鼻子让我总是分不出 N 和 L。我曾一度认为，我的鼻子虽没有别的优点，倒是有助我发法语中频繁出现的鼻音。但事实却恰恰不遂人愿，字母 N 和 L 在法语词组中频频露脸。比方说，“Ne sortez pas avant que la pluie n'ait cesse”（雨停前别出去），我却一直不能将里面的 N 和 L 发正确，这可让我在和别人谈话时吃了大亏。

对我们所有人而言，最难的还数听写。要正确写下老师所说的单词，得完整地记住单词的音、形及义。听写能暴露我们对法语动词掌握的弱项。Il préfère（他喜欢）和 ils préferent（他们喜欢）的发音完全一样，我们这些初学者不能判断到底该选哪个。“连音”对我更像个难解的谜。单词 enfant（孩子）和它在 les enfants 中的发音竟不一样，我们搜肠刮肚、绞尽脑汁也没想出这个单词。每次听写总会让我们深陷迷惑的泥潭，苦得我们的眼睑总是泪光闪闪；但我们还是硬着头皮，英勇战斗。

听力过后是翻译。对此，我们中的大部分人不得不借助英语。一次，一位非洲来的先生被叫起来翻译一个词组——Il a dix ans（他十岁），他站起身，脱口而出："He has ten eggs."（他有十个鸡蛋。）当即引得哄堂大笑。一些人猜，单词 egg（鸡蛋）在他的母语中的发音听起来应该和法语中的 an（岁）很像。

我们也不全是处于这种紧张的状态。实际上，我们的课堂很少沉闷乏味，亦不乏活泼的一面。一位美国女士受邀和一个法国家庭共进晚餐时，想知道次日的一顿法国饭菜中会有些什么。她很随意地问了一下，但老师素来严谨的态度硬是将一个简单的回答变成了一个讲座。她说，英国和美国的主妇在烹饪前总要细读食谱，并用汤勺或容器之类的工具测好食物，她严肃地表示反对，说那压根儿不叫做饭。"有两个菜系，"她说，"法国菜和中国菜。"坐在我前面的西班牙女郎转身对我点点头，表示赞同。我有点儿受宠的感觉。我还没来得及对她的礼貌致谢，一位土耳其同学对老师的说法表示了反对。老师示意安静，他马上安静下来。但当老师开始夸耀法国咖啡的做法时，他又表示抗议，说土耳其式咖啡才是世界上最好的。对此，我无法判断，但我很享受他这种热情的偏执。课堂上常出现这样交流的情景，话题很丰富，如印度茶、匈牙利红烩牛肉、美国尼龙靴、巴西的落花生。老师有时会忘记那条课堂必须讲法语的规矩，直到她意识到自己在辩论中处于沦陷的境地时，便会用力地跺一下脚，说"必须讲法语"。她并不介意我们大笑。

我们总也料不到她下一步会有什么锦囊妙计。"迪瓦尔先生是一个邮递员"这个话题让我们陈述我们未来的职业。有些人闪烁其词："我是学生。"其他人，包括我自己，说些接近事实的话，这又会带来更多的问题，并常常引起一阵忙活——在词典中查单词。"莉莉八岁"这个话题使得男生们不得不说出自己的年龄。那个长着浓密的络腮胡须的伊拉克男孩说出自己年仅十九岁时，女老师倒吸了一口气，当我说出“I have forty-eight eggs”（我想说我的年龄是四十八岁）时，她也大吃一惊，随即立刻说道：“你看上去很年轻。”所有人都看着我笑，我马上悟出我是全班年纪最大的。看来在国际版之《法语有泪》（*French with Tears*）*中，本人演技似乎还算差强人意。

---

* 此处作者是以英国剧作家泰伦斯·拉提根（Terence Rattigan）的成名作《法文课》（*French Without Tears*）调侃自己。——编者注

第三章　莫非偶遇诗人警察？

初到一国，能得警察关照是幸运的。这一准则所蕴含之智慧早已铭记我心。

伦敦警察高贵而沉稳矜持的步态令我敬慕，其步履之慎重似不忍践踏区区蝼蚁；而纽约警察则高度戒备，紧盯四处闲逛的人们，眼神时时透着凌厉、机警。而我，有幸与一位法国警察握手，并且是一位散发着诗意的警察！

若非目睹法国警察爱与行人握手，我恐怕永远不敢这么做。我素来认为制服会剥掉穿衣者的温情，这位法国警察却是例外。尽管身着制服，但他浑身上下仍透着温和的人性，尤其是走动的时候。他个头适中，步态闲适，因而不会像英国警察那样视线掠过你的头顶传递出一种高高在上的意味，也不会像美国警察那样步履匆匆，四处闪躲，好像总在盯梢。哪怕是在执勤中，他也会和人们握手——也很可能是和朋友。

一日清晨，我在第五街区寻找一个地方，问过三个行人都不能找到，无奈之余，决定向桑斯街（Rue Censier）的警察求助。在我即将离开人行道走向他时，对面一位身体佝偻的老者也向他走去，我想让这位老者先行咨询，于是放缓了步子。其时的交通并不拥挤，这位警察右手挥动着指挥棒指挥交通。只见这位老者靠近他，却不开口询问，而是同警察闲着的左手握手，任其另一手继续指挥。他们寒暄片刻，微微笑着。那老者转身离开时，我无意中听见警察说了声“谢谢”。接着，只见警察做出剥纸的动作，将一颗糖放入口中——原来糖是老者所赠！见此情景，我深觉愉快，不承想法国的警察在执勤时是如此自然放松！片刻后，他帮我指明了方向。

又一日午饭后，我去歌剧院广场（Place de l'Opéra）附近赴约。我早去了半小时，便朝着剧院方向沿林荫道闲逛。正当我站在歌剧院地铁站的入口，望着车流陷入沉思，突然被一声声洪亮的口哨吸引，我注意到高高的钢架台上有一名警察。接着，又一个警察爬上站台，他似乎是来接班的，但爬到约三分之二的高度却停了下来。执勤的警察仍吹着口哨，挥动左手的指挥棒，见同事上来，便弯下身，伸出右手同他握手，同事于是往下退了退，站在合适的位置同他握手。我感到惊诧，在这样忙碌的工作时刻竟然有这样友好闲适的姿态！当我向一位法国朋友提起此景，他解释说他们应该是要好的朋友。

至于我是如何偶遇一位充满诗意的法国警察并与之握手，是缘于我的一次旅行——我欲前往莱努合大街（Rue Raynouard）47 号找到巴尔扎克故居却屡遭挫折。

我初次随友人去那里，不料吃了个闭门羹。没有公示告诉我们此处何时开馆。朋友遂到对面的房子找人询问。房子的窗下坐着一位老妇人，她一边做着针线活，一边透过眼镜看着我们，说故居早已闭馆维修十来个月了，恐怕还要等上一年才能重新开放。

我将这件事写信告诉弗朗辛——是她极力向我推荐游历此地的。得知我未能如愿，她回复说愿亲身陪我前往。我们约定于特罗卡德罗广场（Place du Trocadéro）的夏乐宫（Palais de Chaillot）外见面。一见到她，我便说：“巴尔扎克故居维修了八个月尚未修葺讫，想必规模很大。”听闻此言，她笑道：“才不呢，一点儿也不大。”她决定先带我去看看人类博物馆（Musée de l’Homme）。我们进了这幢建筑，径直走向图书馆。她和馆员说了几句，便拿到一把钥匙，随即带我爬上大办公室后面的楼梯，来到夏乐宫的顶部。地上落了薄薄的一层积雪，我们沿着护墙走过，脚后留下串串清晰的脚印。其时已是二月，巴黎依然春寒料峭。不久，我们便站在了一组巨大的男女雕像前——他们望着对面高耸入云的埃菲尔铁塔。我的同伴开始忙着介绍特罗卡德罗花园（Jardins du Trocadéro）及下面的水族馆，但我的视线却被埃菲尔铁塔深深吸引。这座举世闻名的地标似乎突然变成了一个硕大无比的、超现代的无头巨人雕像——大大地张开两腿，扎进大地。也许，这是一座20世纪版的圣德尼（St. Denis）雕像。我出神地凝视着云层——它们游移得飞快！躲在云朵里面的塔尖瞬间清晰可见，瞬间又不见了！我的思绪突然从20世纪跃回公元前3世纪，彼时中国的第一位皇帝秦始皇下令建造一座通天塔（Ladder-to-Heaven）。而此刻，我就在仰望着一座通天塔！

弗朗辛建议我们下去，两人很快地穿过人类博物馆的玻璃陈列柜，不容逗留，但我瞥到一组展现人类进化历程的展品。弗朗辛告诉我，去年她学习人类学的时候，经常来这儿的图书馆阅读。“这是座有趣的博物馆，”她赞道，“展品蕴含的种族多样性无疑会扩大观众的国际视野。”她言之有理，我也评价说，这座故居似乎也从另一方面展示了人类作为一个物种的奇特性。而且，凭着对巴尔扎克故居的想象，我忍不住提议道，巴尔扎克小说集的名字《人间喜剧》可以用作人类博物馆的绝好别称。

沿着人类博物馆旁的台阶往华沙广场（Place de Varsovie）方向走，在即将到达前却往左拐，我发现我们站在远远低于帕西（Passy）地铁站下的位置。弗朗辛对这个区域非常熟悉，带我沿着水街快步前行。这是一条不长的低洼地路，旁边建有一些低矮的房子，而周围是高楼环绕。这里就像是一处隐匿于世的微型楼群，不为外人所知。在两幢房子之间的狭窄过道里，她将一条几百步的石阶指给我看。直到17世纪，它都通往一座小山坡上的一条主通道。“想想看，”弗朗辛说，“两百年前这里是一片水域。”这里是老帕西的中心。老帕西因其山腰上分布的矿泉闻名遐迩。此处于15世纪被人们发现，其矿泉富含硫黄和铁元素。渐渐地，人们开始来帕西疗养，此地很快成了有钱人的宠儿。富豪们纷纷来此建起了花园洋房，会场、赌场和剧院也建起来了。据说，有一家饭馆不仅厨艺了得，还为所有来此疗养的人提供一顿免费的饭菜，因而很有名气！我猜想，这家店的主人一定是不由自主地想向源源不断来帕西的疗养者表达内心的感激之情。

爬上台阶，我对弗朗辛说，这些台阶令我想起了爱丁堡。我的同伴是知道爱丁堡的，于是，她赞同地说："的确，可爱丁堡的台阶不如这般陡峭。"终于，我们登上顶部，站在主道莱努合大街上，这里便是我们的目的地。去往 47 号巴尔扎克故居的路上，我得知本杰明·富兰克林曾在古老的帕西待过，他的第一部避雷导体就是在这条路上搭建的。喝红水溪（Eau rouge）的水（也就是帕西溪水中流出的铁锈红色的水）是他的一大嗜好。

47 号仍大门紧闭，这令我的同伴十分懊恼。她随即想到可以从后面的入口进入房子，伟大的作家曾经为躲避债主常常从这个入口逃走。于是我们走了几步，沿着石阶向左转到伯顿街（Rue Berton）——它的一部分是和莱努合大街平行的，因而我们得从后面识别 47 号房子。一看见左边高大的木门，我们立刻认出了它。弗朗辛推了下门，它却纹丝不动。我用肩膀用力顶了顶，却只听得它微弱地吱呀一声。我俩都沮丧万分。孩子般的一时兴起令我从木门的一个洞向里面偷窥。巴尔扎克短暂的生平故事中有这么一段描述，让我觉得"玄府"（Mysterious Maison）这个名称似乎很合乎他的寓所：

> 站在路边的你也许会忍不住好奇地往这房子一瞥，你会看到一座大门，当地的孩子用弹子把它打出了许多洞。我后来听说这门已经关了有十来年了。从这些洞看进去，是花园和庭院正面构成的和谐图画。当然，你同时也会看到凌乱的景象：铺路石边杂草丛生，墙上裂开大大的口子，久经岁月而发黑的屋顶周

围盘绕着大量墙草结成的花环……

无路可走之下，我只好向它挥手作别，继续前行。不久，伯顿街渐成一条蜿蜒的鹅卵石小径，两侧是不规则堆砌的砖墙，被茂密的大树掩映着，墙面布满了苔藓。这简直是现代巴黎城腹地的一条乡间小巷！我们在这狭窄的巷子里且行且停，谈论着巴尔扎克。闲聊中，我得知巴尔扎克住过的房子其实非常狭小，而且陈设简陋。弗朗辛曾进去过。

在莱努合大街47号的巴尔扎克寓所和他的城郊别墅，他几乎没有一样值钱的物件。然而在社交生活中，他却以奢侈浪费、爱炫耀甚至到粗俗的地步为人所知。他食量极大，常以绫罗绸缎裹着肥胖的身躯，一度还有套马车。他有一柄拐杖，镶嵌着绿松石，十分有名。他常换居所，无论何时，必将自己的房间装饰以昂贵的家具、古董、字画，还有各种精美的艺术品，华丽的帷幔、毯子等等。他一定是一个知识渊博的鉴赏家，比如，他在小说《邦斯舅舅》中展示了对这些事物极为丰富的学识，由此可见一斑。这也是他总是入不敷出、负债累累的原因之一了。在富有创作力的后二十年人生历程中，他几乎每周都处于旧债刚了、新债又生的境地。事实上，他一直得走马灯似的更换居所，以免被债主寻到踪迹。白天他甚少工作，而到了夜晚，便开始狂热地工作直至破晓，借着一杯又一杯的浓咖啡提神。在47号的八年光阴是他人生的重要记录。我打趣地说，他一定是看中了这处房子的两个理想出口，而且从前面的出口绕到后面的出口不需要太多时间。当他听到债主按响前面的门铃，或者债主和耳背的老仆人的说话声，便有充足的时间从后门溜走，沿着伯顿街消失掉。弗朗辛听了，点头微笑称是。“而且，”她补充道，“很快，债主们便识破他的小把戏，不辞辛劳地也在后门等候以截住他，巴尔扎克便和毗邻房子的主人谈妥，允许他从通向伯顿街小巷口的暗道逃走！”我俩都忍俊不禁，把不能进屋的遗憾抛在脑后。由于法国法律不允许债主夜晚打扰当事人，巴尔扎克因此得以在安宁中工作。

伯顿街静谧的风景令我兴趣盎然，于是决定夜晚再度拜访，来一次月下漫步。林荫大道旁露天咖啡馆鳞次栉比，充满活力的夜景总是令人兴奋不已，但很快便不足为奇。而在这样幽静的路上闲逛，一半乡间一半城的气息，加上夜色朦胧，令我心境大变，被城市生活紧紧包围的紧张也得以释放。3月23日，月亮当最佳。我离开拉米埃特（La Muette）的地铁站，穿过帕西广场进入报喜街（Rue de l'Annonciation），来到伯顿街的街口。在此它将莱努合大街一分为二。我站在路上，右侧是一排排高大的房子，望之如新，而左侧是沿着莱努合大街的一排铁栏杆，比我脚下的路要高很多。几乎是满月，在我头顶的夜空中闪耀着，但和街灯相互映照时，月光却变成了淡黄色甚至淡红色。我慢慢走着，风景渐渐变换。许多高大的房子出现在我的左侧，也包括巴尔扎克故居。这些房子遮住了街灯，四周的月光似乎更加皎洁，甚至发出微微的蓝光。巴尔扎克居所后门入口旁的高墙上伸出一些错综交织的大树枝，月光中，它们在墙上留下清晰的阴影。我甚至可以洞察枝干上新萌生的嫩叶。夜间的空气非同寻常地凝滞着。我开始感到寒气袭人，但旋即想到唐代阎宽的诗《春宵览月》，顿觉暖流入怀。

月生东荒外，天云收夕阴。
爱见澄清景，象吾虚白心。
耳目静无哗，神超道性深。
乘兴得至乐，寓言因永吟。

月生東荒外
天雲收夕陰
愛見澄清景
象吾虛白心
耳目靜無譁
神超道性深
乘興得至樂
寓言因永吟

閻寬春宵覽月

一根路灯柱位于我左侧房子的墙边，恰好在伯顿街窄成一条乡下小径的点上，若隐若现。它的灯将光辉洒进小巷内——此处因高墙遮挡而不得月光。但灯光终究照不太远，小巷越走越黑。远处的巷尾笼罩在神秘中。我在满足和渴望交织的情绪中继续前行，不时感到一丝丝凉意。突然，一阵微弱的嘈杂声从远处传来。我疑惑前方是否有一位同我一样喜爱独处的巴黎游客，或是某位孤身一人回家的夜行人？这并不令我惊奇，但是后来，当嘈杂声渐行渐远渐无声时，我变得有些心神不安。一个古怪的想法突然从脑海里冒出来——也许此刻，巴尔扎克正在赶着回家去创作的路上，但因为听到我的脚步声而突然转身，唯恐我是某一位讨债鬼！我在旅行中是从不走回头路的，于是继续前行。嘈杂声再次出现，比刚才更为响亮，然后又消失了。继而，又一次出现。渐渐地，能看见一抹微弱的光线了，我意识到快走出小巷了。终于，下一处路灯的光越来越强，照亮了朝我走来的黑影——是一位身着黑色大衣的巴黎警察！

真想不到会在那样空寂无人的地段遇到警察！看到我这张陌生的面孔，他会对我说些什么呢？我的脚步变得踌躇，真的有些进退维谷。若拔腿就跑，肯定对我百无一利。我别无选择，只得继续向前走。说来也怪，这位警察先生转过身和我以同一方向前行，这样，倒好似我在追踪他！我完全走出这条小巷，进入朗巴勒大道（Avenue de Lamballe）。在他重新走回小巷前，他转过身，与我四目对视。他右手中拿着一张纸，不时低头看，好像是在对着月亮背诵着什么。他的举止激起了我充满好感的好奇心。那一刻，我不想匆匆离开了。我取出我的小画册，站在角落里，借着路灯的光辉开始画一幅素描。小巷的那一端是漆黑而模糊的，这位警察的背影清晰可见。他没有走远，不久又转身回来。这下我看得更清楚了。他十分年轻，长着一张和善、温和的圆脸，嘴唇微微地翕动着。他走出巷子，冲我微微一笑，随即走到马路对面，站到一排新式办公大楼旁。

我继续作画，同时听到这位年轻的警察在我身后低语。我有种想跟他说说话的冲动，但最终因不会讲法语而作罢。离开前，一声“晚

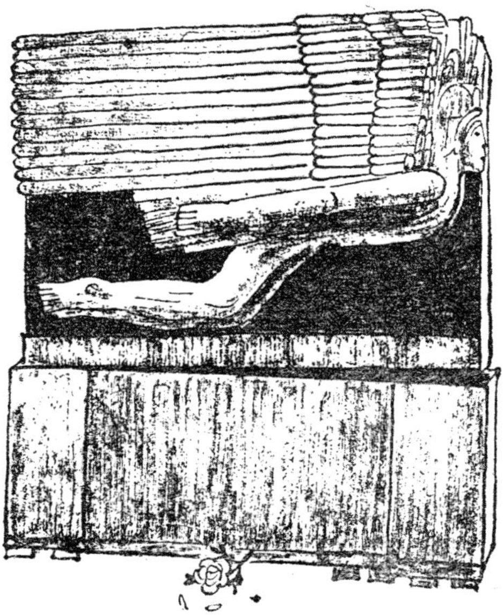

位于拉雪兹公墓的奥斯卡·王尔德墓（由雅各布·爱波斯坦雕刻）旁一枝掉落在地的玫瑰

安”不由自主地从我嘴里溜了出去。“晚安！”他回礼道。冷不丁地，我大步走向前去握住他的手，他也愉快地回握住我的手。

“月亮，多么美啊！”我赞叹道，并用手指着天上的月亮。

“噢，是啊！”他回应道。

这一定是一位诗人警察，又一位《人间喜剧》的演员。

第四章　以何为乐

不为人知的马路画家兼掌管天气的风伯雨师，正以厚厚的白雪为颜料，浓墨重彩地描绘着街景。低沉又朦胧的天空令一月的夜晚更加昏暗。亮光似乎来自洁白的地面，而不是暗黄的街灯。在这亮光之下，城市仿佛呈现出月球的地貌，然而，一切生命并未离去，而是快速地移入室内。

我倒不觉得冷。眼前美丽的雪景，还有我对和善的女房东奥德特·阿尔诺（她特地为我办了这次宴会）的感激之情，正让我内心热流涌动，温暖无比。当心暖和时，人是不觉得冷的。尽管大雪纷飞，我还是步行前往她家赴宴，心里兴奋不已。

阿尔诺夫人是一位作品经纪人，早在计划来巴黎之前，我就和她通过信。我一到巴黎，她便想张罗一次宴会，要将我介绍给她的一些友人。而今天便是她定下的时间。

赴宴的客人有一位法国女伯爵，斯特林小姐——一位旅居巴黎的英国作家，还有两位法国人，年轻些的那位只有二十一岁。宴会约在八点半开始，摆在眼前的尽是琳琅的美酒和美食。美味的小盘菜后是主菜——去骨的鸡肉配上多汁的蘑菇，装饰以各种蔬菜，看上去倒与中国的红烧鸡翅没有太大差别。我对美食美酒知之甚少，感到有些窘迫，而当两杯葡萄美酒染红了我的脸颊，扬起我的嘴角——噢，我一点儿也不觉得沉闷。待我喝下第三杯，女主人阿尔诺夫人站起身。那个年长些的法国人是个建筑师，他兴致勃勃地问我初到巴黎的那几周遇到过什么趣事。我有些勉强地回答："咖啡馆和林荫大道。"这是我唯一能讲的法语。这位快活的提问者做了个怪相，耸耸肩膀，走到那个年轻些的法国人身边和他聊起来，时不时对着我指指点点。

不久，阿尔诺夫人将我们塞进她的小汽车（除了那位女伯爵，她不喜欢寒冷），发动汽车，路过蒙索公园（Parc Monceau），沿着马勒泽布大道（Boulevard Malesherbes）和皇家街（Rue Royale）前行。车子驶过协和广场（Place de la Concorde），空旷的广场被大雪铺上一条巨大的、厚厚的毯子。我又开始兴奋不已。就个人而言，我很想走出去，沿着协和大桥（Pont de la Concorde）四处看看，但显然大家更情愿待在温暖的车内。我们继续缓缓地沿着杜伊勒里码头（Quai des Tuileries）和卢浮宫码头前移，一侧是码头高大的立面及榆树，一侧是卢浮宫的花园和高墙。车轮滚过雪地，发出沙沙的声响，所有其他的声音都消失了。没有店铺的灯光，没有霓虹灯，只有微弱昏暗、排列整齐的街灯。我幻想能听得见树枝和树干上雪花的轻声细语。大家都默不作声，车内安静极了。

我猜测我们此刻正路过里沃利街（Rue Rivoli），接着，车似乎向右转，并飞速绕了一个大大的圈。他们说我们已经到了巴士底广场（Place de la Bastille）。车子在一条接一条的狭窄小路上急速转弯穿梭，我感到阵阵眩晕。最终，我们出现在一个貌似商店的建筑物前，这里霓虹闪烁，橱窗大开。车就此停下，如果还要考虑给行人留道通行，那么，在同一地点的对面甚至容不得另一辆车停下。天下起了雨，阿尔诺夫人和她的一个朋友从一系列的卡巴莱歌舞（cabaret）表演广告中选了一个，带我们挤进去，像穿过迷雾的船一样迅速穿过烟雾缭绕的空气。刹那间，一阵狂笑传来，好像与我们有什么关系。歌与舞正和着无线广播发出的喧嚣音乐热火朝天地进行着，人群中偶尔传出大叫声和口哨声。人们坐在一排排长桌子前，使劲甩着头，这样或那样地摇晃着身体，和着合唱队的歌手一起唱。这些合唱队成员一律身着黑色绸衣，脖子和腰间各系着绯红色丝带。我对西方音乐和舞蹈一无所知，不知道这样的表演是否属于典型的法国风格，只是觉得这和我在美国看过的如出一辙。

歌舞在雷鸣般的掌声中结束，室内恢复了觥筹交错的嘈杂。我们没有找到空座，只好紧挨着供服务生通行的狭窄梯板站着。一大群客人站起身，摩肩接踵地出去了——他们是巴黎某个夜间巡回演出团和他们的指挥。一位女服务生（和歌手一样身着黑色绸衣，系着绯红色围巾）将我们引到空座位上，座位前已摆放好一杯杯的红酒。一个年近六十、相当壮实的女人，和女服务生一样的衣着，看上去像是他们的经理。她手里抱着一大摞文件，当游客离开，我们就座，她就仔细地看着这一切。眼下空出许多座位，尽管我们刚进去时，柜台四周人头攒动。等了片刻，似乎再没有人入场，这个壮实的女人便走到舞台中央，宣布演出开始。音乐响起，四个穿着黑色和红色衣服的女人开始跳舞。其中一个突然到了我的面前，弯下腰问我是否愿意一起跳舞。我说不出什么，只好摇摇头，朝她微笑。她又移步到我们中那个年轻些的法国人跟前，让我吃惊的是，这位法国先生竟然回答说自己不会跳舞。在我的想象中，所有的年轻法国男人必定是会跳上一曲的。不过，他的做法使我突然想到，这也许是一种恰当而不失礼的拒绝方式。那位建筑师领着斯特林小姐走上舞台。接着，两个男人突然出现在舞台中央，每人伴有一位黑衣女郎。另两位系着红围巾的女郎则一起跳舞。曲子倒不陌生，舞蹈也不新鲜。我只是有些遗憾，不能陪伴我的女房东跳上一曲。

接下来，这个壮实的女人开始高歌一曲法国民歌。除了我，在座的皆跟着唱起来。我坐在四个同伴的侧面，紧挨在阿尔诺夫人身边。其中一个黑衣女人显然是看出了我的拘谨，径直走向我，挽住我的一只胳膊，并让我也挽住女房东，然后，我们一起摇摆身体，左右晃动。自我们进场，巡回演出团一直在忙活着。

演唱一结束，下一个短节目登场了。一个戴着海军蓝贝雷帽的小个子男人，穿着无袖汗衫展示他的二头肌，并模拟沐浴动作以展示他的大腿，而后高视阔步地走到房间的中央。他身后还跟着一个年轻的女子，只见这女子身着黑色小短裙，大腿不时露出来。这一对儿极其有节奏感地阔步同行，好像他们有一条共生的腿。小个子男人眼波流转，向那女子的大腿抛出狂热的电波。但这样看她似乎还不够满足，眼见他更加狂野地搂紧她，几乎扭作一团，一只脚踩踏在地面。最后，他用上双手，飞快地旋转这女子，一圈又一圈，直到她变成一个白花花的大腿构成的环。突然，他将她松开，“砰”的一声将她放到地板上。这似乎是令她欢喜的大结局——她跳跃起来又站住，对我们鞠躬并致以微笑。这大概就是所谓的阿帕希舞（Apache dance）[1]。我看不懂。观众中发出零星的掌声——大多数观众似乎和我一样迷惑。

现在，四个卡巴莱歌舞表演者中个头最高的女人冲了出来。她已换掉黑裙子和大红围巾，穿上了一袭飘逸的白裙，一件殷红缎子罩衫裹住了腰身，白色的带子缠绕在脖子上并垂了下来。只见她的脸上涂抹了厚厚的粉，双颊上点了腮红，这样看上去，她似乎没了眼睛，脸上的皱纹不仅没有被掩饰，反而更加显眼。她灰色的头发被塞进帽子，帽子上突兀地伸出三根并不算白的鸵鸟毛，为她增加

[1] 男女分别化装成强盗及其情妇的一种巴黎杂耍舞蹈。——译者注

了两三英尺的高度。相比之下，在场的人都成了侏儒。我不知道她的衣着是否有什么特别的含义。她舞得飞快，那伸展的修长手臂和衣裙使她看上去活像一只巨大的蝴蝶，在房间里飞来飞去，发疯地寻找着能出逃的窗口。有时她舞到我们眼前，来回穿梭时掀起的清风扫到脸上倒是很舒爽。但，若让我的祖父母看到这样的表演，他们该作何感想呢？我不敢想象。

直到女房东在我的肩膀上拍了一下，我才回过神来。房间里的人渐渐散去，我们也要离开了。地上积雪更厚，水洼里积水更多，我们不得不择路而行。阿尔诺夫人解释说，我们刚才离开的地方是大众奏乐舞厅的一种，是典型的法国中下阶层夜生活的体现。她认为我也该感受一下这种文化，而不该将视角局限于香榭丽舍大街那些著名的夜总会之类的地方。她告诉我，“二战”前，我们此刻身处的这条狭窄的小路曾经可是人头攒动、热闹非凡的地方，过了夜里十点或十一点，是不可能挤得进舞厅的。只是战争结束后的境况使得这样的盛况大大降温。

我们再次进入车内，阿尔诺夫人问建筑师下一站去哪里。他们用法语讨论一番，然后车继续前行。直到下车，我才意识到我们正在先贤祠（Panthéon）的东南面，先贤祠就近在咫尺。我们进入一个叫作“拉蒙塔涅”（La Montagne）的地方。屋里满是人，管弦乐队在演奏，人们翩翩起舞。在一团烟雾的笼罩下，灯光显得格外昏暗，我甚至不能看清朋友的脸。建筑师和斯特林小姐跳起了舞，其他三人则端坐在那里盯着四周。

突然，房间陷入一团漆黑。随即，一束紫罗兰色的光照定格在露台的乐队上，同时，另一束直射在地板上。这使舞者身上产生了一种奇幻的效果：环成一圈的人群的头和手失去了正常的血色，呈现出死人般的黑紫色。闪烁的灯光照着人们的牙齿和眼白，头看上去就像抛

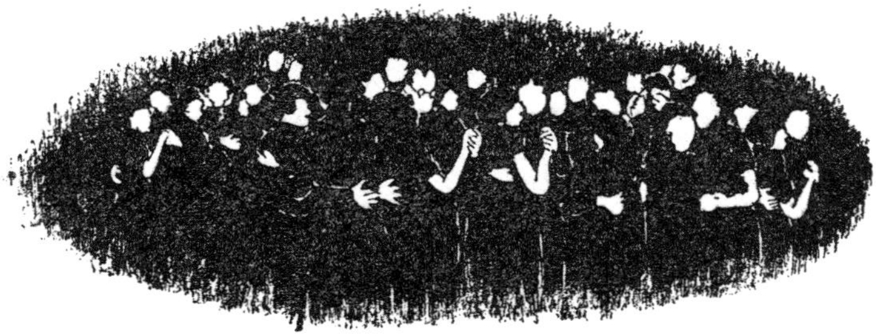

光的头骨。这情景好似一群幽灵在地狱里扭动着。真会寻欢作乐！当正常的光线又重新照亮房间时，我的双眼得闭上数秒才敢睁开。

又一个舞蹈节目登场。这次是两个女人：一个是吉卜赛人的装束，戴着大大的金色圆圈耳环，另一个穿着亮闪闪的粉色缎子衣服，唱着法语歌在观众中慢慢走动。正当阿尔诺夫人向我翻译并解释歌词时，建筑师插话说，所有优秀的、古老的法国民歌和民族舞已被美国的爵士乐取代。他和斯特林小姐刚才跳的就是爵士舞，乐队其时演奏的也是爵士乐。巴黎处处刮着爵士乐之风。我想请他们举个例子，好让我知道什么是典型的法国民歌和民族舞，并请他们解释为什么《欢乐巴黎》（*Gay Paree*）这么广受欢迎。我还没想清楚怎么提问，那位看上去很结实的身着粉色绸缎的女郎独自唱着歌走到我们的桌前。她斜身附在我耳边唱着，然后在我身边坐下，欲走又止地靠在我的身上。我惊慌失措，无处可逃，好在表面上还能保持微笑，让她看不出我内心的抵触。她在我的额头上亲吻了一下，然后边走边唱地离开了。众人都盯着我看，发出哈哈大笑——至少我这么觉得。我猜他们是因为这女郎对我的挑逗而笑，而且还因为我对她的反应。我很天真地问阿尔诺夫人，刚才那女郎所唱的歌曲为何。她的回答毫不迟疑：夜晚歌者将和我做什么。这回答让我一阵尴尬。不过，很快我内心的不安就消失了，当斯特林小姐替我擦去额头上的什么时，我跟着他们一起开怀大笑起来。

阿尔诺夫人提议继续前行。途经我的住所附近，我请求停车，因为正好可以步行回去。我对他们今夜的盛情款待表达了谢意，他们则对我致以热烈的握手和一声声快活的“晚安”。躺在床上时，我想到这样的道理——快乐或不那么快乐根本就是自己决定的一件事情。那晚，最快乐的事便是，环绕协和广场，沿着杜伊勒里码头和卢浮宫码头，在冰天雪地里的雪夜之行。

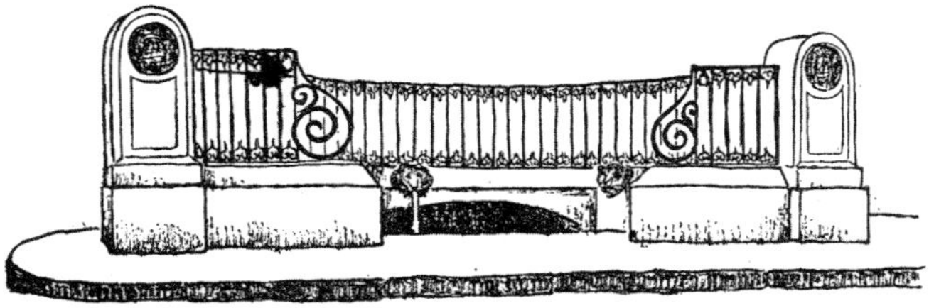

圣热纳维耶芙山街（Rue de la Mont St. Geneviève）的一处历史悠久的喷泉

第五章　冬季之仲夏夜

想到巴黎，我便联想到快乐和温暖，大抵是因我所读到的巴黎均与春夏有关。游客似乎甚少择冬季前往巴黎，而巴黎人也鲜向外人提到他们有这样一个季节。或许，巴黎的冬季不如伦敦的冬季来得那么久。无论怎样，我在十二月到了巴黎，发现这里的冬季和伦敦也并非全然不同——多雨，潮湿，厚重的乌云笼罩苍穹，偶有浓雾包裹整个城市。到巴黎的第二周，一场浓雾降临，将整个城市吞噬了三天。这是我在此地首次体验这样的天气。我在巴黎所交的第一位朋友半开玩笑地“讨伐”我将伦敦的大雾带到了巴黎。曾记得读过的一本英文书《四季纪事》(*Chronicle of the Season*)，里面有这样的段落：

> ……大约是1852年11月12日，一场大雾降临巴黎。浓雾中，行人皆如盲人般迷失了方向，非得借极强的光线方能找到路。著名的化学家佛克罗伊（Fourcroy）是这么描述这场大雾的：大雾像螺丝锥一般呈旋涡状降临，韵味非凡。

我不难理解伦敦发生大雾的原因——伦敦烟囱众多且靠近大海。但对于巴黎的雾，我感到惊讶。然而，读过这书，我似乎较其他游客更多地领略到巴黎的风采。

来巴黎两周后，我的一位在联合国教科文组织统计部门履职的朋友钱家其（K. C. Ts'ien）宴请我和其他两位朋友，地点是在奥古斯汀大街（Rue des Grands Augustins）的一家餐馆。因为路不熟又恐迟到，我便提早出发，穿过苏弗洛街（Rue Soufflot）和王子大道（Rue Monsieur le Prince）来到奥德翁十字路口（Carrefour de l'Odéon）。

在圣日耳曼大街（Boulevard St. Germain），我见到了布洛卡（Braco）和丹东（Danton）的雕像。关于布洛卡，我只知道他是法国伟大的解剖学家、体质人类学的先驱。我读过关于法国大革命的书，知道丹东是法国大革命领袖。我不喜欢他和荒唐的奥尔良公爵（Duc d'Orléans）为伍，后者，据当时法国一位有识之士的评论，"总是担心所到聚会没有唱歌剧的歌女可左拥右抱"。丹东与其他革命领导人对荒唐的路易十六的联合行动，在我看来是可悲可叹的。他的雕像看上去很有意思，我相信这是巴黎现存的关于法国大革命的唯一不朽的纪念物。立雕像的法国人民一定有他们的缘由。历史清白的革命者堪称凤毛麟角，而丹东或许是枭雄中的枭雄，被其对手罗伯斯庇尔冤枉，在囚禁于巴黎古监狱（Conciergerie）后被送上断头台。铡刀落下前，他说："我整个的人生皆为我的祖国而活。直至死，我丹心不改。明天，我将在荣耀中安眠。"这样的豪言壮语流传至今，使得他成为同时代中的杰出人物。我得知，丹东雕像就矗立在他生活过并被逮捕的地方。

在狭窄的嘉蒂涅街（Rue du Jardinet）的尽头，我看到了侯昂庭院（Cour de Rohan），这是一个很小的庭院，因为天空乌云密布，显得很昏暗。右边一段楼梯的台阶通向阳台和连成一排的两三幢房子，其中一间据说是作曲家圣－桑（Saint-Saëns）的出生地。光秃秃的蔓生植物爬满了墙壁，看上去好似发辫或生了锈的黑电线，诱惑着蜘蛛上来结网。一口古井被一圈铁栅栏围住，辘轳还在，井绳的一端还牢牢钉在墙上。它在这里栉风沐雨大概有数个世纪了。

一扇大门将我引入庭院的另一部分，其侧面与一幢似乎年岁更久的老房子相接。这座老房子的窗户不规则地分布着，窗台上放着几尊赤陶半身雕像和人物。入口处有一个熟铁制的三脚架，锈迹斑斑且有些走形，或许是过去用来帮助老妇人或者肥胖的牧师骑上骡子的工具，因为这里曾是一条骡子通行的专道。当年，供骡子通过的路一定更宽。在中国北方的省份，很多房子前立有两大块石头，以供人们上下骡马时踏脚之用。

眼下，四处无人，除了我没有人惊扰巴黎城这片数世纪之久的区域。这座古老的庭院使我想起了爱丁堡皇家英里大道（the Royal Mile）两侧带小庭院的老房子。皇家英里大道的修士门（the Canongate）里曾住过无数显赫的人物，除了许多杰出人士，还有至少两位公爵、十六位伯爵、两位女伯爵和七位本领土的男爵、十三位准男爵、四位大帅和七位大法官，每幢房子都有各自的故事。那么，为何侯昂庭院却如此寂寂无闻？也许它的故事早已被淡忘，因为巴黎比爱丁堡大，而且每天都在发生的各种新鲜事吸引了人们的注意力。我的思维没有被历史事实束缚，实属大幸。除了那些童年听过的故事，我的脑海里早已被旅途中各种奇闻轶事塞满。

在石门旁边，一幢装饰有三扇奇特花格窗的石楼高高耸立，格外引人注目。我思忖这必是亨利二世为他的情妇狄安娜·德·普瓦蒂埃尔（Diane de Poitiers）而建的，狄安娜·德·普瓦蒂埃尔曾是其父弗朗索瓦一世的情妇。这定是一位倾国倾城、魅力非凡的佳人！真希望了解到更多关于她的奇闻轶事。巴黎和其他国家的首都不一样的一个地方在于为国王的情妇们修建的房子。刚到巴黎的前两三周，我邂逅过无数这样的房子。我想，要是没有国王的情妇们，巴黎将会缩小很多。关于狄安娜·德·普瓦蒂埃尔，让我感兴趣的是，她有两位国王情人，但只有一处房子。而让娜－安托瓦妮特·普瓦松（Jeanne-Antoinette Possion），即著名的蓬皮杜夫人（Pompadour），拥有一个国王情人，却房产无数。说起狄安娜·德·普瓦蒂埃尔能迷倒前夫儿子的故事，无独有偶，在先于孔子时代的中国，有一位帝王娶了自己的养母，这据说成为孔子建立强调上一代对下一代关系的家庭伦理的原因之一。

从侯昂庭院出来，我发现自己站在了圣安德雷商廊（Cour du Commerce St. André ）的中央。这是一条狭窄的街道，更像一个通道，而非庭院。前些日子，我曾和一个朋友来过此处。其时，一个法国人正在屋外清洁他的新车，问我们是否需要帮助。他一口流利的英语，提及几个有历史意义的房子时口若悬河。9 号居住过善心的盖勒廷博士（Dr. Guillotin），他是铡刀的发明者。铡刀是一种充满人性的屠宰动物的工具，主要用以宰羊，许多法国的男男女女陷入羊的命运真不是他的过错。10 号，住过丹东。8 号，依旧是一家印刷厂，马拉（Marat）在此印制了他的著作《人民之友》（*Ami du Peuple*）*，这是一部鼓动性的作品，旨在点燃革命的火焰。

很快，我穿过了圣安德烈艺术街（Rue Saint André des Arts），赶去知名的马尼餐厅（Magny）。这是马泽街（Rue Mazet）上的一家餐馆，乔治·桑、勒南、福楼拜、圣伯夫等人曾是这里的老主顾。但终成惘然。当我往东走时，散学的孩子们从校园里走出来，扑向来接他们的父母。天真稚气的叽叽喳喳声在我听来是悦耳动听的，尽管一句也听不懂。一间小屋——大概是餐馆——立在道路的东端，墙被刷成

---

* 此处疑误。《人民之友》为马拉于 1789 年创办的报纸。——编者注

红色，很像蒙马特高地小丘广场周围的房子，与附近用暗黄色石头和粉色砖头砌成的房子相映成趣。即使在昏暗的冬日夜晚，它们古色古香的韵味依旧流露出典型的法国气质。

孩童们很快散去，我注意到面向校园的路原来就是奥古斯汀大街。昏暗中我几乎看不清店名“罗杰家”（Chez Roger），但一个巨大的铜制指示牌写着“La Grenouille”（青蛙餐厅），橱窗里摆放着各种各样的小瓷蛙，告诉我这就是我们约定的餐馆了。指示牌的左边是一条拱形通道，这就是餐馆的入口。

我去得算早，本料想能找到蓬皮杜夫人所建的大房子——我以为它在奥古斯汀大街上，却没有找到。

于是，我只好沿着奥古斯汀码头往前走。塞纳河水波平静，对岸明亮的灯火清晰地映照在水面上，见此美景，我停止了思索。水面看

上去如此平静，尽管在无声无息地流动，似乎在它的命令下，所有的树木，坐在长凳上的人，以及那些斜靠在背后是梦幻般房子的码头墙上的人，都成为某一神圣的队伍沉默的证人。停泊在我脚下的孤独的船上有微妙的咒语。西岱岛（Ile de la Cité）边曾经停泊着许多船只，但这孤独的一只，看似扁桃仁的形状，好像新从黑色大理石中雕刻出来一样，为这景致增添了一份宁静，因为它直接与倒映在河水中的、深蓝色天空中的小小球状云朵形成对照，云层边环绕着的几颗星星也清晰可见。我想，这可以是现代绘画的绝妙构思。一辆小汽车驶过新桥（Pont Neuf），车尾排出的废气瞬间弥漫，但又很快散去。冬日的夜晚渐渐临近。寒冷的空气穿透了衣服，我感到了寒意。

晚餐时间到了。我回到奥古斯汀大街，在青蛙餐厅的铜牌下遇见了朋友。我们四个——T. C. Chang，陈源（Ch'en Yuan），钱家其，还有我自己，一同进了拱形门，前两个房间皆宾客满座，只有第三间房尽头的一张长桌有几个空位。我们没有提前预订，不过家其认识这里的老板，他解释说我们中的两位不讲法语，希望坐在一起。因此，另外三位就餐者——一位男士和两位女士被请求换个座位，我们四个便得以坐在他们空出的座位上。对此我感到很难为情，但家其贫嘴道，这是经理的主张，且顾客也不反对。这是常见的事，我们也随时可能被要求挪位子。

见过码头的宁静，会觉得餐厅非常喧闹。到处是喊话声、歌声和碰杯声。我的眼球似乎在膨胀，耳膜也嗡嗡作响。不过，我很快就和他们笑成一片。一阵欢声笑语以我听不懂的语言在房间里蔓延开来，似乎是个荒谬至极的笑话。究竟是因为什么呢？无论如何，笑声是完全可以传染的。我庆幸自己在必要的时候能够抛弃习惯性的节制，以自我为中心和太过主观的性格容易束缚人的视野，因而错过人生一半的乐趣。

很快，家其点的菜上来了。我们得以落座，可说是非常幸运的，因为此时门外已经排了一条长队，许多来就餐的客人站在我们那个房间入口的墙边等候。时间慢慢过去，气氛越来越热烈、温馨。我仔细看了看面前的一道蛙肉。它们与我曾在上海吃过的不尽相同。那还是大约三十年前，我第一次远离家乡，千里迢迢到上海。想到这里，我的思乡之情瞬间油然而生。

那年，我中学毕业，去上海参加国立大学的招生考试。我的祖母是一位虔诚的佛教徒，她一直坚持不杀生，但从不勉强其他家庭成员同她一样。在我离家前，她语重心长地告诫我，如果可以克制，则不要吃任何不寻常的食物。佛教有投胎转世之说，就是凡杀生并啖之者，在投胎转世时将会被变成其中的一种生物。我祖母的想法就是源自这样的信仰，而她的观念确实对年幼的我造成了影响。我和一位同样去上海赶考的同学同住一家旅馆。一日，有道特别的菜摆在餐桌上，里面有田鸡肉。田鸡即蛙，这样称它是因为这些可用来做菜的蛙生长在上海周边的稻田里，据说味道很像童子鸡。中国其他地方也可找到蛙的踪迹，但只有上海周边的人及广东人吃这个。我盯着这盘菜，祖母的话回荡在耳畔，而蛙肉的摆放方法也让我动摇了。那是约十对蛙腿，每对长约 2 英寸出头，上半部分宽约半英寸。它们的外皮被剥得干干净净，白花花的颜色和形状看上去和人腿很像，下面铺垫着一层汆过的菠菜，中央放着的一些红萝卜，盖住了蛙腿的末端。（至今想起这道菜，我仍觉得它像极了好莱坞影星埃丝特·威廉斯 [Easter Williams] 和她的女子游泳合唱队在水里摆出的圈形造型，造型以威廉斯小姐为轴心，形成了只见大腿不见身躯的效果。）我的朋友吃得津津有味，盘子来了个底朝天，而我，最终抵不过劝说，吃下一两块，但祖母的话却一直在耳边回响。

据一本名为《山堂肆考》的古书记载，唐代某位御厨烹制了一道蛙膳，这道菜深得主子欢心。当晚，皇帝起初睡得酣畅，后来做了个梦，梦见他的好几百个臣子皆身着绿衣，跑过来向他讨命。每个人都长着一张大嘴巴，愤怒地大声咕哝着，眼珠愤怒地往外鼓出来。他立即明白了为什么会做这样的梦，遂颁布法令，严禁捕蛙为食。自唐朝以来，许多中国人不吃蛙，这或许是个原因。

距离在上海吃蛙的时光已过去三十余年了，这些年我尝过各种美食，祖母的话不再令我良心受到谴责。当蛙腿做成的美食摆在眼前时，我的第一反应是它看上去并非似曾相识。没有成对可辨认的蛙腿被摆成环状，也不像一条小小的女人的腿。这些肢体小多了——长度大概只有我在上海吃过的三分之一。盘里的蛙肉不是煮过的，而是用热油炸过，外面似乎裹了一层薄薄的面粉，肉呈褐色——许多块上有烧焦的部分。因为本身就很小，烧焦的小块就像是用过的火柴棒。盘底没有铺绿色蔬菜，盘中央也没有铺红萝卜，而有几种青菜和精心切成的葱段点缀，透露着精美诱人的风味。保守估计，至少五十对蛙腿才可以凑成一盘，如此看来，每晚这里被消费掉的蛙腿数量是巨大的。

约翰·乔治·伍德（J. G. Wood）在他的《插图版自然史》（*The Illustrated Natural History*）一书中写道：

> 在巴黎，这些生物（蛙）被高价卖到餐馆，只有后腿被取材，因此，蛙肉可说是餐桌上相当奢侈的一道菜肴。
>
> 要了解蛙是如何被带入市场的，得起个大早，早上四五点钟是最佳时机。卖蛙的通常是妇女，她们每人身旁有两只大桶，一只装蛙，另一只则在旁边钉上皮带子，桶里插一把锋利的宽边刀。买家一番讨价还价后，卖家麻利地将左手伸进一只桶里，一刀切下骨盆上的后腿，剩下整个躯体和前肢放到另一个桶里。

接着，再小心翼翼地剥去后腿的皮，然后送到餐馆，调制成各种风味。在我看来，用白汁沙司调味是最佳的烹饪方法，更合乎我的口味。蛙肉需要精心的烹制，一旦调味得法，则是一道独特的美味。有人曾把蛙肉和鸡翅做过比较，但不是很合适。将银白鱼和田鸡的胸脯肉混合烹饪是一道美味，值得推荐。

我曾在中央大集市（Halles）度过一整夜，但未曾遇到过如伍德先生所描述的女性卖蛙者。或许没看到倒更好，因为我不想看青蛙被肢解的场景。作为一个相当世故的儒家信徒，有时我会借孔子的名言来解释我行事的出发点。比如在这件事上，我会借用他这样的言论——“君子远庖厨”，因为目睹杀戮和屠宰会强烈地刺痛他的心。

然而，我不得不承认自己爱吃蛙肉，我的朋友们也是。吃蛙腿得细嚼慢咽，一条腿接一条腿。这样细小的一条大腿甚至不能塞满嘴巴，品尝之乐似乎一部分源于将骨头啃干净后的满足感。刀和叉都派不上用场，我们得动用所有的手指。在文明时代用原始的方式就餐是浪漫的，而在不文明的时代这样就显得野蛮了。我无心解决人类生活的这一矛盾，但在那一刻，我确实希望可以拿起一双筷子大快朵颐。用筷子夹起一根蛙腿，边一小块一小块地品味，边呷着小酒，真是无比的快乐。在这样的场合，狼吞虎咽是不合时宜的。

我二十年前到伦敦生活之前，无论去哪里旅行，都会随身带一双象牙筷子，装在一只量身定做的盒子里。这样的习惯是讲究卫生的需要，因我知道酒店和餐馆的筷子在卫生方面是不可靠的。使用一段时间后，我对我的筷子视若珍宝，仿佛它们有种使食物更加美味的神奇魔力，这正如一个画家拥有一支心爱的画笔，进而渐渐地相信这笔有魔力一样。自从到了欧洲，我放弃了这一习惯，开始使用刀和叉。

想起这双筷子，我试图想象，若有人发现我在房间里使用它，会作何反应。怪癖不仅仅是矫揉造作的：怪癖会导致骚动。我相信和我同桌的许多朋友会请求试用一下它们！对如此激动人心的场面的幻想着实吓了我一跳。

此刻，我们桌和其他桌一样闹腾起来。酒瓶见底了，我的盘子也几乎露了底。第二个房间的喧闹离我们越来越近。一个猛冲，有个人冲了进来，经过我们的桌子。在场的男士全都站起身，手中握着酒杯，给了他一个充满激情的喝彩。这是个年轻人，长着稀疏的费尔班克斯式的胡须，穿一身海军蓝制服，肩膀和腰间装饰着金色的粗线，体形相当修长，中等身材，衣着整洁，潇洒不羁。虽然肩膀看上去微微往一边倾斜，但他仍从容不迫地走着。置身我们中间，他没有微笑或大笑。他看似神情单纯、本性善良，好像对这世上的一切都能欣然接受。他汗流满面的样子透露出他刚刚走了一段费力的路。他一手从一个壮实男子的盘里抓起一只蛙腿，然后，附在另一桌一位年轻女士的耳边，低声说了句什么。很显然，他既不认识这位男士，也不认识这位女士，但这二位都笑起来。他高谈阔论，大声讲着话，并一脸严肃地拉长脸唱着，整个房间的人笑得前仰后合。我也忍不住大笑起来。忧郁的面孔使他看上去脾气很差，但实际上他一直在制造快乐的气氛。在他的“魔法”下，房间里的其他人看上去如同着了他的魔法般安静。

在我发热的大脑听来，这个年轻人令人费解的话语和其他食客的喧哗声既不像演讲也不似歌唱，倒像是阵阵蛙鸣。整个房间的气氛越来越热闹，我们都大汗淋漓。

布封（Buffon）曾在他的著作《自然史》（*Natural History*）中提到：“在潮湿的天气来临前，（青蛙）会发出歇斯底里的叫声，然后不停歇地叫着，发出它们的召唤，迎接它们最喜爱的潮湿天气。”或许，我们此刻发出的呱呱的叫喊声，正是在表达我们期望大雨带来丝丝清凉的渴望。

蛙声使我想起家乡九江的童年时光。记得那是我十岁左右，我家菜园里有个池塘，夏日的夜晚，我常在池塘边纳凉，悠然自得地坐在菜园里的椅子上或草地上，听阵阵蛙鸣。在我看来，它们的鸣叫不仅悦耳动听，而且给我的身心带来清凉和宁静，甚至像古老的催眠曲使我渐渐进入梦乡。九江的夏夜酷暑难耐，我们常常要到半夜才能入睡。我家的菜园比较偏僻，周围高墙环绕，家里的小孩子常常在夏天的夜晚把竹椅子搬到院子里，往上一躺，不到午夜不会进屋睡觉。中国的夏夜往往干燥炎热，皓月当空，繁星闪烁。有些和我一样爱听蛙鸣的人，会搬出凳子坐在池塘边，有些人则坐在树下或花坛边，听家里的长辈讲各种怪诞的故事，大多离不开鬼啊魂的。这样的夜晚真是优哉游哉！

听蛙鸣能感到快乐，这在从未在室外度过令人窒息的夏夜的人看来，似乎很古怪。或者，中国人在外国人眼中就是很古怪的。我国著名诗人也写下不少诗句来描述蛙鸣，也有别出心裁的亭子被修建在园子里并冠名“听蛙楼”。13 世纪有位诗人曾写下一副对联：

满池月色如霜白，一片蛙声似雨来。

绝非绵绵小雨的沙沙声，只有激流直下的澎湃声，才会在热浪翻滚的高温下受人欢迎。也只有在下雨前夕，青蛙嘶哑的粗声鸣叫听上去才会像大小不一的锣鼓同时响起的声音，而在雨后，你听到的会是如同许多的木鱼杂乱无章地敲出的清晰又刺耳的声音。

正当想入非非之时，我被这位身穿海军蓝衣服、趣味十足的年轻人惊醒，他又开始唱歌了。他的头凑在一个背对着我们的年轻女孩边。接着，他又开始在几英寸厚的地板上跳起了踢踏舞，看上去更为滑稽。其他人也跟着唱起来，并用胳膊打着拍子。一个结实的家伙跳到凳子上，张开双臂，只见他头上戴着一顶帽子，上面装饰着一只用真羽毛做成的鸟。这帽子是他刚刚从坐在他身后的一位中年女子头上取下来的。很快，他又回到自己的座位。此前，两位身穿法国卡其布的年轻士兵挤了进来，差点儿坐了他的座位。这两位士兵只好在桌子边上另找了座位。其中一位，好像觉得轮到他了，从他旁边的一个女孩头上抓下她的帽子。这是一顶粉色的帽子，看起来像一只蛋杯。他把自己的军帽扣在了女孩头上。这下，所有人都兴高采烈起来。

接下来，一阵喧闹的歌唱开始了，“帽子、帽子、帽子”的叫声充满了整个房间。这时，走进来两个身材高挑、浓妆艳抹的女子和一个结实的男子，他们在离席者的座位上坐下来。那个男子也戴着帽子，一小步一小步地移到房间中央。奇怪的歌越唱越响，那男子见时机已到，便用力地将帽子一扔，套到了一个灯罩的顶部。至此，歌唱结束。

这里是没有菜单的，所有的菜名用红笔逐一列在一张纸上，高高地

贴在墙上。我看不明白这些菜名，当然，大多数单词是不认得的，所以还是家其点菜。在吃了些新鲜水果后，我们吃了第二道菜——乳猪。

不断有新的顾客想挤进来，屋里越来越热闹，几乎让我失去知觉。我感到昏昏欲睡，不料头碰到了桌子上，脖子也扭了一下，这下，我肿胀惺忪的眼睛突然看清晰了。我一下清醒过来，向朋友提议，我们该给外面排队的新顾客让座了。一顿晚餐这才告一段落。

我正费力地穿大衣时，一个年轻人站起身，伸出手臂，给了我一个最诚挚的握手。可惜他抓我胳膊的角度不当，尽管我笑嘻嘻地对他道“晚安”，还是能感觉到剧痛。我的同伴们还以为我遇到了故交。

家其率先走到拱廊对面的门口，一个身穿红衣的年轻女子正站在门外。家其吻了她的一边脸颊，她不知将何物放入他手中。其他的朋友也照做了。我以为他们互相认识。接着，我到了门边，女子拦住我。她左手使劲地往我手心里按下什么，并用一根右手指指了指自己的脸颊。我匆忙地学了朋友们的样子，并为我的不解其意感到难为情。伸手一看，她塞给我的原来是很小的一只金属青蛙，绿油油的。“这是个纪念品，每位顾客在这儿用餐后都会得到一只。”我的东道主评论道。

拱廊下清凉的空气使我的皮肤从灼热中恢复。我深深吸了口气。拱廊外寒气刺骨，我不禁打了个冷战，这才想起原来现在还是一月呢。巴黎的冬天只过了一半，而我方才度过了一个如仲夏般的夜晚。

第六章　艺术家的圣地

我首次听说蒙帕纳斯（Montparnasse）是在三十多年前的上海，在那里，许多中国的年轻人从巴黎学习艺术归国，开创了西方风格的艺术流派。他们对中国传统绘画风格嗤之以鼻，就连我们原本就设计成宽松舒服风格的传统服饰，在他们眼里也是笨拙的。他们喜欢在下巴下方扎上醒目的、宽大的黑色或红色蝶形领结，这恰好掩盖了不那么干净的衣领，五花八门的夹克和裤子上，总会沾上一块块油画颜料，蓄长发，胡子拉碴。

这种遗留下来的细微的装模作样，标榜了巴黎与上海的不同。我的头发浓密漆黑，且即便半年不剃须，胡须也不会伸到汤里，这是作为中国人的优点。但对这些艺术信徒而言，他们的胡须和当年在法国时学艺术的同学茂密的胡须比起来却相形见绌，这让他们痛心疾首，自信全无。但一个人是无法更改自己的种族的，中国人天生不如西方人一般毛发旺盛。俄罗斯芭蕾舞演出中，为中国人角色设计的连鬓胡须，也需精心护养多年才会养成。通常情况下，六个月的努力才能长到扎手的尺寸。

这些新式艺术学校全都建在上海的法租界（如今已被废除），这片区域自然就成了中国的蒙帕纳斯，春季和秋季也会定期举办艺术沙龙。和艺术毫无关联的年轻人，也希望给人留下见多识广的印象。最大的难处是找到中国年轻女性做模特，尤其是人体模特。因为，受孔子伦理准则的影响，赤身裸体被人看见是不道德的、羞耻的。上海第一所现代艺术学院——上海美专的院长遭到了媒体近乎残忍的攻击。当时，他找了一位上了年纪的志愿者为教学服务。为了躲避当局的逮捕，他无奈之下逃到了日本。过了些年，事情渐渐平息下来后，他才能重返学校继续工作。在那个时期，尽管没有现成的中国模特，法国或者俄国的女孩却也容易找到，事实上，她们甚至更有魅力。年轻人纷纷打上领结，拿起西式的画笔和颜料，尽管对西方艺术中的“裸体”的意义知之甚少，甚至一无所知，他们还是怀着喜悦和敬畏的心情谈论着。那些懂行的，则会写些相关主题的文章发表。这样一来，一批新的艺术杂志应时而生。研究儒学的学者们给这些艺术生取了绰号，叫“赤裸赤徒”或者“裸体追随者”。我虽一直痴迷艺术，却不属此类。在那个时候，我还在学化学。从当时的一种新式杂志中，我第一次读到“Montparnasse”这个名字，它被译为四个汉字:“蒙帕纳斯”。

1933 年，我到了英国，游览了伦敦艺术画廊，见到大量印象派和后印象派画家的作品。蒙帕纳斯这个名字，尽管我不能用法语读出来，但亦在脑海里生根了。我开始通过书籍、各类讲座和我的艺术家朋友们学习西方艺术。我了解到蒙帕纳斯是如何在 1900 年后不久从一个平淡无奇的街区变成一个举世闻名的艺术和文学中心的。列宁和托洛茨基（Trotsky）在圆亭咖啡馆（Rotonde）一起喝过咖啡，莫迪利亚尼（Modigliani）和郁特里罗（Utrillo）欣然相聚，觥筹交错后醉意醺醺，竟然失手打起架来，半夜三更被带去警察局。1907 年，帕斯金（Pascin）从慕尼黑来到巴黎，在圆顶教堂接受款待。凡·东根（Van Dongen）从埃及一回国，便将自己打扮成海神尼普顿，衣服脱至腰部，将蓝粉相间的丝带打成的结装饰在他茂盛的胡须上，在他举办的派对上赢得客人的欢心。勒杜瓦尼埃·卢梭在其画室多次举办私人招待会。外国的艺术家，如夏加尔（Chagall）、藤田嗣治（Foujita）、奥西普·扎德金（Zadkine）、毕加索等，以及法国国内的艺术家如鲁奥（Rouault）、弗拉曼克（Vlaminck）、马蒂斯（Matisse）等人也纷至沓来，激烈地讨论艺术、比较作品。1923 年 12 月的一个下午，新扩大的圆亭咖啡馆隆重开业，在喜气洋洋又备受推崇的热烈气氛中，诗人兼艺术评论家古斯塔夫·卡恩（Gustav Kahn）发表了演讲。主人邀请了所有的客人——大部分是艺术家、诗人及其友人——一起免费饮酒，并欣赏了画作。一些创办“上海的蒙帕纳斯”的艺术家可能也出席了派对。

这是最早的一批前往蒙帕纳斯的人士。不仅仅来自法国各地，甚至来自世界各地。圆亭咖啡馆就自然地成了艺术画廊，墙上和楼梯间到处挂满印象派和后印象派画家的作品。腰缠万贯的画商和富有的收藏家纷至沓来，寻觅佳作。不久，多摩咖啡馆（Dôme）扩大了规模，并装饰得富丽堂皇。1927 年，当地第三大咖啡馆——圆顶屋咖啡馆（Coupole）开业了。尽管也有许多更小的咖啡馆，但始终是这三家独占鳌头。在那里，可以遇见各类艺术家、诗人和古怪的人物；在那里，也可以遇见身着奇装异服的男男女女；在那里，人们去寻觅各类有趣的人物；在那里，每天上演着各种搞笑、娱乐、欺骗等等；在那里，可以从事人体试画学习，现如今成名的人物也曾经在那里学习过；在那里，可以享受完全的自由。一点儿也不奇怪，我想，来过此地的中国年轻人一定是把魂儿丢在了这里。审视那些在蒙帕纳斯起步的草根的名单，我找到了唯一一位东方人，藤田嗣治，一个日本人。我希望他们追求的是远远比裸体艺术更重要的东西。

实际拜访蒙帕纳斯是大约二十年后了。1952年，此时我对它已是非常熟悉。许多人向我保证，蒙帕纳斯不再是四十年前，或三十年前，或二十年前，甚至是十年前的模样了。其街道，与巴黎城其他任何大的街道无异，亦是咖啡馆和餐馆林立；一些朋友以为我可能会偶遇一两个奇怪的人，但即使如此，这些也不过是平庸之辈……我一向不会为“过去”感伤，正所谓“人间正道是沧桑”。平庸之说可能是根本不存在的优越。不顾众人的建议，我带着一颗开放的心去了蒙帕纳斯。

一日上午，我在瓦格拉蒂街（Rue Vaugirard）上完法语课后，在街上漫无目的地闲逛，看看商店的橱窗，或是行人，直到走到一处写着“蒙帕纳斯大道”的路标下。我沿着大道一路前行。这街道路面宽阔，人来人往，十分繁华，比我在瓦格拉蒂街走过的大道要窄一些。穿过雷恩广场（Place Rennes）时，我看到古老的教堂圣母院，便里里外外地仔细打量了一番。在街道的对面，正对着教堂，我注意到一家商店大玻璃窗上描绘着栩栩如生的花朵，但由于街道太宽，看不清是什么花。我走过去，凑近一看，原来是极其美丽的展品。我毫不惊讶，这花店正满足了这城市的花卉装饰之需。

很快，三家咖啡馆云集之地便在眼前。由于圆顶屋咖啡馆最近，我走进去点了杯咖啡，想尽可能久地在里面逗留。咖啡滋味很好，一杯下去，人精神了许多。离午餐时间还远，故客人还不太多。和巴黎大多数服务生一样，这里的服务生谦恭且周到，尽管我不能和他用法

语交谈。我悠然自得地呷着咖啡，四处张望着。频频地，有眼睛和我四目对视，我知道他们也和我一样在四处张望。没有人穿得格外引人注目，也没有人很另类地说着话。不知不觉，一个半小时就溜走了。又一杯咖啡下肚，我才离开。很显然，正午前，艺术家和时尚的诗人们还不会光顾此地。

我所在之地距卢森堡公园仅有五分钟的步行时间。一个没有太阳的下午，我沿着绿树成荫的林荫道，穿过奥古斯特·孔德街（Rue Auguste Comte），再去看看蒙帕纳斯大道。昏暗的光线下，马似乎在和溅起的水花搏斗。靠近蒙帕纳斯大道时，我走进多摩咖啡馆喝了一杯酒。五点已过。客人比我在中午时遇到的更多。我的双眼如同两只不发光的探照灯环顾着整个房间，最后，又落在我自己的酒杯上，这酒杯，我暗自思忖，和其他酒杯一样常见且造型优美。并无二致。客人们来来往往。没有谁看起来古怪离奇。人人都循规蹈矩。大约六点半，人群逐渐稀疏，可以看到有空座。多摩咖啡馆也提供美食，但顾客们来此大多只为喝一杯咖啡或其他的饮料。度过平淡无奇的两个小时后，我发现我再一次来错了时间。

也许这些咖啡馆的独特风景要到夜晚才能呈现出来。

我的一位中国画家朋友周麟博士邀请我去他位于蒙帕纳斯大道25号的寓所参加晚宴。当晚共有十人，除了巴黎人周夫人和她的侄女，其余都是面部平平的中国人。周夫人是一位天生的大厨，变戏法般为我们端出了十二道正宗的中国风味佳肴。我怀疑是否有哪位中国女性可以如她一样做出同等水平的法国大餐。在场的两位中国女士都坦率地说，自己的厨艺是难以望其项背的。

比较了一番厨艺后，我们又聊起了各自在法国的经历。一位中国女士说起她两岁半的儿子的故事，他们举家从台湾来到巴黎后，有一次去了杜伊勒里花园，在那里他们欣喜地见到了广场上星星点点的大理石雕像。他儿子看到了水池，要脱下衣服进去洗澡。“妈妈，”他大声嚷嚷，“这些人都要进去洗澡，我也要洗。”这孩子的反应似乎也会发生在我身上。许多成年人——尤其是东方人——第一次看到这些裸体的雕像时，恐怕或多或少也会做出这样的反应。

周博士多年前求学于索邦大学，专攻艺术及艺术史，对巴黎了如指掌。此刻，他主动请缨，愿为初来乍到并渴望一睹夜巴黎芳容的客人效劳，做一次免费的向导。我自觉来巴黎已三月有余，算不得“初来乍到者”，便礼貌致歉，独自离去，没有同行。

九点半后，大道上来往的车辆少了很多，人行道上宽敞了起来。霓虹灯，大多是咖啡店和餐馆的霓虹灯，在大道黑暗的墙壁的对照下显得更加耀眼。夜晚的空气清新又柔和。不由自主地，我的双脚忍不住再次踏进蒙帕纳斯的中心，走到了圆亭咖啡馆。我倒没发现它与圆顶屋和多摩两家咖啡馆有什么不同，只是墙上多了许多画作。房间里满满的都是人，所有的宾客都衣着考究。乐队奏着乐，一些人成双成对地在房间中央的方寸之地翩翩起舞。来来去去的人从烟雾缭绕的空气中穿行而过。欢笑声时不时传到耳边，和某人四目相对时，我看到的是神采飞扬的笑脸。这是一群欢天喜地的人。我感觉怪怪的，因为他们说的话我连一个单词也听不懂。当然，我一直一个人坐在那里，看起来一定也很古怪。或许，我也是一个古怪人物，正在被人打量着。想到这个，我吓了一跳，赶紧离开了圆亭咖啡馆，其时已是十一点半了。我决意继续我的老习惯——漫无目的地走走。

又一个月过去了。我的步伐带着我走过了巴黎一个又一个区。复活节让我结识了一些讲英语的朋友，使我孤独的旅行中增添了一段不孤独的往事。在圣米歇尔大道（Boulevard St. Michel）的杜邦咖啡馆（Du Pont café）里举行的聚会上，一个来自伦敦的小家伙，看上去很机灵，笑嘻嘻地说道，她一直想在蒙帕纳斯找出与众不同的人物或艺术家，找寻多日无果，直到那天下午才遇到。彼时她正等着穿过敖德萨街（Rue d’Odessa），突然听到两个女人用陌生的语言交谈着，她们似乎来自远东，其中一个一定来自中国。说到这儿，她飞快瞥了我一眼，因为她看到这女人穿着一件长旗袍，并绾着中国式发髻，胳膊下还夹着一个扁平的大包裹，毋庸置疑，就是一个艺术家。而她的同伴，漆黑浓密的头发盘起来高耸在脑后，一张脸庞透着男子的英气，声音柔和中带着沙哑，一条深蓝色裤子，一件男式西装，看上去非常迷人。这位叙述者无法穷尽言辞来描述这对看似不寻常的中国人。众人都微笑着听她动人的叙述，除了我。想到我三次来巴黎，必定也给人留下这样的印象，而这年轻的机灵鬼描述的两位女士正是我的朋友。“己所不欲，勿施于人”，我对这句中国古语的内涵惊叹不已。人人都会有连自己也浑然不觉的滑稽之处。我又想起在深夜独自坐在圆亭咖啡馆长达几个小时的画面，我确信那画面在别人看来是滑稽可笑的。人的喜剧的本性是多么一致！

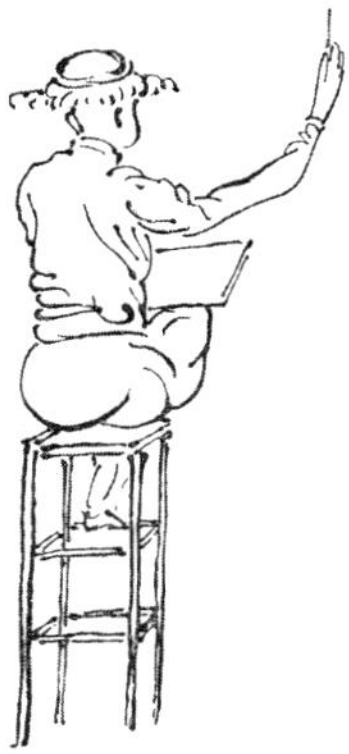

上面提到的中国女性是方君璧女士。她曾师从巴黎国立高等美术学院的院长阿尔伯特·贝纳尔（Albert Besnard）学习艺术。在返回中国多年后，于1950年定居巴黎。她的同伴是潘玉良女士，也是中国人，和方女士同一时期在巴黎求学。潘学成后回国，在上海艺术学院从教数年，但比方定居巴黎要早得多。因在巴黎多年的经历，她们都谙熟巴黎，并日益喜爱巴黎。巴黎对游客的魔力是毫无逻辑的。

方以油画和水粉作闲情逸致之物，而潘却以绘画为生。她们的名字频频出现在中国艺术杂志上。故而，到了巴黎，我自然免不了要去拜访她们。一次，我曾尝试写了如下数行：

方有高雅的情趣，
潘有高尚的事业，
我既无情趣，亦无事业，
除了涂鸦，涂鸦，还是涂鸦。

What an admirable hobby for Fan,
And an honourable profession for Pan!
Neither hobby nor profession for me,
Doodling, doodling, doodling
Is all I can.

摹潘玉良作品
（原件在巴黎教育部）

每周，方和潘都会去位于格兰德别墅（Grand Chaumière）的画室，尽管潘在维钦托利街（Rue Vercingetorix）有间上好的画室。在蒙帕纳斯的艺术家们甚至会为邀请到最好的模特而竞争。好的模特对艺术家而言一直不可或缺，当时亦然，她们仍能吸引大量的人前往格兰德别墅。

潘尤以人体绘画闻名，她下笔干净利落，着色轻描淡写，有时仅以寥寥数笔、浅淡之色完成画作。

一日下午，应方的提议，我陪她和潘二人在著名的画室做人体试画。付过入场费，我们进了那个大房间。画家们在专注作画，他们环坐成新月状，跟前坐着一名摆着姿势的裸体模特。房间内鸦雀无声。潘去了她靠近讲台的常用座位，那里一个模特站在一块铁挡板内。方在更后面的地方找了个空凳子坐下。我挤到房间后部的一条长凳上坐下，后背被挤得紧贴着墙，双脚踩在一个凳子的边缘，上面坐着一个作画的年轻女孩。我画了一两幅素描，便开始注视其他学生认真而投入的脸庞。他们深深地感染了我，我于是再作了幅素描——画的不是模特，而是附近一位上了年纪的画家，他长长的白发搭在肩上。一位女画家举起手臂，以便垂直地拿着钢笔，仔细检查她的构图。一个年轻人从座位上站起身，换了个作画的角度。这房间似乎已经人满为患，但竟然又有两位画家进来了，而且不知怎么居然找到了座位。我在长凳上倒是感觉很别扭。

一个小时过去，一名新模特来换班。他们交接的时候，有一分钟的中断。这时，许多人转过头来。我竟然看到了在语言学校结识的几位同学——两个土耳其人，他们都来自伊斯坦布尔。我们相视而笑。第二个模特更年轻漂亮，当然，这些并不是选模特最优先的考虑。她做出不同的姿势，每隔五分钟就变换一下位置。这是为训练学生对轮廓的快速反应而开设的课程。速写簿在“沙沙”声中频频地翻动着。我观察了一会儿模特的动作，而后又对着另一个学生画了幅素描。结果，我的速写簿里多了许多粗糙的素描，更多的是画学生而非模特。

大约六点钟，活动结束。我走过去和土耳其同学握手问好。我们的法语还不够交流的程度，而他们都不会英语，我也不会土耳其语。他们将我介绍给在人群中认识的人，我也同他们握了握手。我们都不能用语言交流，只是彼此致以微笑，气氛却是相当意气相投且友好的。不可避免地，某个人提出看看谁的画作，于是大家都展示了自己的作品。我也不例外。看到我画了正在作画的学生，有人放声大笑。最后一本速写簿上空空如也，引来一阵咯咯笑。坐在后面长椅上的邻居也是什么都没画，但她一直全神贯注地观察形式和姿势。或许，她是想铭记在心。这在我看来，是最佳的方式。

第七章　向亨吉特先生致敬

我去过两次位于巴黎第三区的元帅街（Rue Montmorency）。

第一次是去拜访我的一位同胞贾先生，我们邂逅于一位朋友的住所。在这条街道上，朋友开了家皮革作坊，我对此很感兴趣，贾先生于是带着我参观了他的作坊和区内其他同类的作坊。他的主打产品是小型的皮革物件，如腰带、钱包、手袋、童鞋等等。他们也面向省内零售商做批发。在元帅街上，贾先生的作坊旁还有几家作坊；在毗连的街道如夏邦街（Rue Chapon）、美德街（Rue des Gravilliens）等能找到更多类似的作坊。我们观看了约二十个作坊，有的还附带着商店。业主们都很友善、热情，坚持要我留下来喝点儿酒，可我这人不太能喝酒。在这些中国商人中，有很多人娶了法国女人为妻，他们还让我看了他们可爱的孩子。整个行程中，让我觉得最有意思的是，这些同胞几乎都来自中国东南沿海浙江省的同一个地区。这一现象是怎么产生的是一个谜。大多数华侨，尤其是在英美国家的华侨，来自中国广东及与其毗邻的沿南海地区。这是可理解的，原因有二：其一，英国对以香港为中心的远东地带展开了贸易活动；其二，美国太平洋铁路在修建时，从中国广东征募了大量的劳工。在英国和美国，来自中国的居民通常以经营餐馆或洗衣房为生。但是在巴黎，谁能竞争得过巴黎人的洗衣房？生存环境的压力使得贾先生和来自他那个阶层的人士尝试做皮革生意。这验证了物竞天择的理论。

贾先生担任巴黎华人皮革业联盟的主席多年，他有个夙愿，想为在巴黎生活的中国人的孩子建立一所小学——我指的是父母为中国人或者父亲为中国人的孩子。我想到自己似乎可以为这一事业尽一份绵薄之力，比如帮他们写几本小册子。他邀我一起吃饭，并叫来一些朋友共商此事。我欣赏他的善意，对他的努力肃然起敬。同时，我想在建校时他也难免会遇到一些实际的困难。大多数就学的孩子今后将会减少待在家里听说汉语的机会，可以全心地投入到学习中。我承诺尽我所能帮助他们。

在我第二次去元帅街前，我早早出发去游览了圣殿广场（Square du Temple）。别人告诉我，这是个非常古老的广场，在法国历史上占有重要的一席之地。

找到这个广场是很容易的。如今它是一个类似花园的地方，有一块绿色的草坪、一个小池塘、一个人工瀑布，还有一些树木。广场周围有许多由金属框架搭的货摊，也有出售旧衣服的摊位。道路上垃圾遍地。路上所见的一些男人，要么长着浓密的小胡须，要么是长长的络腮胡子。女人们的聊天听上去不是在讲法语，有可能是意第绪语（Yiddish），因为位于圣殿街（Rue Temple）和圣殿老妇（Rue Vieille-du-Temple）中间的区域是法国的贫

民窟。附近的道路看上去都很狭窄，以元帅街为例，在那里一辆小汽车甚至都很难以轻易通过。房子看上去都很老旧，一副破败不堪的样子。坐在广场的一条长凳上，我陷入了沉思，回忆起我所知的一点点关于它过去的情形：这里历来是圣殿骑士团（the Order of Templars）的根据地，早在十字军东征前，一个团长带领着一伙人（半武装力量、半僧侣的）去保护朝圣者前往圣墓（Holy Sepulchre）。起初，他们忠诚于自己的道德标准，后来变成了一股影响力超越教堂和政府权力的势力。到 13 世纪，他们拥有了整个欧洲巨大的财富，一跃而起成为一个秘密的组织，其分支遍及欧洲各国。其在法国的分支约建立于 1222 年，现存的广场就得名于这个教区的城堡。逐渐地，这些圣殿骑士把自己的使命抛诸脑后，变得腐化堕落，生活奢靡，享受皇家特权却不做任何贡献。圣殿变成了他们的根据地，在那里，他们沉溺于声色犬马之中。最终，国王腓力四世宣布他们是国家的敌人，向教宗克雷芒五世（Pope Clement V）施压要求镇压他们，收回他们积累的巨大财富。1310 年 5 月，在圣安东尼奥大教堂附近，五十四名圣殿骑士被公开活活烧死。接着，在 1314 年 3 月 11 日这天，圣殿里的宗师（the Grand Master）雅克·德·莫莱（Jacques de Molay），在新桥——也就是如今亨利四世的雕像矗立的位置，被活活烧死。我极其反对将罪犯活活烧死的做法——即使他们真的算得上罪恶深重的罪犯。然而，反观我国历史，也能找到这样愚蠢的暴虐行径。孔子之后三百年，成百上千的儒家信徒被活埋，竟不是因为他们做了什么，而是因为他们读了什么！

我的思绪又飘至 18 世纪末期，其时，路易十六、玛丽·安托瓦内特及他们的儿女，还有国王的妹妹，一同被囚禁在圣殿中。我想象着路易十六是如何在教授儿子学习拉丁语和地理以及玩跳棋中度日。我移步前行，想找到国王的长女曾经种下一棵用于观赏的柳树的位置。这位公主被判决死刑缓期，在返回巴黎很久之后，她朝拜了圣殿。我听说这棵柳树在那里活了许多年，仅此而已。

现在，我是第三次来到元帅街。这一次我有玛德琳陪同，她和我一道拜访一位舞台设计师。在我们拜访这位艺术家之前，玛德琳想让我参观一座中世纪的房子。自 1407 年起，它就一直保持着原貌，这房子属于尼可·勒梅（Nicolas Flamel），他是代笔人、书商和知名的炼金术士。由于世人无法想象勒梅是如何积累大量财富的，和他同时代的人都以为他拥有哲人石（Philosopher's Stone）。他应该说过这样的话："一个吃不起一顿饭的人，一定会在别人需要的时候施舍手中的一块面包。"这样仁慈博爱的观点激起了中世纪人们的怀疑。墙上的一盏玻璃灯上铭刻着红色的文字："尼可·勒梅民宿酒店，1407 年建造于巴黎"。在女客服给我们的旅馆卡片上也印着红字："1407—1485 年，在美洲被发现前"。这大概是为了吸引美国人而制作的，在我看来似乎略显粗糙。

我们前去拜访的艺术家是亨吉特先生。他的画室离这座中世纪的房子仅仅几步路，位于一个吱呀作响的旋转木楼梯的顶部。这楼梯让我想起了决斗故事，并由此联想到皇家英里大道古老的死胡同中的旋转台阶。我怀疑会不会有鬼魂在这些木台阶上走上走下。

我们按下门铃，一个沙哑的声音传来："请进！"门开了，接着，一个生锈的盆从一大堆物品上掉下来。狭窄的过道仅仅可容下一只脚，一路走过去，两边尽是物品，没有人出现。玛德琳悄悄地走着，我也尽量不发出声响，紧跟在她后面。通道尽头正对着我们的一个小房间里，亨吉特先生正在工作。他走出来欢迎我们，穿着工作服，举起沾满石膏的双手，告诉我们不能握手。他看上去年过七旬，但声音和脚步让人觉得他仅五十有余。没有时间客气。他希望我们走进他的房间，但我不得不将左脚放在门外。我的朋友靠在门柱上，但很快她不得不一起出去。

亨吉特先生正忙于制作一个舞台道具狗的巨大头部。他的模特是一张很小的照片。我很惊讶这个放大的尺度。道具头部的底座由纸浆制作而成，亨吉特先生借助浓稠的液态石膏不停地往上增加小片的亚麻布或帆布。他一边做一边和我们交谈。石膏的小碎片落到我的手上，一小滴石膏溅到我的鼻子上，更多的碎片落到身上其他地方。

亨吉特先生告诉我们，他自小就对动手制作东西非常着迷。当一个模型制成后不太令人满意，他会去博物馆和图书馆仔细确认细节。他从没参加过任何培训，手艺全靠自己琢磨，却可以按照别人的要求做出任何东西。对顾客，他总是接受一切要求，也从没让一个顾客大失所望。他唯一的兴趣就在他的工作上，如果有必要，甚至会在夜间持续地工作。工作中最让他厌烦的是，剧院的订单往往要求在短时间内完成，而有时候许多订单会集中而来。

他的素材范围很广，从秘鲁到中国无不涉猎：任何种族的一张脸，

任何类型的头部，鸟、兽、植物甚至食物等。在一个比刚才我们见他工作的那个小房间大得多的房间里，他取下几个巨大的巴黎戏剧界大佬的头像，也给我们看了他工作中用过的图片。相似的程度是令人惊讶的。我们几乎放不下脚，很显然，只有亨吉特先生自己可以将这些头像放回原位而不至于触碰到其他的物体。

在第三个房间，比第二个略小但比第一个房间大，我设法找到一个比玛德琳更好的落脚地，而她的身体很快又失去了平衡——因为看到亨吉特先生接二连三地展示他的作品，她忍不住哈哈大笑：一个非洲部落的人长着巨大的鸭嘴头，一个红色印第安人有文身的脸，一个橘子，一只煮好的龙虾，还有一大块新鲜得好像刚割下来的肉，仿佛我可以把它放在食物橱柜里好每天看它一眼。这些物品不知从哪里变出来的，而且我们没有来得及看清就又被放到什么地方去了。亨吉特先生工作时非常严肃，一点点给我们介绍制作过程，一本正经，从不说笑。他告诉我们马上会有人过来取一只棕熊的头，接下来他将制作的是法兰西共和国总统的头像。玛德琳笑得前仰后合，那是我们在那里度过的最快活的时光。亨吉特先生没注意到这些，因为他忙着拿出许多大部头的书给我们看。有一本书里包含了很多旧中国风俗习惯的内容，据他说，这些风俗是他不时摘抄下来的。

我们在的时候，门铃时不时响起。开始进来一对年轻的夫妇，他们说想要“手臂”，一个放在纸浆纸内的巨大的结构，四条手臂从一个躯干的肩膀处向不同的方向伸出去。亨吉特先生说，穿这身伪装的人要把他的两只胳膊从颈孔穿过去。接下来，来了两位身穿裘皮大衣的中年女士，她们想要一个特制的北极熊的头。很快定好价格和取货时间后，她们随即离去。门铃再次响起，亨吉特先生唯一的助手——一位女士打断了我们的谈话，问他需要选择什么颜色来做一只袋鼠身体的下半部分。还没等亨吉特先生告诉她，三个年轻人鱼贯而入，首先是个男孩，接着一个女孩，然后又是个男孩。那女孩似乎是某个组织的秘书，他们需要两套完整的猴子服装。在第三个小房间，亨吉特先生从架子上的一大堆物品下面取出“猴子头”。接着，他又从另一堆下取出两套黑褐色毛相间的单件装，那两个年轻人穿上后，各自变成了黑猩猩和猩猩。“这是不完整的！”亨吉特先生说，从一堆物品中移去了许多东西放到另一堆上，很快，取出两双猴爪子手套。似乎还少了什么。亨吉特先生站在那里冥思苦想。终于，他翻开一堆堆的东西，拿出两双猴子后爪形状的鞋子。“啊！这样才完美！”

亨吉特先生的工作间充满了有魔力的东西。玛德琳和我发现这里几乎难以找到一个可以安全落脚的地方。然而，许多顾客到来，扮上盛装，又恢复原样，没有任何困难。最让我感兴趣的是，这些物品虽然看起来放得杂乱无章，他还是能迅速地从杂物堆中找出任何一件。我想到我在牛津的房间，在那里，我常常找不到需要的东西。便笺、素描和书本总是在记不起的地方放很多天。我的女房东总是好心地要帮我把东西分类并摆好，但我从来也听不进去。这是我的生活方式中明明白白的缺点。亨吉特先生就没有，我羡慕不已。

我还羡慕亨吉特先生不知疲倦的旺盛精力和对工作毫不衰减的热情。对待每份工作都异常认真严肃，绝不会有“可以凑合了”的态度。他说，他从不缺少工作，周末也和工作日一样。他对一件作品的要价在我看来非常合理，以巴黎当时的生活成本来说，可以算是中等水平。我问他为什么不报价高点儿，他回答说，如果他成天想着从工作中获得多少，那么，这么些年来就不可能做这么多事情。这是多么神圣的工作态度！

我又问他为什么不请一个帮工。这又对政府和现代制度提出了要求。亨吉特先生说，他的这种仅能带来中等收入的生意得不到官方的保护或援助。因为他是一个人工作，政府就忽视他了。如果雇一个不太能做事的年轻工人，他便付不起医疗保险费。过去，他可以忘记政府，仍然能做自己的事情；但政府部门的表格来了，不得不填写。曾经，因为赶时间，他叫了一位表亲来帮忙。那段日子，政府官员不断来找他麻烦，弄得他不得安宁，很多时间都浪费在回答官员的提问上。最后，他只得让表亲离开。他现在唯一的助手就是我们见到的那个女孩，只承担他工作中很小的一部分。一位真正的工匠会直接询问他能获得多少收入，而在亨吉特先生看来，一个人脑子里想的是收入而不是把工作做好，这样的人来了，更多的是添麻烦而不是帮忙。人能从兴趣和信仰中有所创造才是至关重要的。他知道他不可能永远这么工作下去，但他确信，在巴黎的某个地方，一定会有人和他一样有同样的想法，愿意将传统继承下去。

离开之前，我对亨吉特先生致以深深的鞠躬，以表达对他这种工作精神的欣赏。

午餐后继续工作

第八章　揭开蒙马特的面纱

人们称为蒙马特（Montmartre）的这片俯瞰巴黎的高地，关于其名称的由来，我听过三种解释：首先，它是指罗马时代建在高地上的玛尔斯神庙（the temple of Mars）。其二，它是人名马拉的变体，因为在法国大革命期间，它被称作蒙特马拉。其三，最普遍的一种解释，是为了纪念圣德尼的殉难。

有一个关于圣德尼的传说。圣德尼在这座山丘上遭罗马守备部队砍头，之后，他捡起自己的首级，举在身前，围着小山向北走，为被斩首的自己寻找一处葬身之地。在巴黎城北五英里处找到一处合适的地方后，他倒下了。而此处，就是圣德尼大教堂（the Abbey Church of St. Denis）所在的位置。

或许是因为我来自非基督教国家，故而总是对许多基督教徒对死亡的坚定信念心怀钦佩，而这种坚定使我确信将蒙马特与圣德尼联系起来是合适的。但似乎只有我一个人有这种感受，因为日日夜夜来游览蒙马特的成千上万的人们，并非都如我般带着对殉难的法国守护神的敬意而来。这或许是因为政府没有对蒙马特这个名字做出官方说明，也或许是由于爱立雕像的法国人没有为在山上殉难的英雄竖一块醒目的纪念牌。

我去蒙马特时，感到那里的游客每个人都心怀自己的目的。有些人，是去寻找巴黎放荡不羁的艺术家的聚集地；有些人，从书本上读到，蒙马特很显著的特征是风车，巴黎人可以观看风车的叶轮在风中快活地旋转，这在任何城市都是新鲜事物；有些人确信，蒙马特就是夜总会、酒吧和各种表演的代名词：在午夜时分的蒙马特，你可以听到世界上的各种语言，除了法语。有些人则认为，蒙马特不只风景如画，更是法国历史上举足轻重的地方：罗马的军营曾驻扎在此；公元978年，德国朝着巴黎方向前进了很远之后，在蒙马特高地上高唱感恩赞美诗，而后离开；16世纪末，亨利四世包围巴黎，将他的司令部驻扎在蒙马特；法国大革命时期，蒙马特所受的骚乱、困扰

皮嘉尔广场（Place Pigalle）附近的小路

绝不比巴黎其他地方少；1815 年，英国军队占领了蒙马特一段时间；1871 年 3 月 18 日，巴黎公社在蒙马特成立，在古老的圣皮埃尔教堂（the Church of St. Pierre），勒肯特将军（General Lecomte）和克莱门特将军（Clément）被枪杀。许多我遇到过的人悲叹道，没有了德加（Degas），没有了图卢兹·劳特雷克（Toulouse-Lautrec），没有了雷诺阿（Renoir），以及其他许许多多的艺术家，蒙马特已经“失去了灵魂”。蒙马特的多重面纱令我迷惑。不像其他游客，我不止一次地选择独自一人漫游蒙马特，正如传说中的圣德尼那样“无头无脑”。

第一次蒙马特之行是由两位朋友陪伴。我们从皮嘉尔广场的地铁站出来，克利希大道（Boulevard de Clichy）上霓虹闪烁，同皮卡迪利（Piccadilly）或时代广场一样灯火辉煌，只是少了一些旋转着的灯。还没来得及适应这强烈的灯光，耳边已传来震耳欲聋的叫喊声，只见一排货摊和篷车以及旋转木马错落在一起，还夹杂着其他吸引人的东西，很像复活节后的星期一（Easter Monday）或八月的公共假日（August Bank Holiday）那天汉普斯特德希思公园（Hampstead Heath）的英国集市。我的一位朋友马上去试了一个游戏，用力向上推动一根倾斜的铁条，使它撞上一个小型的大炮，然后，大炮会爆炸，并摧毁一幅远洋运输巨轮的图片。他试了三四次方才成功，正沉浸在洋洋自得中时，他的下一位，一位精力充沛的法国年轻人，连续三次撞上大炮，次次中的。这让我朋友信心受挫，汗颜不已。摊主拉长了脸，所有的旁观者都哈哈大笑起来。摊主在重物上增加了重量，邀请那年轻人免费再试一次。那年轻人脱下外套，舔舔双手，再次撞击，还是成功。然后，他拿起外套走了。一阵欢笑声中，一位老者调侃道，如果再让他撞击一次，他只怕热得连裤子都要脱下来呢。

我们沿着这排小货摊向前走。行人稀少，生意冷清。我暂住巴黎期间，在意大利广场（Place d'Italie）、圣米歇尔大道，还有其他地方，都见过类似的小摊。这些似乎是流动的小摊。若果真如此，无怪乎不受行人青睐。

我们沿着克利希大道前行，挨个儿认识了著名的黑猫夜总会（Chat Noir）、双风车咖啡馆（Deux）和夜十点剧场（Theatre de Dix Heures）。我们没有走进任何一家卡巴莱夜总会。因为我被告知，要看这些表演，不仅要对法国有全面的了解，还要知道巴黎当下发生的事情。从书中得知，黑猫夜总会曾是艺术家和各类放荡不羁人士的聚集地，艺术家、诗人威利特（Willette）为夜总会画了招牌——一只长着金色眼睛的黑猫站在一弯银色的新月里。而现在，夜总会的规格对过去的老顾客来说太高了。

第二次去蒙马特是独自一人。从红色古堡（Chateau-Rouge）的地铁站走上小山，巴尔贝斯大道（Boulevard Barbés）上一幢高耸的圆顶建筑吸引了我，我得知这是迪法耶尔（Maison Dufayel），也叫新奇的宫殿（Palais de la Nouveauté），是一家百货商店，类似于伦敦的哈罗斯百货商店（Harrods）或纽约的梅西百货（Macy's）。我惊讶于它的创始人、已故的迪法耶尔先生，竟开创了分期付款购买的制度，这种制度在后来成为一种司空见惯的商业约定关系，在美国尤为盛行。我疑惑为什么他想建一个有圆顶的高楼，这在巴黎倒是屡见不鲜。或许，是为了给顾客留下深刻的印象吧。

穿过安德烈·德尔·萨特街（Rue André del Sarte），我发现自己站在通向拉马克街（Rue Lamarck）附近小山的台阶下。这是一个明媚的星期天早上。长凳上、石阶上，三三两两地坐着一个个巴黎家庭，他们的孩子在一边嬉戏。爬山是个辛苦活，我时不时停下来，转身欣赏一下风景。第一眼看到圣心大教堂（Sacré Coeur）时，我不禁后退一步。它巨大的形体，尤其是它中央的圆顶，令我颇感压抑。只见那圆顶突兀于整个建筑中，使其他部分显得更低了。它那令人目眩的白色，在我看来，与柔和的灰蓝色为基调的巴黎似乎不太和谐。如果把它建在纽约或者华盛顿，也许倒更相得益彰。小山沙质的土壤太易松动，支撑不起这样的庞然大物，所以，建筑的地基只能穿山而过。我喜欢这样的想法——即使移走小山，这教堂依然岿然不动。

我没有急于走进教堂，而是先鸟瞰一下山下的巴黎全景。清晨的薄雾笼罩着整个城市，一片深蓝色石板屋顶的海洋在这迷雾中，颜色更加柔和、淡雅。到处是玫瑰色和淡紫色的小色块，那是被刷成红色的烟囱的阴影。埃菲尔铁塔仿佛是停泊在右边某处的一艘巨轮的桅杆，而巴黎圣母院上的两座“双子塔”则像一艘驳船上的两堆干草。其他的教堂塔尖、荣军院（Invalides）、法兰西研究院以及先贤祠的圆顶，若隐若现，朦朦胧胧，各式各样的桅杆隐匿其间，让人觉得正在观赏的是长江边上一大片中国式平底帆船。然而，台阶下叽叽喳喳说个不停的孩子们，还有他们欢乐的笑声，扩音器里传来的法语、英语和西班牙语等不同语言敬告游客的声音（叮嘱游客不要买街头小贩手中的圣心大教堂的明信片，建议在长方形廊柱大厅里购买），将我从幻想中拉回到现实。

我无意购买明信片，但仍然走了进去。里面正在举行宗教仪式，参加者甚众。有人告诉我，整个教堂的内部采用了希腊十字的形状，但教堂正中人太多，我不能清楚地看出这种效果。该建筑始建于 1875 年，但其墙壁仍是裸露的，灰色的花岗岩石裸露出来，仿佛新切割而成。它的正厅据说能容纳八千人，确实气势恢弘，但不像巴黎圣母院大教堂那般令人敬畏。接下来，我走进教堂的地下室，里面空无一物，不像许多古老的教堂那么阴森，让人觉得沮丧，因为它似乎还在建设中。楼梯间旁的桌子上，放着一个尺寸相当大的长方形教堂模型，有人在向游客讲解它的构造。我没有走过去听，因为我想找到通向圆顶的路。最后，我费力地爬到了顶部，爬上去可真不容易。

这里的视野比先前在正面的台阶处更开阔，不仅可以看向南边，而且可以环顾四周至更远的地方——巴黎西部的小山般的影像和巴黎的北部。离开教堂前，我还去看了那个巨大的萨瓦钟（La Savoyarde），其直径约 10 英尺，重 16 吨，是萨瓦（Savoy）女性所赠，敲出的钟声可在 30 英里外听到。

站在瑞塞斯街角（Rue Razais），我意识到自己到了小丘广场（Place du Tertre），它实际上是巴黎的最高点，是古蒙马特村镇的中心地带，如今是前来蒙马特的游客心中的圣地。由于是清晨，且正值冬季，广场上还没有摆放什么桌椅，只有些孩子在那里玩耍。我注意到一座名叫“普乐波之家”（La Maison des Poulbots）的房子，想起玛德琳是蒙马特孤儿院的院长。她曾告诉我们，当年画家普乐波（Poulbot）的房子如今成了一家孤儿院，三十年前因他对法国儿童生活的研究而闻名。在他有生之年，在与煎饼磨坊（Le Moulin de la Galette）连接的大厅里，他曾为蒙马特两千名儿童举办过圣诞晚会。每个孩子从大厅中央的圣诞树上获得一样礼物。他从事艺术工作的朋友福兰（Forain）、维利特、诺门（Neumont）以及许许多多的热心人，为了给蒙马特这些不幸的孩子带来一段快乐的时光，协助他一起组织了这个活动。当我注视着孩子们时，一位上了年纪的老者走了出来，胳膊下夹着一大捆美国连环画，开始分发给孩子们。真是普乐波的化身！

我没有在小丘广场长久逗留。我想走下去看看位于蒙马特高地低处中心地带的皮嘉尔广场，因为我早就听说过，那里的早晨有着轻松愉快的场景。模特们，主要是意大利人和法国人，身着五彩缤纷的衣裙，三三两两地围坐在喷泉旁，聊着天，时不时发出欢笑，左顾右盼，寻找着潜在的雇主。成名的或待成名的画家们前来物色模特，相中某一位，即和她谈话，然后一同离开此地，找一家咖啡馆或一间画室，开始工作。最后，会有些雇主找不到中意的模特，也会有些找不到雇主的模特，但是还有明天，明天还有机会。皮嘉尔广场的这个模特市场是非同寻常又独一无二的。但我是在周日来到此处，也许早来一个钟头，就会在喷泉旁遇到更多人。

从事艺术的朋友告诉我，如今他们很难找到令人满意的模特。模特业靠需求存活，必须要有足够多的画家急于需要模特，同时能够不惜一起代价地出钱请优秀的模特。能雇得起全职模特的画家寥寥无几，故而，最出类拔萃的模特渐渐流向时尚业。但在一次派对上，我听到了对模特稀缺现象截然不同的解释。派对上，一位经验丰富的巴黎模特成为全场关注的焦点，不仅因为她天生丽质，也得益于她出众的衣着和言谈举止。有人问她是否为某些知名的画家做过模特。“想不到你会这样问我！”她反驳道。接着，她开始倾倒心中对现代艺术的苦水。她说，立体派、抽象派、超现实主义以及其他现代艺术流派的开创者们，无一例外地剥夺过模特的生计。她回忆了自己过去奢华、快乐、无忧无虑的生活状态，其时，她芳龄十五，已开始靠给画家做模特谋生。她母亲也曾是一名模特，非但没有因生活境况衰退而辞职，反而组织同境遇的朋友上街游行，从皮嘉尔广场走到蒙马特高地的各大画室，抗议她们在就业中受到的歧视。那些不支持新潮流的画家很友善地接纳了她们，她们的声讨也一度在艺术界引起了轰动，但最终一无所获。艺术家们仍然更钟情于圆形、方形和三角形，这些更容易获取且便宜。毕加索是她的大敌人。若非因为他的“疯狂”，她争辩道，她和朋友们的生活状态不会改变，依然会无忧无虑地享受生活，白天两三小时的模特工作，夜晚则去看看卡巴莱演出。现在，她们有时上顿不接下顿，要喝西北风。几杯酒水下肚，她变得兴奋起来，拉长了脸，一只眼睁，一只眼闭，身体扭曲以便露出一条大腿，摆出某种姿势，暗示她的“大敌人”的一幅杰作。众人皆忍俊不禁。

她愤慨地哼了一声，评价道，她若是生有那样的嘴脸和身体，早就自我了断了。“而且，你们还会邀请我来参加这个派对吗？”她断言。

和空荡荡的皮嘉尔广场一样，红磨坊那一长排的玻璃门也令我大失所望。图卢兹·劳特雷克的时代已一去不复返。除了霓虹灯上方被刷成红色的风车，这建筑看上去更像百老汇的一家电影院。我穿过克利希大街，去看一个古怪的商店入口，那是一个以张开血盆大口的中国风狮子形象为造型的入口，写着“天堂和地狱”。在我看来，它看上去既不像天堂那样引人入胜，也不像地狱那样令人毛骨悚然。作为一个“哑行者”，因我对介于天堂和地狱两极之间的事物更感兴趣，遂沿着皮嘉尔街闲逛。只见几乎覆盖整面墙壁的各种图案新颖别致、五彩斑斓，发出炫目的光芒，直刺人的眼睛。图案中任何一处的房子，要么是一家夜总会，要么是一家餐馆或卡巴莱餐馆，没有任何两个入口是相似的。比如，其中的一个设计，就是将一副扑克牌散落在墙和门上。在纽约，是找不到街道可以和皮嘉尔街相提并论的。奇怪的是，在我走进的夜总会里，表演者似乎来自美国的包厘街（the Bowery），而顾客几乎不会讲法语。街的对面，一家店的招牌引起了我的注意，上面写着“Piccadilly”，字母是竖着排列的，但里面的两个“c”和两个“l”却并排写着。我思忖着，有没有英国游客注意到它呢。

皮嘉尔是18世纪法国的一位雕刻家。他在路易十五雕像底座周围的作品，以及协和广场、夏约宫的作品，很容易被游客忽略。尽管他本人不再声名远扬，但以其名字命名的街道却使美名走出了巴黎，传遍天下。

我一次又一次地游览蒙马特高地。有一次，闲逛累了，我走进梅拉诺马戏团（Cirque Mérano）。这马戏团让人对德加和图卢兹·劳特雷克浮想联翩。节目包含了所有常见的翻转动作。对我来说唯一新奇的是，小丑会讲法语。观众中的小男孩、小女孩们的笑声深深地感染了我。很遗憾，我一个法国儿童也不认识。我突然意识到，自己竟然从没走进过有孩子们陪伴的马戏团。我也深信，身边这些不知名的年轻人身上带有更浓厚的地方色彩，这是蒙马特任何卡巴莱歌舞演出和夜总会都望尘莫及的。

从梅拉诺出来，我开始幻想蒙马特是一个快乐安逸的乡村小丘的样子。早在 1830 年，这里还是葡萄藤遍地，风车随处可见。现存的最古老的两座风车，其叶轮静静地停在风中，一座建造于 1245 年，另一座建造于 1268 年。一个朋友暗示说，经历了世代的风风雨雨，无数的有情人爬上台阶，多情的泪水滴落在这些风车的叶轮上，以致风车太过沉重而无法旋转。“现在禁止爬上台阶了。”他补充道，“它们不安全。当然，这无关紧要，因为现在没有流泪的情人了。”关于爱情这个话题的典故，在法国足够聊上好几个钟头。我倒不赞同“真爱不再存在”的消极言论。现代的恋人们只是在“速度”上有别于他们的祖辈。那些传统的求爱手法，如往楼下扔手绢，骑在马背上歌唱或弹奏吉他……在汽车和飞机时代，已经显得太过迟缓。恋人们没有时间流泪！

我本该追溯德加、图卢兹·劳特雷克、雷诺阿、莫里斯·郁特里罗及其他画家的足迹，尽管我一直能分辨他们的作品，但我不知道，在那个艺术创造的时代，他们各自看起来是怎样的。我幻想他们的步态，他们的言谈举止，还有他们创作时的姿势。不时地，我幻想自己遇见郁特里罗在研习圣心大教堂后，从圣胡斯提克街（Rue St. Rustique）或者诺万街（Rue Norvins）的路上归来。就这样，我在一幅幅素描中绕着蒙马特漫步。我最喜爱的一道风景是站在拉布雷瓦尔大街（Rue de L’Abreuvoir）观赏晨雾中的圣心大教堂的圆顶。几乎就在我所处的位置，郁特里罗挥舞着画笔，画下眼前这幅美景。但不知他是否如我般一大早起床来欣赏它。

尽管我多次游览蒙马特，玛德琳还是很肯定地说，我一定遗漏了一些景点。她请保罗·雅奇（Paul Yaki）先生，也就是《我们在蒙马特的二十年》（*Le Montmartre de nos Vingt Ans*）的作者，带领我们四处参观。方君璧也加入我们的行动，我们四人成行。在某日下午约四点钟，我们从修道院（Abbesses）地铁站出来时，雅奇先生已在那里迎接我们。他已经在古老的蒙马特生活了三十多年，他那精心修剪过的花白胡须，每一根都藏着一个传奇故事。

他告诉我们，此刻我们站立的地方曾是一所女修道院，历任修道院长都做出了卓越的贡献。近至18世纪，修道院长曾保护修道院周围的领域，反对被收归巴黎所有。早在那之前，将司令部设在蒙马特高地的亨利四世，因为一位芳龄十六的美貌修女而保护过它。雅奇先生微微地笑着，好像认同亨利四世的那个绰号——“风流浪子”（Le Vert Galant）。

从修道院街（Rue Abbesses），我们沿着安托瓦内街（Rue Antoinette）走到当库尔广场（Place Dancourt），在那里看到了一处因郁特里罗的画作而广为人知的风景。位于我们对面的，是巴黎乃至全法国最早修建并为私人所有的剧院。路易十八登上王位后，发生了这样一个故事。一个年轻人声称是路易十六的后裔，王冠的继承人。他获得了一些人的支持，但这一举动同样也“鼓励”了类似的做法，这倒使得他失去了信任。最后，一位老人出面说，他在这年轻人小的时候收养了他，有公文可以证明这孩子与王位无关。终于摆脱了这场闹剧带来的困扰，路易十八下旨修建六座剧院，并且不为政府持有和管理。我们眼前的这座正是其中之一。它原先取名为蒙马特大剧院，后来改为阿特里尔剧院（Théatre de l’Atelier）。在现代，这座剧院在查尔斯·迪兰（Charles Dullin）的管理下，经历了二十多年的繁盛时期，大量新式的和经典的戏剧在此上演。数年前，迪兰逝世，自那以后，这座剧院发生了变化，但仍然照常经营。

三月的下午，不仅阴暗，还相当寒冷。但我们登上圣心大教堂的台阶上时，太阳突然出来了。雅奇先生说，他出生于图卢兹（Toulouse），在那里和太阳交上了朋友，所以，在他的请求下，太阳出来啦。我问他，为什么他这个南方人来此做了古老的蒙马特的博物馆馆长。他回答说，当年他通过了邮政总局的考试，请求到巴黎工作，要么在拉丁区，要么在蒙马特。在拉丁区的一家地方邮政局工作的那些年里，他对蒙马特的感情越来越深厚，并结识了许多知名的画家朋友。最后，他调动到了蒙马特。从他提到"我的朋友雷诺阿"时温情的声音里，我能感觉到雷诺阿在他心中的分量。在他的《我们在蒙马特的二十年》一书中，便以莫迪利亚尼作的一幅雅奇先生的素描像作为卷首插画。时至今日，雅奇先生成了"古蒙马特艺术家协会主席"。七十高龄时，他又有了一个新的心愿，去世后安葬在蒙马特公墓里众友人身旁。很遗憾的是，1952 年那里一块墓地要花费 15 万法郎，雅奇先生长叹一口气，说他买不起。玛德琳试图宽慰他，只要灵魂得以安息，身体安放何处并不重要。他表示不敢苟同。

在通向圣心大教堂台阶的最上面，我们中的一位问雅奇先生对这个宏伟的建筑是什么看法。他回答说，他已见怪不怪了。接着，他向我们讲述，在 19 世纪巴黎被一支外国军队占领期间，全国各地的法国人从四面八方赶来，在蒙马特的最高点祈祷。这就是蒙马特被选作民族战争的圣地的原因。曾经，八十多件建筑设计方案被呈送。大教堂建成后，1919 年 10 月，举行了庄重的献祭仪式，蒙马特的艺术家们组织了游行，四处奔走，高喊着："魔鬼万岁！魔鬼万岁！"（Vive le Diable!）长达数小时。

雅奇先生指着德·拉巴尔骑士（Chevalier de la Barre）的雕像说，

1766 年，他因没能歌颂一支宗教队伍，在亚眠（Amiens）这个地方被判处死刑，时年十九周岁。这座雕像就坐落在教堂的正前方。

我们沿着瑞塞斯街向西走。我的同伴们用法语聊得很起劲，而我靠在石墙上稍作休息。太阳虽当空照着，却仍然无法穿透不知不觉弥漫起来的大雾。太阳圆圆的脸庞，像一个巨大的迦法（Jaffa）红橘，带着一抹红色，将黑色的埃菲尔铁塔变成暗红色。下面的屋顶和树梢也看不见了。在橘色太阳的光辉中，从朦胧的平原上升起一条垂直的淡红色的线。这真是一幅迷人的画面，却妙不可绘。无论是那太阳的圆环，还是这垂直的线，都充满了旺盛的生命力，任何人为的仿制品都缺乏那种充满生命力的特质。我马上想到了中国书法，再次领悟到我国古人的学说——书法家应当在一笔一画中注入生命力。世界现代艺术的潮流是趋向书法的而非图画的，而将生命力注入到笔画中是第一要义。

听到叫我跟上去的呼喊，我从想入非非中回到现实，忙指着眼前的风景感叹:“风景真美！（C’est joli.)”雅奇先生笑了笑，指着埃菲尔铁塔，咕哝着:“但是有那个怪东西。(Mais voilà cette curiosité-là.)”

圣心大教堂附近的赛尼山大街（Rue du Mont Cenis）上，有一座古老的圣皮埃尔教堂，我们在这里停了下来。雅奇先生告诉我，这教堂是由胖子路易（Louis le Gros，即路易六世）于 1143 年修建的，1593 年，应蒙马特女修道院院长玛丽（Marie de Beauvilliers）的请求，亨利四世下令修复了它。教堂的一部分为修道院的本笃会修女（Benedictines of the Abbey）服务；剩余的，划分给教区居民。19 世纪 80 年代，政府下令拆除这座教堂。威利特和他的艺术家同行们，请求保留这座教堂。他们在小丘广场和餐馆里发表演讲，最终，赢得了克列孟梭（Clemenceau）的鼎力相助。同时，在与文物保护友好协会（Sociétédes Amis des Monuments）的共同努力下，局面被扭转，教堂得以保留下来。1908 年 2 月，教堂重新开放，威利特当选为罗马天主教协会主席。但是，雅奇先生强调，威利特仍然是一个放荡不羁的艺术家。我很欣喜能够认识这样一个艺术家有发言权的城市。

玛德琳对这座古老的教堂了如指掌。每次去普乐波之家做事，她都会进去做祷告。她提议进去看看，说着便把头裹进一条黑丝绸围巾。她指着几根罗马柱给我们看，说，这些罗马柱是从位于小高地东西两头的玛尔斯神庙和墨丘利神庙移过来的，在罗马时代，它们成了小山的最高点。我更感兴趣的是一个妈妈坐在儿女中间的小雕像。雕像高高地悬挂在墙上。据说，但丁曾在这高墙内做礼拜，圣罗耀拉（St. Ignatius Loyola）曾在此冥思其“团体”（Soiety）之构想，后来创立了耶稣会（Jesuit Order or Society of Jesus）。

我们穿过小丘广场和诺万街来到了柳树街（Rue des Saules）。一间充满乡土气息的房子的墙上挂着一幅画，让我迷惑不已。画中描绘的是一只兔子从平底煎锅上跳出来的情景。我迫不及待地听雅奇先生对它的解说。据说，画家吉尔（A. Gill），过去常在这家小酒馆享用美食，作了此画赠与店家。朋友们若想找到他，只能来此酒馆。所以，最后，“狡兔”（Le Lapin Agile）既喻为他本人，也作为画的名字。现在，这画成了这家小酒馆和卡巴莱餐馆的金字招牌。这是蒙马特远近闻名的一家酒馆，在这里，艺术家和诗人，以及 19 世纪末至 20 世纪初放荡不羁的文化人云集，成宿成宿地聚会。诗人来吟诵其诗作，作曲家来高歌其歌曲，艺术家来宣扬其画作，文化人来高谈阔论，炫耀其才智。雅奇先生认识其中的很多人，他也是酒馆的常客。

一圈栅栏围绕在小酒馆旁，看似用混凝土修筑，实则为木栅栏。当我们靠在栏杆上休息时，雅奇先生开始讲述一个传奇故事。当印象派和后印象派的画家们处于他们影响力的巅峰时期时，其他许多流派，如立体派画家、野兽派画家等，也来到了这家小酒馆。几乎每个

“狡兔”酒馆附近的风景

频频光顾的顾客都希望遇到一个新的流派。一日，来了两个年轻的画家，随身牵了头驴，他们把驴拴在栅栏的栏杆上。他们还带了几大罐油画颜料，并把颜料固定在驴的后面，以使驴的尾巴可以浸入颜料罐。其中一位年轻人拿起美味多汁的胡萝卜喂驴，他的同伴则举起一块画布靠近驴尾巴。在驴享用胡萝卜时，驴尾巴不停地前后摆动，在画布上留下了美妙的画痕和小点。举画布的年轻人移动着脚步，直到整张画布上涂满颜料。然后，年轻人带着作品回到自己的画室，并将驴还给驴主人。从各个角度仔细检查一番画布后，他们给这幅作品取名为《亚得里亚海的夕照》(*Coucher du Soleil sur l'Adriatique*)，并在上面签名 L.Teduab。随后，他们将这件作品呈递给一个艺术沙龙，参加该年度的一次重要画展，得到了认可。在沙龙上，这幅作品引起一位知名批评家的极大关注，他用一幅复制品和一番长篇大论对它的艺术价值进行了评价。那些知悉内情的人听了，发出恶意的坏笑。但这对随后而来的大笑而言算不了什么，当人们意识到读到后面的签名“Teduab”，才发现艺术家的身份——这个名字的拼写倒过来就是“驴”（Baudet）。雅奇先生很温和地评价道，总有些人对新事物一笑了之。自那以后，鲜有新的绘画流派诞生，“狡兔”酒馆里，频频光顾的艺术家、诗人和作曲家也越来越少。如今，豪放不羁的波希米亚式生活方式也更难延续，雅奇先生总结道。

在柳树街和圣文森特街（Rue Saint Vincent）之间，与名为“巴黎的葡萄”（Vigne de Paris）的葡萄园不远的高处，有一座宏伟的大宅，雅奇说，雷诺阿曾居住于此。就是在这座房子里，雷诺阿创作了举世闻名的《煎饼磨坊的舞会》（*Moulin de la Galette*），此作品现珍藏于国立现代美术馆。接着，雅奇先生带我们去会见他的友人普拉东先生——一位蒙马特的陶器商人。此时，他正在他那位于勒皮克街（Rue Lepic）的陶器店里，在老式油灯下绘制着一只盘子。他热情地招呼我们，并让我们四处看看。到处都摆放着陶器——陶盘、陶杯、陶罐等，全为他们夫妇亲手制作。每一样作品都是在古老的蒙马特具有重大意义的事物。风车和圣心大教堂的长方形廊柱大厅似乎是最常见的。

在陶器店休憩片刻后，我们步履轻快地走了出来，来到一处孩童玩耍的场所，那里遍地沙子，不见草的踪迹。一些孩子嬉闹着，相互往身上撒着沙子，沙土飞扬的空气令我们无法靠近。小广场的中央矗立着一座圣德尼手托自己首级的砂岩雕像。相传，为自己寻找葬身之地时，这位圣者在此找到一汪泉水，便停下来冲洗头上、手上的血迹，结果，那泉水瞬间变成了圣水，成了治病的灵丹妙药。雅奇先生说，很久以前，许多年轻人在大婚之日去教堂举行仪式前，会带着他们的未婚妻来此饮用泉水。据说，喝了圣水，妻子会终生对丈夫忠诚不渝。方君璧立刻打趣地说，她要告诉自己的三个儿子，让他们结婚前也带着妻子来这里。但随即，雅奇先生的话让她失望了。他说，这泉水已干涸一百多年了，彼时，蒙马特高地夜总会、卡巴莱舞场云集，比巴黎其他任何地方都多。我们都很奇怪，为何早些年新郎们没有延续带新娘子喝圣水的传统！

接下来我们要去的地方是拉维南街（Rue Ravignan）13号，可惜只能从外瞅瞅，因为雅奇先生不认识房子的主人。据说，这里曾是毕加索在巴黎的第一处寄宿地，其时，他还是一个默默无闻、身无分文的落魄青年。1904年，他从西班牙来到巴黎，那时我才出生一年。我第一次听说他的汉语名“毕加索”，还是在三十多年前，从“上海的蒙帕纳斯”的年轻艺术家那里。如今，毕加索被认为是当代最富有的画家。在整个人类艺术史上，鲜有画家在财富与声望上能与他相提并论。这完全不合常态。他在艺术上获取的惊人成功，一方面得益于同时代的公众对艺术的意识增强，另一方面则由于人类在复制与印刷方面的技术取得了进步。这两方面的共同作用，使得他的作品引起了公众广泛的关注。他的多才多艺至今仍令公众津津乐道，先前的大师们鲜有人能望其项背。通常，真正的艺术才得以在时间的长河中生存。毕加索的艺术即如此。

拉维南街两旁的房子，大多数是艺术家们的画室。其中一间为雅奇先生的朋友所有。因为之前没有约定，他不清楚这个朋友是否在画室，但他还是停下来，穿过一条长长的走廊，敲响了门。门突然打开，雅奇先生将我们介绍给这位朋友。走进这间画室，满眼都是动物，以野生动物为主，如狮子、老虎、非洲猎豹等，有油画，也有石头、木头雕刻的，或铜制的。其时，他的朋友正忙着在一块巨大的油画布上绘画，一张刚完成的狮子脸看上去凶神恶煞，远不如这位艺术家朋友平易近人、笑容可掬。无论如何，我们不想打扰他太久，很快便告辞了。和雅奇先生作别，然后目送同伴平安地走上回家的路，我独自一人继续漫游。

天色尚早，杜拉汀街（Rue Duratin）边的一扇大门映入眼帘，我好奇地走了进去。这是一处庭院，它三面挨着多层的楼房。我掏出画册，画了下来。从外看，院子是深藏不露的。能发现它，我有些喜出望外。我推断，蒙马特高地斜坡上，我所见的其他正面高大的房子中，一定隐藏着老巴黎风格的宅院。仅仅一百多年前，蒙马特高地还只是一个人口不足千人的村庄。人口剧增也是在这短暂的历史时期。没有夜总会，没有卡巴莱舞表演，没有小餐馆，人们是怎么打发时光的？我几乎没看到过他们出现在街上。直至夜幕降临，也没遇见一人。数小时前走过的大大小小的路，现在已一片昏暗，寂寥无声，只是偶尔可听到一两个孩子跑动的脚步声。

不久，我发现自己又走回到了小丘广场。这小广场的空地有一千多平方米大小，种上了一排排树，摆满了桌椅。桌子上都撑起了五颜六色的、带着流苏的伞。夜晚不冷也不热，因为明亮的电灯光、商店的霓虹灯光、彩色的（主要是红色的）墙壁，还有伞下聊天的声音，一齐把寒冷驱走了。许多复活节来巴黎的游客会择路来此。沿着广场漫步一圈，入耳的谈话似曾相识。一辆巨大的美国车驶入了广场。出乎意料的是，一辆出租车从相反的方向驶入。两辆车对望着，离“我的姐妹家”（Chez Ma Cousine）店仅一步之遥。出租车司机将头伸出车窗，破口大骂。大车的司机没有回嘴，双手紧握着方向盘。他的车卡在了狭窄的空间里，倒车是不可能的。很快，他把头伸出去，大声喊叫着回击对方。大厨师、女侍者、咖啡厅服务生都站在门口看他们，笑着。看样子这里变成了一条死胡同。最终，那出租车司机将车倒退至一家画廊前面狭窄的人行道上，挤了过去。那大车也启动了，找了个停车位。一切恢复了正常。

我找了张桌子坐下，点了杯红酒慢慢品尝着，充分地放松疲惫不堪的身体。来往的汽车声不绝于耳。片刻，我放松地闭上双眼，让大脑安静下来，什么也不去想。忽然，我被惊醒——一个年轻人坐在我桌子前的一个空位上。他用法语问我，是否想为自己画一幅肖像。他二十五岁上下，浓密的褐色胡须沿着下巴长到了太阳穴边的头发处，绕着一张消瘦而苍白的脸形成了一个完整的圆弧，一双深蓝的眼睛闪闪发光。他细长的脖子在一件美国军大衣肥大的领口下显得更加瘦长。我回答道，我不会讲法语，很抱歉我不需要速写。令我惊讶的是，他用流利的英语回答，他是美国人，来自加利福尼亚，他在那里有许多中国朋友。他希望我不要介意他坐下来和我聊一会儿。无论如何，我不好拒绝。他说，他来巴黎大约两年了，起初是学习艺术。他深爱巴黎，尽管父母不支持，他还是坚持留在这里。父母不懂艺术，对艺术也毫无信念可言。这时，一名女侍者走了过来，我为他点了一杯红酒，尽管我告诉他我自己不多喝酒。他一直侃侃而谈。后来，他

很小声地跟我说，他是如何不得已跟客户说法语的。原来，来蒙马特高地的游客大多是美国人和英国人，他们很想知道，能否将从学校学来的法语派上用场，所以呢，生意就这么来了，这是肯定的。两年的留法经历，从各方面将他“法国化”了。他至今尚未被顾客识破，尽管他一直担心遇到本地的蒙马特人。说话间，他对我眨眨眼。他站起身要离开时，拍了拍我的肩膀，说很高兴认识我，恳求我别暴露他的身份。他的酒杯已空，于是，他端起我的酒杯，替我一饮而尽。也许，他会成为未来的玛丽·卡萨特（Mary Cassatt），尽管他是一位男士。我们微笑着挥手作别，很快，他消失在我的视线中。这是我在蒙马特高地“哑行”中的一个奇怪结局吧。

第九章　东部大地上的一处峭壁

一大早就下起了雪，接着又是倾盆大雨。此时此刻，地铁站外，刺骨的风鞭笞着我。我要去见弗朗辛。就在我思忖着一个娇弱的年轻女子会不会在这样寒冷的早晨出来见我时，她突然出现在我眼前。同时，一辆巴士停在了我们面前，不顾看清是什么车，我俩就钻了进去。她大笑我此前延期的建议。

一幢幢房子在起起伏伏中往后移动，行人沿着人行道在风中蹒跚前行。巴士开得飞快，但停驻的次数也多。透过窗户，只见一艘很长的游艇从圣马丁海峡（St. Martin Canal）上高高的桥拱下飞快地划过。水面很高，游艇似乎和我们在同一水平面上。又经过两站，我们下了巴士，走了一段路，来到一座小山丘的顶部，这里可以看到远处的圣心大教堂。两座高大的建筑物矗立在高高的台基上，像两个卫士，驻守在教堂最突出景观的两侧。弗朗辛感叹道，站在远离教堂的位置看它也是不错的。

我不知身在何处，弗朗辛也是。但她确信我们还没到达她想带我去的地方。我们站得很高，可以鸟瞰整个巴黎。不幸的是，薄雾掩盖了一部分好风景。不过，这倒让教堂的大圆顶笼罩在迷雾中，如仙境一般。肆虐的风渐渐小了，空中现出几片清晰的云朵。似乎不可能再有雨了。我们绕着小山丘走了一遍，然后沿着一条蜿蜒的小路往下走。当我们走到一条主干道时，我们发现刚才走下来的路叫爱伦·坡街（Rue Edgar-Allan-Poe）。他的故事令我着迷。在奥斯曼大道（Boulevard Haussmann），我们还见到了莎士比亚的雕像。巴黎真是一个有着非凡的国际化视野的都市。

我们来到一座公园的高地上，眼前有一条修好的路，高大的树木上光秃秃的树枝晃动着，看上去很有趣。薄雾笼罩着交织的树枝，宛如仙境。空气清新、柔和。内心的一切物欲瞬间消失了，只觉得身心轻松、生命鲜活。卸下一切纷扰负担，心中只有一种神秘的简单。我们继续前行，不约而同地凝视，静静地看着前方。在路的一边，是一个斜坡，通向一大片树林，令人神往。从路边的树林里一出来，我深深地吸了口气。这片树林真是妙不可言！弗朗辛一言不发，她真是个完美的步行伴侣。

我们的脚步渐渐放缓。我发现我们下方的树枝间有一种冬天特有的紫色，薄雾一圈圈冒上来，让人感觉像是树林中有火。弗朗辛搓着双手，叫道:“我们去那里！”我们于是加快脚步，急匆匆下坡。风景越来越清晰，粗壮的大树及葳蕤的草丛映入眼帘。顺着弗朗辛的手指，我看到一棵小柳树上泛着金色的微光，一团团细长的穗挂在树枝上！“这是多么美好的早春装饰品！”我赞叹道。

在前方不远处，似乎有一座凉亭。于是，我们又有了新的目标。走到路的尽头，杂乱岩石中，一条蜿蜒的小道将我们带到了凉亭下。这凉亭看上去像是意大利蒂沃利的西比尔圣殿（the Sybil’s Temple at Tivoli）的复制品。圆顶的顶端是一个十字架。从这公园的最高处，必能欣赏到全巴黎城最绚丽的风景。但我们的凝视和想象却陷入神秘的、迷雾笼罩的广袤空间中。

不必折回脚步，因为沿着峭壁，一条狭窄、布满岩石的小道通向一处让人意想不到的风景。我想起英国诗人约翰·济慈（John Keats）的话:“让人变得聪明的唯一途径是叫他什么也别想。”这样的鼓励令人欣然，往下爬时，大脑里的纷繁杂乱仿佛清空了。左边是悬崖的顶部，那里矗立着圣心殿；右边，悬崖使无数人驻足在一大滩明镜般的水边。

我跟在弗朗辛后面，拖着沉重而缓慢的脚步，时不时如孩子般踢着路上的石块。突然，圣心殿方向传来一阵响亮而嘶哑的呱呱声，只见一对大乌鸦飞落在殿的顶部。它们的叫声是在对我们警示不祥，抑或是吸引我们的注意？似乎都不是。它们很冷淡地相互轻触着身体，看似正发生一场戏谑的小冲突。然后，一只欲展翅飞翔，另一只也紧跟其后。它们快速冲入湖面上广袤的天空，然后，又呈新月状掠过湖面，像猎鹰一样盘旋着。现在，它们高高地飞在我们的头顶，发出嘶哑的叫声，然后，又向下飞来。难道这有什么征兆？我知道，在希腊人和罗马人眼里，大乌鸦是长着羽毛的预言家，斯堪的纳维亚人将它们的声音当作未来的神谕。在一些英国诗人眼里，它们是一年的通报者；大多数民族则将它们看作是“邪恶与死亡的预言者，黑夜之鸟，巫术之鸟，绞刑架旁冷漠的看客，它们在绞刑架旁摆动谋杀犯的尸骨，在夜风中停留，只因它们在孤寂的荒野哀嚎和尖叫，发出不祥的‘呱呱’叫声”。我不知法国人如何看待大乌鸦，但我知道，我的祖母如果在大清早听到乌鸦在屋顶上叫，她就会一整天闷闷不乐。小时候，我对祖母的这种想法深信不疑。成年后，我喜欢所有的鸟，尤其是喜欢飞行的鸟。用手中的笔墨描绘鸟儿飞行时的优雅姿态，其乐无穷。但为何一只乌鸦的叫声就能使祖母一整天不舒心呢？这令我不解，如同我不解英国人为何认为孔雀的叫声会带来厄运。1933 年，我刚到伦敦不久，想把一幅某知名画家的“孔雀图”的复制品送给一位英国朋友，却被他婉言谢绝。但在中国人眼里，孔雀美丽、高雅，受到极大的爱慕，被视为财富和昌盛的象征，是艺术家笔下最受欢迎的题材之一。哪怕孔雀尾部的一根羽毛，也可以作为装饰品，和美丽的花朵一起摆放在高大的花瓶里。我们人类的天性存在差异，这是多么诡异的现象。

“快来呀！”弗朗辛大喊，“这里有个洞穴。”我加快脚步跟了上去，并解释说，我方才一直在留神两只乌鸦飞翔。“乌鸦？”她问道。当我们走进洞穴，她连声惊叫，许多呈不规则状切开的岩石被水泥粘在一起，只留了一个大口子作为入口。在里面，我们也发现了其他一些罅隙，透过这些罅隙，可以看到水滴顺着峭壁滴到水面上。这让我们打了个冷战。从角落附近稍微偏左边的位置，外面的光线照射进来。这所谓的洞穴原来是一个短的地道，被伪装而天然形成的洞穴。我们上当了。置身这洞穴，我仿佛回到年轻的光阴。记得年轻时，我走过类似的洞穴和地下通道，那是在许多中国著名的园林中，尤其是苏州的狮子林，最令我印象深刻。层峦叠嶂的岩石、地道、水，还有鸟——一切都相似极了。我不禁一遍遍对同伴惊呼：“这里是中国，不是巴黎。”她未曾去过中国，但看得出来，她很高兴。她深爱她的巴黎，同时，在读了关于中国的读物后，她萌发了一种热切的愿望，要去中国看一看。

岩石小道一直向下蜿蜒。我们来到另一条洞穴地道，比方才的要短得多。靠着峭壁，一扇铁门通向一个露台，游客可以站在那里，观赏整个湖面。但铁门紧锁。我们继续往下走。过了一会儿，只见前方的空中悬着一道水平的线，上面，一些黑色的小点在移动着。原来那是一架吊桥，将路和贝尔维尔（Belleville）山顶连接起来。贝尔维尔山是法国的最高点之一，当我们看到西比尔圣殿时，我们发现曾经到过那里。

“我们也去吊桥吧！”弗朗辛开心地提议道。我们本可以直接走过这桥，而不用穿过茂密的树林走上山顶。但我们的计划是穿过这条路走到桥边，并从下一条路走到峭壁上的圣殿去。“从这条路走，然后穿过那条‘中国地道’的一段，岂不是一件乐事？”我的这位同伴微笑着表示赞同。

当和湖面在同一水平面时，我们靠近湖边，绕着它慢慢地移动着脚步。这陡峭得几乎垂直的峭壁，每走一步，就是一幅不同的图画，可谓移步换景。我虽比她年龄大了一倍多，却比她走得更起劲。但同时，不断变换的悬崖美景又让我流连忘返。整幅美景，原本是湖水和树木最醒目，现在，峭壁则成了中心，无论左看还是右看，均与我家乡的一处悬崖有异曲同工之妙。那是长江北岸的一座山，每当河水上涨时，山就会变成一座小岛，那山比眼前的这座要高出很多，它的最高峰是一处佛教寺院倾斜的屋顶，绿色的瓷瓦片覆盖在朱红色的柱子上。

尽管烟雾缭绕，峭壁那凹凸不平的表面仍清晰可见，在山脚下，一艘粉刷得很喜庆的小舟系在一棵小树上。清风拂过水面，水波微微荡漾，小舟也轻轻地摇动。天气晴朗的时候，这悬崖峭壁必定相当壮观，美不胜收，在整个景致中一定更显眼，很高兴在这里见到了如此独特的景致。

不久，两个五六岁的小男孩开始偷偷跟着我们。他们在背后咯咯地笑着，好像发现了我们身上有什么可笑的事情——尤其是针对我。我转过身，对他们笑了笑，他们立刻害羞起来：一个微微吐出舌头，另一个忸怩着身体低着头，但眼睛却偷偷地向上看了看我。这模样真是太可爱了，多想把他们的天真烂漫画到纸上，再配以这样的背景：左边是一棵冷杉树，右边是悬崖峭壁和远处的郁郁树木。

两个孩子渐渐地落在了后面，我们走到湖水和悬崖的尽头。一座拱桥连接了两边悬崖，使中间的罅隙看上去像一个巨大的、缺了门的教堂的大门口。通向圣殿的道路和这拱桥不期而遇。弗朗辛走在左边，我紧随其后。一条清澈的小溪顺着这条路流向湖水。从一块巨大岩石背后的阴暗处隐隐传来一阵瀑布的流水声。我们走近，发现那瀑布在洞穴内。瀑布溅起的小水珠滴落到我们的脸上，风中带着丝丝清凉。一对年轻人坐在瀑布边上，我很佩服他们不怕湿气。我们环顾了一番，在离开前，我画了幅素描。

一个路边小摊正在卖着热气腾腾的食物。弗朗辛告诉我，那是松饼。我一时兴起，买了两块。我的这块很像华夫饼，但更松脆一些。我们像一对年轻人一样吃着。手里拿着美食，让久不开口的嘴巴吃点儿东西倒是蛮有趣的。几乎各处的公园都放开了“拘谨的铁链”，而在巴黎，似乎所有的铁链都在“二战”中被熔为了废铁。

我们在一条长凳上休息了好半天。如之前一样，我们漫无目的地继续前行，两人都不熟悉周围的环境。路修得很平整，入目尽是造型奇特的树木，非常漂亮。一些小鸟，大多是麻雀，在一簇低矮的竹丛中啾啾唱着、闹着。我尤其喜欢两棵松树的外形，其树枝交错的形态，无论从何种角度观赏都让人看不够。我也将其草草地画了下来。倘若有一个身着古代长袍的中国文人坐在附近的一个小木屋里，倘若这里的松树脚下长着一丛丛兰草，那么，整幅美景则像是宋代丹青大师笔下中国画的复制品。

我们返回到湖边，悬崖的表面笼起一层薄薄的、带着香气的灰雾。我们站在地面的狭窄地带，倚在湖边的栏杆上。水面上的乳白色浓雾中，颜色亮丽的小船已不见踪迹。一只雪白的天鹅后面跟着两只黑白相间的公鸭，它们看上去傲气十足，在水面上划动着，似乎想让水面变得更广阔，使水变得更透亮，它们的身影给风景增添了灵动的气息。凹凸不平的峭壁则往后退了几步，隐退到傍晚的迷雾中，失去了清晰的轮廓。眼前真是完美的绘画素材！傍晚的迷雾也改变了西比尔圣殿的外貌。此刻，我想象着它的模样：顶部倾斜并在屋檐处向外翻起，而它顶端的十字架则变成了一条细线。对我而言，将圣殿改造成中国风格的凉亭或者亭子是给这景致做最后的润色。

忽而一阵嘎嘎声将我从沉思中唤醒。天鹅已经游走，两只公鸭仍在我们面前嬉戏着。它们用头蘸蘸水，轻轻拂起水花浇在后背的羽毛上，显然是在洗澡。我的同伴轻声地笑了，她说，她爱看它们在水中嬉戏的样子。我说，你看，鸭子淘气地摇动了悬崖呢。她看了看水波，笑了。我又说，整个风景因这鸭子和天鹅变得不能再完美了。我感谢她很耐心地陪伴我一个下午。想到九江——我的出生之地，两首小诗跃入脑海。

（一）

柳丝飞嫩黄，
竹叶有情绿。
好伴笑轻盈，
双鸠戏水浴。

（二）

怪石似东土，
倒影情更幽。
他乡亦佳丽，
何必忆江州？

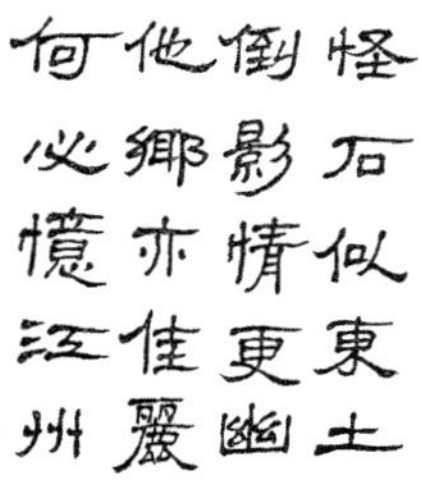

当夜色渐浓，夜幕笼罩在峭壁和湖面上时，是我们离开的时候了。我们走出来，站在主干道上，看到路标上写着：“肖蒙小丘公园”（Parc des Buttes-Chaumont）。在一家本地的咖啡馆喝了一杯茶后，人温暖了许多，心情也好多了。弗朗辛晚上另有约定，于是，我们在地铁站道别。

回去的路上，我竭力回忆我所读到的关于这个公园的一切。我知道，它位于贝尔维尔高地。1814 年 3 月 30 日，巴黎战役就在此打响，当时，联盟军入侵巴黎，巴黎失守。那里曾有美国人的采石场，从那里获取的石材，不仅用于巴黎的建筑，而且还从圣马丁运河运送出去，途经勒阿弗尔（le Havre），千里迢迢地被运到美国。在美国肯塔基和佛罗里达州，许多别墅就是用产自肖蒙小丘旧采石场的石料所建。巴黎城的石膏也从这附近所产的生石膏加工而来。后来，这地区变得荒无人烟，成了乞丐和盗贼的出没地。“肖蒙（Chaumont）”

一词意为光秃秃的山，是奥斯曼伯爵（Count Haussmann）提出了将它打造成公园的构想。第二帝国的一个园林设计师——阿普兰德（Apland），在1867年设计了公园的布局。我曾怀疑，阿普兰德在设计时是否刚从中国回来。因为，1860年，英法联军入侵中国皇宫，并在那里发动了一场战争。阿普兰德可能参与过战争，或者出使到北京。毫无疑问，中国的山水园林19世纪早期在欧洲风靡一时。据说，英国皇家植物园的修建，就是从中汲取了灵感。但我看来，肖蒙小丘公园在设计上更胜一筹。肖蒙小丘公园并不比伦敦的邱园（Kew Gardens）大，但它奔放而别致的风采令它显得更为辽阔。或许，阿普兰德从未去过中国。若是这样，那么，这里就存在惊人的巧合——肖蒙小丘公园的设计明显体现了中国山水园林设计的原则：地面尽可能保持自然、不做作的风貌，倘若是平坦之处，则以峭壁、湖水或者池塘甚至建筑物为饰物，使之变得活泼、灵动，令景观不单一乏味。我很欣喜地发现，巴黎城中有中国的优雅身姿。

第十章　皮嘉尔，不止如此

“不，夫人，我来巴黎不是只为看到它快乐的一面。我想看到一个立体的巴黎，全方位的巴黎。”

这是我对左丹－朋（Joudoin-Prom）夫人的回答。她很友好，曾为我在她拉纳大道（Boulevard Lannes）的房子里举行过一次小小的派对。左丹－朋夫人是国际联盟主席，从事着一份令人尊敬的工作，为修复阿维尼翁（Avignon）东部地区古老而凋敝的村庄拉罗屈厄（La Roque-sur-Pernes）筹集资金。作为法美联盟女性俱乐部的负责人，她多次横跨大西洋。她作为来自“欢乐巴黎”的访问者，曾在纽约被介绍，但对这样虚假的描述，她立即对观众进行了说明。她说，巴黎人其实是非常勤劳的群体，很遗憾从未来过巴黎的人都以为巴黎人大多无非是卡巴莱舞者，而且，来过巴黎的人又总是流连于夜总会和小风笛舞会（bals musettes）。

我很赞同她的说法，但私下里也疑惑她是否知道这样的事实：在西方人眼里，中国人一直被认为是一个只能开餐馆或者做洗衣工的族群。就在几年前，中国籍联合国助理秘书长入住位于纽约派克大街（Park Avenue）的华尔道夫酒店（Hotel Wardorf-Astoria），在某日夜晚，他乘坐电梯下错了楼层。由于所有房门和通道看上去无异，起初他并没有意识到自己的错误，并用自己的房间钥匙去开别人的房门。正当他要插入钥匙开门时，门突然开了，一位笑容可掬的女士对他说，她正在等他，并指了指一堆衣服叫他带去清洗。

和其他来此的游客一样，我也被告知巴黎遍地都是卡巴莱餐馆和夜总会，但是，若没有这些，巴黎在世界上会是一个什么样的大城市呢？我当然也知道，近百年来，巴黎还是世界艺术之都。但巴黎还有我特别感兴趣的一面，也是我了解不多的一面，那就是巴黎能工巧匠的作品。尽可能多地找出仍在传承老手艺的工匠是我的夙愿，而且，很幸运地，我得到玛德琳女士的帮助。日复一日，她带着我四处找寻大街小巷的工匠。

在英国，工业革命使得很多手工艺消失；在美国，大规模的生产方式甚至不给它们发展的机会。在我的祖国中国，我们有着手艺极其精湛的老工匠以及古老的、精细的手工艺。但在近半个世纪里，持久的变乱、战争，以及不稳定的政治使得工人们生活困窘，人们对手工艺品的需求也下降了。在巴黎，我想找到一些世界上技艺最佳，并仍然在传承古老职业的工匠，尽管巴黎曾两度处于世界大战的风口浪尖，但还是将自己保护得很好。我的朋友范怀克·布鲁克斯曾在写给我的信中说道：

我记得罗丹在他年轻时说过关于雕塑家的话，他从那些“官方的”法国雕塑家身上什么也没学到。然后，他又发现了一位不出名的石雕刻家，毫无艺术家的自负，他会用哥特式雕刻家的传统手法雕刻叶片。他认为伟大的作品往往出自默默无闻、平凡卑微的工匠之手。

这番言论使我更多了一份冲动，决意去看看工作中的巴黎手艺人。

二月的一个下午，莫瓦森小姐、琼·亨得利和我约好三点钟在玛德琳女士的办公室会面。我们的第一站将是一个烟斗制作店。我一向认为用烟斗是英国人的习惯，因为是弗吉尼亚的首任州长拉尔夫·莱恩（Ralph Lane）在1586年将印第安的烟斗带给沃尔特·罗利爵士（Sir Walter Raleigh），并教他如何使用它。因此，我料想伦敦是欧洲第一个有人使用烟斗的地方。我不想在英国和法国的烟斗制造者之间发起一场争论，毕竟我不吸烟，更别谈用烟斗了。我感兴趣的是自己将第一次目睹一块木头变成烟斗的过程。

我们没有进入到店里，因为我们可以通过三面巨大的、面向通道的玻璃面板轻易地观看整个过程，那通道很像伦敦的伯灵顿拱廊街。玻璃窗后，三个工人正在作业，更里面，一位工人正将木头切割成粗糙的烟斗模型。我想了解到底什么样的木材最适合制作烟斗——毫无疑问，应该是坚硬的木材，比如苹果木或者梨木。一个工匠将一根粗糙切割过的烟斗设计成光滑的烟斗，这里切切，那里割割，并用砂纸磨光。第二个阶段是钻孔，最后的一步也是最精巧的一步，就是将烟斗肚子和烟斗嘴固定，并添加装饰物。我欣赏所有充满技巧的、动用双手的工作。还记得，我曾在圣叙尔比斯广场（Place St. Sulpice）附近的商店橱窗边驻足观看一位象牙雕刻师雕刻一尊宗教雕像长达数小时。他使我想起中国许多大城市里的象牙雕刻师和玉石雕刻师，他们总是乐意展示自己是如何工作的，以此希望观看者产生掏腰包购买的欲望。但我不记得在伦敦或纽约见过哪位雕刻师有这样的想法。

接下来，我们乘坐地铁前往布兰奇—皮嘉尔（Blanche et Pigalle），蒙马特的一个街区。莫瓦森小姐领着我们穿过一条窄窄的巷子，离开克利希大道，走进一个庭院，见到了一处18世纪的石头房子，两个工人站在高高的脚手架上，正一点一点地将浅棕黄色的石头刷成粉色。我们穿过这房子，走进屋后一个有坡度的小花园。一些意趣盎然的房子围绕花园散落，一条小径穿插其间，却不见任何通向主干道的大道。这片街区的空气中流淌着一种非同寻常的宁静，与我们方才经过的嘈杂大道形成强烈的对比。“鲜有人知道此处，”莫瓦森小姐说，“甚至许多巴黎人也不知道。那些来蒙马特的游客，匆匆瞥一眼克利希大道和皮嘉尔广场，就直奔圣心大教堂和小丘广场。在这片街区其实有许多不错的房子，只要你有一双善于发现的眼睛。”她指了指一座房子的顶部，告诉我们，那里曾是两位著名艺术家的工作室。

我们走进刚才的石头房子，来到三楼。黎士姆（Richaume）夫人打开门迎接我们入内，安德烈·黎士姆先生也从凳子上站起身，说他一直在恭候我们的到来，并且很乐意带我们参观他的工作。黎士姆先生说自己专门制作小提琴、中提琴、大提琴、低音提琴等弦乐器的琴弓。他个头不高，但体格健壮，双眼明亮犀利，嘴角坚毅，双手强健有力。我们进屋时，他正在制作一把小提琴的琴弓。现在，他用寥寥数语为我们解释制作一把精良的琴弓的流程。

第一步是从白马的马尾上挑选马尾毛。每根马毛必须长短、粗细相当。一匹马身上可能仅能挑选出一部分合适的马尾毛，制作一把琴弓大概需要两至三匹白马的马尾。白色毛是最上乘的材料，黑色的则是最次最便宜的。好的小提琴演奏者是不青睐黑毛琴弓小提琴的，因为它拉出的声音嘶哑、不均匀，且刺耳。许多工艺精美的琴弓依次悬挂在黎士姆先生工作台后的一个玻璃柜里。它们都被擦得锃亮，摸起来特别光滑。它们的长度有细微的差别，因为并非每个表演者都喜欢同样尺寸的琴弓。每一把琴弓都是为知名的音乐家量身定制。我从未用过琴弓，更别说出自知名工匠之手的琴弓，我感到有些局促不安，唯恐黎士姆先生以为我对他的作品的兴趣——一个完完全全的音乐盲的兴趣，是出于假惺惺的借口。但我回忆起过去的经历，有些安慰，过去我常被邀请在不懂绘画和书法的人面前显摆我特制的画笔，尽管它们并非我亲手制作。

黎士姆先生向我们展示了一把黑色马毛制作的琴弓。单从外表看，它与其他琴弓在精致度上并无差异，但他看着它笑了，并摇了摇头。倘若黎士姆先生专为名家制作的琴弓，在名家使用过的若干年后，成了博物馆的稀世珍品，我倒不会惊讶。他告诉我们，他的顾客遍及全球，来自墨西哥、阿根廷，甚至秘鲁的音乐家也来他这里订货。我想也许还要加上中国，因为在第二次世界大战以前，许多知名的欧洲小提琴家都在上海、天津和北京演奏过。

近些年来，黎士姆先生一定经历了一些棘手的困难，毕竟，用于制作琴弓的常用木材苏木（通常产自巴西）在“二战”期间很难获得。但他笑盈盈地说，他早已储备好一些木材供未来使用。但战争到底将持续多久无人知晓，许多来自大西洋对岸的订单因而被取消或者不能满足。很幸运的是，战争并没有使这个琴弓制作世家消亡。黎士姆先生骄傲地说，他的家族自1750年便开始了这门手艺。我对他的这种骄傲之情感同身受，因为在我们中国，许多手艺也通常是家族世代沿袭，代代相传。在我的家乡九江，有安徽胡开文家族的一个分支，制作画笔达千年之久。当我还是初学书写的学童，去胡家店铺买了第一支画笔。我的父亲是一个画师，买画笔必到胡家，他认识胡家笔匠的总管，因而我有机会看到胡家父亲甚至祖先制作的精美古老的画笔。他总是鼓励我子承父业，而我最终也确实如此做了。我怀疑现在这些制笔家族是否依然存在，我在家乡时还是二十二年前呢。这二十二年的混乱岁月！

黎士姆先生工作的房间不算大，但是显然够他使用。他的长凳像张小课桌，似乎是特别制作的，种种砍切、测量、打磨等工序均在上面操作，表面已裂痕累累。主人将它放在窗边以便采光。黎士姆先生说，非自然光会投下阴影，妨碍他获得最光滑的琴弓表面，令他无法工作。幸好巴黎能为他提供充足的阳光！离开前，我问他，需要多久才能完成一把上乘的琴弓。他笑着回答："直到我满意为止。"我不禁问了他一个很私人的问题：生活中还有其他的兴趣能让他投入所有的闲暇吗？他又笑了笑。制作琴弓是他仅有的兴趣，他永远乐此不疲。他偶尔会在晚上和妻子一起出去散散步，但他们没有什么爱好。黎士姆夫人点头称是。他们似乎是一对完全幸福、知足的夫妇，生活在喧闹的蒙马特中心地带，又全然属于他们宁静的世界。我对他们艳羡不已，希望自己也能从众多的兴趣中挑选出一样，全身心地投入到这唯一的兴趣中。那样的话，我或许会有所成就。

在黎士姆先生一家的住所外，莫瓦森小姐带我们去下一层楼，去看她的另一个朋友勒内·哥努瓦（René Quenoil）先生，一位制琴师，弦乐器的制作者。哥努瓦先生是一个身材高大但体格纤细的年轻人，才二十几岁，他笑容可掬，举止活泼，对工作的热情以及乐意为我们展示的热情令我们十分感动。

制作弦乐器的第一要事是选择木材。最佳的木材以往常选自亚得里亚海，而且价格昂贵。在过去的上百年里，法国的小提琴制作者一直采用这种木材。小提琴的各个部分需要用到四种不同的木材：匈牙利的枫木、瑞士的松木、黑檀以及柳木。要想制作出上乘的小提琴，选材贪便宜是万万不可的。哥努瓦先生从一个高高的架子上取下两半切割得完美无缺的小提琴面板——这是用瑞士松木制作的，向我们展示整个结构的第一阶段成果。它们看上去好像只是被从中间切开了。

他告诉我们，每一个的厚度都是精确的，而且是从精确的角度去掏空的，左右两部分必须严丝合缝，连纹路也要完美无缺。乐器的背板也是用同样的方法制作，木材则采用匈牙利的枫木。平板的厚度只有很细微的差别，下侧底面被掏空的部分，尺度比其他部分更大。他向我们一一指出那枫木制的侧板的独特曲线，以及曲线末端与中段相接处柳木制的侧框的尖锐角度。哪怕是最细微的不规则也是不允许的。声孔的位置和形状需要特别的关注。通过声孔，气流在共振室振动，和外面的空气相通。透过木材纹路挖出声孔的角度会影响到音符。一把小提琴的品质很大程度上取决于所用木材的质量和延展性。哥努瓦先生强调了一个要点，即所选木材需经过至少四十年的放置，否则，哪怕温度发生极细微的变化也会影响到乐器，使音符的音高发生变化。

我惊叹他现在正用的木材应该是他的父亲甚至祖父所购，一直被妥善保存，从他出生，长大成人，然后被教会如何使用它。他很爽朗地笑了，表示赞同。他告诉我们，同黎士姆家族一样，他的家人也世代从事此手艺。他和他的两个兄弟依次从父亲那里学到手艺，而他父亲也是从自己的父亲那里获得真传。哥努瓦先生这一辈的三个人在巴黎的不同地方从事小提琴制作。他也买了木材，准备将它们放置四十年，供他的孩子以后使用。“你有几个孩子？”我问他。他又笑了，指向他左手的一枚簇新的金戒指，说他刚结婚约一年。尽管年轻，哥努瓦先生仍很自信地说他的孩子们也会继承祖辈的手艺和职业，如同我们中国人的祖先们被灌输孔子提出的尊敬、崇拜祖先的思想。印象中，在16—18世纪，有许多意大利家庭因小提琴制作而闻名，他们的技艺从未被超越。我在想，哥努瓦家族的小提琴制作史是否可上溯至16世纪，和意大利有什么渊源。

接下来，我们参观了对未涂层的小提琴上清漆的工艺。哥努瓦先生告诉我们，从完成一把小提琴的结构到上清漆通常需要历经三周的时间。许多人认为，清漆的成分以及上漆的过程必有独门秘诀，但哥努瓦先生对此并不苟同。他自己调配的清漆，以亚麻籽油、天然树胶、松香和松节油为基础材料。他特别强调上清漆的时候要格外仔细，但同时也强调要获得完美的效果全凭经验。他说，同样的道理也适用于任何艺术品的制作。我发自内心地表示赞同。他说，上清漆的时间只能在四月到九月之间，因为其他时节的温度不适合。他不赞成通过人工手段调节温度，在他看来，一把好的小提琴应经得起任何气候、任何温度的考验，故小提琴应该在自然温度下制作。我想这是很合理的理由。我想这个道理也是生活的真谛——生活应在自然而然的条件下进行。

哥努瓦先生告诉我们，一把小提琴的尺寸和共鸣箱是固定的，但制作者可能会在调音琴轴正上方琴干的顶端，或沿着琴身的两侧增加装饰图案或镶嵌饰物。接着，他说道，除了小提琴，没有什么能让他如此痴迷：他去各大博物馆学习小提琴的知识，也阅读了大量相关的文献。他有大量小提琴制作方面的藏书，表示如果我有兴趣，他乐意借我一些读读，但我婉言谢绝，因为我的法语水平不足以品读这些读物。之前，我从未遇到过一位像哥努瓦先生一样孜孜不倦沉浸于自己的手工艺的年轻人。

不久，两个身穿无尾礼服的人走了进来，一位十分年轻，另一位为留着黑色胡须的中年人，这两位显然流露出音乐界专业人士的气质，哥努瓦先生将他们迎到另一个房间，在那里，他取下几把小提琴供他们审视。显然，他们是顾客。于是，在迅速参观了哥努瓦先生的工具和工作台后，我们满怀感激之情地向他告别。

我提议去喝上一杯，女士们热烈响应，于是，我们便径直向小丘广场走去。一路上，我的两个伙伴用法语交流个不停，留下我独自思索刚才的所见所闻。我一直把小提琴的正面想象为一块完整的木板，而不是两个半块的完美组合。现在我明白了，木材的纹理及质地，以及纹理的精密吻合会对乐器内部声音的振动产生很大的影响。

完成一把精良的小提琴需要最熟练、最精密的操作。我不认为我们中国的任何一种乐器能在制作工艺上和小提琴相提并论，尽管胡琴的制作工艺和它大同小异。或许中国的七弦琴是最接近小提琴的。它是一种古老的乐器，是自约两千五百年前的孔子时代以来，为数不多备受推崇的乐器之一。现今还有弹奏七弦琴的人，但相比古代，已为数不多矣。七弦琴通常3—4英尺长，后部有一个声孔。它的琴弦用手弹奏，而不是随琴弓振动。右手的每一根手指都参与了演奏，无名指和小指若不经过好的训练，很难控制。左手的无名指和小指不必弹奏*。演奏时，七弦琴通常被放置在一张特制的矮桌上，或弹奏者将琴搁在自己的双膝上，在竹林或松林盘腿而坐，抚琴弹奏。七弦琴的结构和小提琴在某些方面很接近，琴身两侧弯曲的线条如出一辙，琴身拐角处的锐角以及正面的木材厚度的变化（七弦琴的正面为一块完整的木板，而非两块）堪比西方的弦乐器。制作中国七弦琴的唯一木材为梧桐木**，这是一种中国土生土长的树木。其高可至60英尺，长着状似枫叶的硕大叶子，树干光滑，即使长很多年也是通体绿色。中国文人们对梧桐展开过丰富的联想。它的籽榨出来的油叫作桐油，“二战”期间，此油用途甚广。梧桐的纹理非常精致细密，用于制作七弦琴的梧桐木材需经过多年的生长。上漆也是一门技术活，即使琴制作完毕，还需经年累月的放置，使之渐渐成熟，才能用于演奏。

大学时代，我的一位亲戚赠我一张古琴，据说这琴在他家已有二百多年了。我花了一年的时间去学它，随即便意识到自己绝不会成

---

* 此处或有误。弹奏七弦琴需要用到双手的拇指、食指、中指和无名指，两手小指被称为“禁指”，演奏时不会用到。——编者注

** 此处或有误。制作七弦琴常用的木材有桐木和杉木。——编者注

为一名出色的古琴演奏者，遂将此琴赠与一位真正的乐师，一位曾在九江庐山居住的道士。我猜，它现在或许已化为乌有。但一想到我那古老的七弦琴，我便疑惑欧洲的制琴师是否想过用中国的梧桐做材料。梧桐树在 1757 年由日本引种到英格兰，在那里得到精心的培育，但由于北欧寒冷的气候，它一直长势不佳，或许除了康沃尔（Cornwall）。然后，有人告诉我，梧桐在法国里维埃拉（Riviera）和蒙特卡洛（Monte Carlo）繁茂地生长着，散发着旺盛的生命力。也许有一天，哥努瓦先生会考虑使用梧桐。

当我还沉浸在对梧桐树的思考中时，我们已抵达目的地。我们在小丘广场的烤肉店酒吧前停下。两位女士点了冰白葡萄酒，我点了一杯咖啡，然而女侍者却为我带来一杯茶，显然，她认为茶更适合我。趁着喝饮料的工夫，我告诉莫瓦森小姐，经历了下午的短途旅行，我决定不再哀叹人类的传统手工艺即将消亡了。

人行道上的瓷器修复者

第十一章　一对月痴

昂德烈·保尔·巴斯蒂安先生是我在巴黎住同一家酒店的房客。他是个活泼有趣、胖胖的小个子男人，约莫三十出头的年纪，足足比我矮了3英寸。他很健谈，似乎总是谈吐得当，对待每一位出现在大厅里的人，无论男女老少，总能找到合适的言辞。自然而然地，他很快交了许多朋友。他说话时，圆圆的脸庞总露出庄重而又诙谐的表情，从来不见愁眉苦脸。无论何时出现在大厅里，他带来的都是勃勃生气。或许，我是唯一不能和他交谈的房客，但我们可以交换其他的东西。他赠给我一本他出版的诗集《在流逝的时间的门槛》（*Au Seuil du Temps qui Fuit*）的复印本，里面有施莱格尔（Schlegel）的插图，我回赠了一套来自我的《纽约画记》中的插图。他得知我旅行巴黎的目标，便自告奋勇地说愿意带我去体味巴黎的夜生活。我当然欢天喜地地接受啦。

到了约定的那个晚上，我告诉巴斯蒂安先生，如果有可能，我想去巴黎的存在主义者俱乐部看看。他听了耸耸肩，露出嘲弄的表情，好像是说如今巴黎的存在主义者不多了，不然，就是说存在主义者俱乐部是沉闷乏味的地方。对存在主义，我仅有模糊的概念，但一些年前，就在“二战”后，大量文字描述了巴黎存在主义者俱乐部风靡的盛况，尤其是年轻人们对它是如何趋之若鹜的。我读过关于存在主义者俱乐部成员的故事，如果让我简单描述他们的观点，我会说，他们的态度、行为和穿着，无一不暗示出他们“存在”的强烈愿望。现在，我发现，认为一门新建立的哲学会很快被遗忘是不可能的。因此，肯定能找到一些存在主义者俱乐部。

因此，我们要拜访的第一站是圣伯努瓦街（Rue St. Benoit）上的一处房子。它的门关着，屋外没有灯。巴斯蒂安先生推开门，领我穿过一条狭窄的走廊，走过数步台阶。他对我小声耳语:“地窖！”地窖的光线暗淡，石地板及光秃秃的墙面上，闪耀着彩色的油漆。一对年轻的夫妇正在热舞，而另两对在观看。所有的女孩子都穿着紧身的羊毛衫和黑色牛仔裤。一个女孩头发很长，垂下来如同“马尾”，另一位长着一头浓密的褐黑色头发，看上去像狮子头面具。我想起一位巴黎理发师诙谐的话，他曾让我看法国《费加罗日报》上的一个漫画，该漫画描绘了一个站在一匹马旁边的现代女孩的背影，他说:“你、我、她，还有它，都是动物。”这位理发师刚开始学习英语。

我们停留了一会儿。没有一位舞蹈者或观众注意到我们。俱乐部其实没安排再开放一个或两个小时，我们于是决定继续往前走。

我们的下一站是修道院路上的英国咖啡馆（Café Anglais）。房间里人头攒动，他们要么坐在他人的膝盖上，要么站着，能靠的地方也都靠着人。可能某处还有椅子，但它们都不在视野范围内。眼前尽是一排排的人的后背。最终，我们在一个木结构的小角落里落脚，但还是陷到了人堆里。人声鼎沸，我们谁也听不清对方说什么。巴斯蒂安点燃他的烟斗，不料，某个肩膀一碰，差点儿将烟斗从他嘴里碰掉。他倒有办法，向上斜着头，吞云吐雾，驾轻就熟。他似乎对此处的一切了然于胸，仿佛知道下一刻会发生什么。偶尔有情不自禁的笑声咯咯响起——有人从座位或“膝盖肉凳”上掉下去。饮料从杯子里洒泼出来是常有的事了，只有一个服务生在顾客群中挤来挤去。巴斯蒂安抓住他，点了两杯柠檬水。

漫不经心的吉他声轻轻响起，在我们斜对面远处角落里，响起了双人演唱法语歌曲的歌声。我站起身，眼睛在人群中搜寻，却看不到歌者。巴斯蒂安倒不关心是谁，他只管心满意足地听着。随后，又响起英国民歌的音乐，接着是非洲民谣。每一首曲子结束，人们均报以热烈的掌声。我意识到歌手一定是戈登·希思（Gorden Heath）和李·培恩特（Lee Payant），两位美国黑人歌手。据说，他们三年前来到巴黎，当时甚至一个法语单词也不会。然而，他们决心打拼出一条路，学唱法语歌，什么活儿都肯干。他们对语言和音乐极具天赋，不到一年工夫，就被聘用在夜总会唱歌了。他们的到来使这家夜总会人气很旺，从晚上九点开始，场场爆满。巴斯蒂安现在正被新来的顾客挤得无法安身，这些顾客有的讲着美语，似乎是索邦大学的留学生。我们决定离开此地。

室外出乎意料地寒气逼人，薄雪覆盖了地面。透过圣日耳曼德佩教堂（Church of St. Germain des Prés）北墙边光秃秃的树木，可以看见一轮满月正在悄悄升起。街道的宁静、月夜的明晰，与刚才酒吧的情景形成了不可思议的对照。神使鬼差地，我发现自己带着巴斯蒂安来到附近的一个广场，去看看它的夜景。这是弗斯滕伯格广场（Place Furstemberg），广场的角落是德拉克洛瓦（Delacroix）的画室。这是巴黎最古老的景点之一，也是我非常喜爱的一处广场。有五颗乳白色圆球的街灯亮着。寥寥无几的树木的阴影，在月光的照射下，洒落在左边房子已褪色的粉色墙面上，也包括德拉克洛瓦画室的墙上。寂静，还是寂静，好像此处已在这悄无声息中度过了几十年。德拉克洛瓦曾于1857—1863年在这里生活过，在这里，他完成了圣叙尔比斯教堂的壁画，对此地他一定充满了感情。以下是他写下的话：

> 要在此二者中做出选择：穷尽一生焦虑苦恼……和因不肯臣服于束缚而被世人厌弃……选择对于他终非易事。

巴斯蒂安轻轻在我肩头拍了一下，仿佛是赞同我今夜选择的风景。现在轮到他引路了。接着，我们去了位于圣日耳曼德佩教堂对面的双叟咖啡馆（Les Deux Magots）。我们走进去时，我脑子突然冒出一个异想天开的想法。口袋里恰好有一根细绳，我把它吊在巴斯蒂安的鼻孔里，假装他的胡须。他立刻会意，哈哈大笑起来。我炫耀着我有限的法语知识，因为magot一词可指“怪诞的中国人物”[1]，如果我是两个怪诞的人物中的一个，我想，巴斯蒂安必是另一个。

双叟咖啡馆据说是存在主义诞生并成长、成熟的地方。当存在主义还是一个婴儿的时候，他的“主治医生和助手们”日夜在此，崇拜者们群集在此，祈祷，膜拜。他们穿着各种怪异的服装来此。如有任何地方能找到存在主义者的话，那必定是这里，这也是我获知此地的原因。但显然，存在主义早些年经历了成熟到消亡的历程。“主治医生和助手们”收获了荣誉，他们再也不来了。侍者给我们送来咖啡后，我们的眼睛便开始四处闲看了。房间里到处是人。人人显得悠然自得，衣着体面，其中不乏身着时髦晚裙的迷人的女士。一位年轻的艺术家长着黑色胡须，穿着一身军大衣，刚刚给其中一

---

[1] magot指中国及日本的瓷器或象牙制品等的、装在瓶盖等上面作捏手的奇形偶像。——译者注

位画了肖像，她的朋友们争相来看这肖像，边看边开心地哈哈大笑，引来众人的目光。

午夜时分，我们步出咖啡馆，回到街道上。我们的身影被明亮的月光投在身后，一个比另一个稍微长一点儿，平稳而轻快地在鹅卵石路上移动。我盲目地跟着巴斯蒂安，拐了一个又一个弯，早已没有方向感，不知自己身在何处。我们一路不语，但时不时相视而笑。大部分橱窗的灯光都已熄灭，只有一些新颖奇特的霓虹灯还在闪烁，它们表明彼处是夜总会。

自我们出门，巴斯蒂安一直保持不变的风度。他看上去心满意足，毫无厌倦之态。他抽着烟斗，偶尔抬头吹出一口烟雾，或者发出轻微的咝咝声。我可以清楚地听到这声音，因为整条街上再无其他声响，也没有其他人。我们拐弯的小街道上似乎也不适合机动车辆通过。

当巴斯蒂安停止吐烟圈，而将脸转向墨蓝色的夜空凝视时，我猜他一定在构思诗歌了。接下来，他似乎在吟诵某首古老的三节联韵诗，或许是弗朗索瓦·维庸（Francois Villon）所作，或者其他法国伟大诗人的作品。我窃窃地希望他的下巴长满浓密的胡须，就像雨果，或者不要将自己的头发向后梳理得如此整洁，而是由着它长成浓密的长发，就像巴尔扎克，再披上17世纪法国风格的、颜色俗丽的斗篷，该是多么美妙！那样的话，在这深夜和他并肩而行，想必另有一番妙趣！

但这一切皆是臆想。就我所知，巴斯蒂安可能一直心怀另一种愿望。或许他希望我变成这样的人：身穿丝绸袍子，头发盘在头顶，一双眼睛向上倾斜，长长的连鬓胡子悬垂在胸前，仿佛是从华多（Watteau）绘画作品中走出来的人物。或者，他可能把我想象成我们刚才在双叟咖啡馆所见的两个“怪诞的中国人物”之一的原型，他们敞着胸膛，大腹便便的模样是弥勒佛的典型形象。

当我们出发时，我的思绪自由地漫游着，思考我们周围的事物，后来，又停留在这明亮的满月上。自 4 世纪以来，伟大诗人们赞颂月亮的美文和诗句出现在我的脑海，我们一边走着，我一边吟诵给自己听。这些文字似乎将我带回到我的祖国，我感觉是在和我的某一位最亲密的老友在古城南京或北京漫步，也许是孙墨千吧，他是一位诗人和画家。此刻，巴斯蒂安并非是我想象中的双叟咖啡馆里的“怪诞的中国人物”，而是与我熟知多年的、情投意合的密友。最后，白居易（772—846）的《客中月》将我拉回了现实。

> 客从江南来，来时月上弦。
> 悠悠行旅中，三见清光圆。
> 晓随残月行，夕与新月宿。
> 谁谓月无情，千里远相逐。
> 朝发渭水桥，暮入长安陌。
> 不知今夜月，又作谁家客？

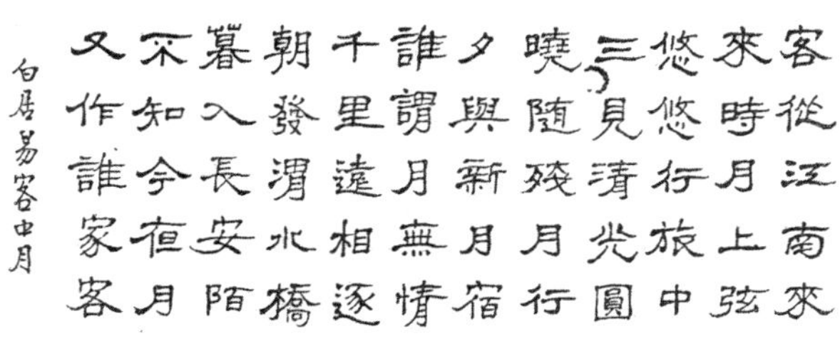

一股思乡之情在我的心头油然而生。幸运的是，巴斯蒂安向我转过头，对我友好地微笑。我们继续漫游，造访各种俱乐部。终于，我们成了老鸽巢俱乐部（Club du Vieux-Colombier）的新成员，并被引座到一个桌子前。我的同伴用手势向我解释道，由于没有女性同来，我们不必买放在冰桶里的香槟，两杯柠檬水就够了。侍者立刻对我们失去了兴趣，再也不过来围着我们转，直到我们在离开前唤他过来结账。

很难描述这个地方——墙、家具还有装饰品全都掩藏在半明半暗的光线中，看不清它们的真面目。光线如此昏暗，似乎我们都挤在一起，被黑暗紧紧包裹。我们坐的椅子、靠着的桌子，全在黑暗中，梁和台柱也是。所有的成员，包括我们这两位新入的成员，仿佛都穿上了黑衣。甚至连仅有的几件女孩子身上的彩色毛衣也显得很阴暗。唯有几盏探照灯的光束，尽管昏暗，正从乐队演奏着的、锃亮的铜乐器的反光上上下移动，照着这里或那里。演奏者们在位于房间中央的舞池的一边。乐队的面前摆放着桌子。我们坐在略微升高的台上的桌子前，但对于刚从室外的宁静中走进来的我而言，这乐队令人难以忍受。我问巴斯蒂安这是否属于法国音乐，他摇摇头，继续心满意足地抽烟。

观众们偶尔会看到生动活泼、富有表现力的动作，这时，迷惑不解而又快乐的低语声像长了腿一样在房间里漫游。不久，所有的舞者回到自己的座位，除了这两位：一位是个头高高、皮肤黝黑的年轻人，另一位是身穿灰色无袖套衫和牛仔裤、身材娇小的漂亮女子。接下来，两位舞者的动作越来越快，乐队演奏乐曲的节奏也随着越来越快。他们随着音乐的节奏跺脚，跳跃，旋转，相互用力拖曳，音乐甚至达到最高的音高。他们的舞姿令人迷醉，站在舞池附近的人开始不由自主地移动他们的腿，有的人还摇摆身体。剩余的观众甚至侍者，都有不同的举止。我的同伴却泰然处之，依旧心满意足地坐着，咝咝地抽着自己的烟斗。我猜测这整个的表演属于一种卡巴莱舞蹈。不料，巴斯蒂安对我微微一笑，喊道："美国舞蹈！"然后，他敲掉

烟斗里的烟灰，继续保持之前的姿态。突然，房间里一阵骚动，原来是两个穿得非常华丽的女子走了进来，确切地说她们不算优雅，但肯定令人印象深刻。她们似乎和大多数的同仁关系良好，只见她们对房间里其他舞者微笑着挥手致意。她们的出现带来一种魅惑的、奇异的气氛。其中一位在西方人眼里一定比我看起来更像中国人，因为她那描过的眉毛倾斜向上，一直延伸到脸的边缘——这样的事情总是令我局促不安。她的同伴戴着硕大的金色耳环和一条很大的金色项链，看上去活像一个西班牙吉卜赛女郎。两人都闪着明艳的红唇。还没来得及被引到一个桌子前面，她们就被带去跳舞。

两个舞蹈节目之后，一个上了年纪的男人走上舞台边鞠躬致礼，他脸上带着温和的微笑，深色的皮肤与他的白发、白眉毛、白胡须形成鲜明的对照，手里拿着一个闪闪发亮的小号。众人皆鼓起掌来，有人甚至打起了呼哨。巴斯蒂安在节目单上写下几个法语单词，意在向我解释，然后在我肩上轻轻一拍，说道："这个不错。"这位上了年纪的乐师开始演奏，他的乐曲听上去不像之前的表演，而是令人心安神怡的。不久，乐队其他的乐器也跟着轻轻伴奏。然后，舞蹈又开始了。表演者的脸涨得通红，他深色的皮肤也因此变成绛紫色。他越有激情，舞者越有活力。房间里非常不透气。我偷偷瞥了一眼手表，两点差十分了。我的同伴注意到我这一举动，他找侍者结了账，我们便起身离开。我对刚才所见的小号、音乐和舞蹈似乎非常熟悉，它们使我想起在纽约哈莱姆区（Harlem）的阿波罗剧场所见的表演，并没有什么特别法国或者巴黎的元素在里面。

我们走到了人行道上。空气里有了霜意，异常寒冷，甚至比我们

刚离开英国咖啡馆时更冷。此刻已是凌晨，街上空寂无人。薄薄的雪已结冰。月亮升得更高，她的华光洒向更广阔的地方，一切被她轻抚的事物，看上去是湿润的——月光半透明的光泽就是这样。我俩的影子紧紧跟着我们的步伐，已经变得短多了，形状更奇怪，总觉得它们有些神秘、怪异。我们的脚步声清晰可闻，我也能听到这位吸烟者嘴里发出的微弱的嗞嗞声。

我们返回时走了不同的路线，我全然不知身在何处。我似乎仍有兴致做些冒险，丝毫不觉得困乏，依旧欣赏这明亮而宁静的月夜的风景。巴斯蒂安一如既往地保持着镇定。他已经忠诚地完成了自己的诺言——“向你展示巴黎的夜生活”，而且毫无个人感受的表达，更不试图影响到我。我们继续开心地前进。不久，我认出了圣叙尔比斯广场，接着是卢森堡公园。在同一个地方，我们几乎同时靠近了那个栏杆以欣赏月光照耀下的公园。地面薄薄的积雪丝毫不妨碍人分清每棵树干，月光之下，大的树枝和无数的细枝清晰可见。明月下的公园比我记忆中白天的公园更为宽广，树木似乎更多了，有些看上去似乎很远很远。一切风景似乎是虚无缥缈的，完全是一个仙境！突然，巴斯蒂安大声说:“月色清明啊！”听了他的话，我在心里默默称是。

想到巴斯蒂安凝神赋诗，我在心里不禁默念起李白（701—762）的诗句:

> 青天有月来几时？我欲停杯一问之。
> 人攀明月不可得，月行却与人相随。
> 皎如飞镜临丹阙，绿烟灭后清辉发。
> 但见宵从海上来，宁知晓向云间没。
> 白兔捣药秋复春，嫦娥孤栖与谁邻？
> 今人不见古时月，今月曾经照古人。
> 古人今人若流水，共看明月皆如此。
> 唯愿当歌对酒时，月光长照金尊里。

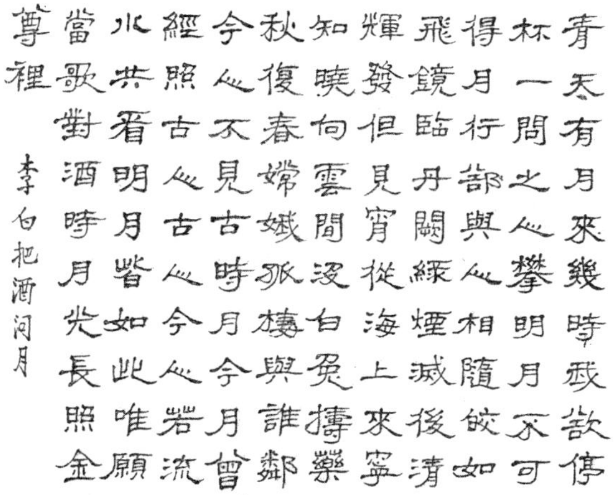

中国有个古老的传说，月亮上面有一只白兔在日复一日地捣着长生不老的仙药，这珍贵的仙药是嫦娥从她丈夫那里偷来的，她服下之后便飞升成了月亮上的女神。

我们回到酒店时已经超过两点半了，但两人都还很有精神。巴斯蒂安敲掉烟斗里的烟灰，轻轻拍了拍我的肩，仿佛在说:“好了，这就是我为你安排的行程了。”我同他亲切地握手并互道了晚安，两人各自爬回自己的床上。

我睁着双眼躺在床上，一种恐惧与宽慰交织的心情涌上心头。我生于中国，长于中国，数百年来，著名的诗人们写下无数诗篇赞美、歌颂月亮。我也一直痴迷于月亮之美。在我的出生地，每月我们有十五天可以见到月亮，来英格兰的前两年，我无比思念家乡的月亮，常常回忆其美丽的身姿。但渐渐地，我不再谈论她，既是因为这个国度常年乌云密布，也是因为我在报纸上读到过几例“月亮狂躁症”的报道。据说月光，尤其是新月的光芒会令有些人产生狂躁的症状，变得具有攻击性，甚至在不知觉的状态下杀死人，而他们若见不到月亮，状态则是正常的。在这清晨，我的心中有一种怪异的感觉，倘若我们二人都患上月亮狂躁症，那么，可能谁也无法记录这冒险之夜的点点滴滴了。但这恐惧很快离我而去，因为在我和巴斯蒂安心中，月亮是一个熟稔的朋友。或许，我们是“mooniacs”，这是个在《牛津词典》中找不到的单词，它表达的意思是“月痴”。

第十二章　男人的陷阱？

能有幸观看令人敬畏的克里斯汀·迪奥（Christian Dior）的时装秀，应归功于奥德特·阿尔诺夫人（Madame Odette Arnaud）的好意，是她安排我去看了三场春夏季时装秀的最后一场。说来也怪，在多日的阴雨天气后，2 月 28 日时装秀那天出现了明媚的阳光。阳光穿过大树的细枝，形成的图案印在我普普通通的套装上，也印在迪奥旗舰店入口外的人行道上，我站在那里，等待着我的女主人。

我和阿尔诺夫人碰面时，许多穿着貂皮大衣的宾客已经陆续到达。随后，一群身着黑衣，带着铅笔、拍纸簿及节目单的女孩中的一位带领我们上楼，帮我们找到座位。这个有着香榭丽舍大道特有的镀金天花板和椅子的豪华房间，迅速挤满了人。一进房间，我就感到非常地胆怯、难为情甚至有些尴尬，因为我意识到迪奥旗舰店和我这张扁平的脸的关系相当遥远，我的存在很有可能使人意外。除此之外，整个房间除了我，居然只有三位男士！“这里位置不错。”阿尔诺夫人说。我笑着回答：“是的，多亏了您呀。”

听说，得到迪奥时装秀的邀请函十分不易。在场的大多数人，不论是准买家，还是纯观赏的观众，都提前很长时间支付了邀请函的费

用。那些“同行”不得不支付比其他宾客更多的钱，也必须服从有关样衣复制的限制条件。我读着两个脚注上的补充说明：“禁止对所提供的样衣绘制草图或拍照；未经授权的宣传将受到起诉；任何未经授权的复制都构成侵权并将受到处罚。”在不同标题下都提供了几行描述：量身定制、披风加斗篷、连衣裙、帽子、色彩、材质、丝织品、刺绣、皮草、珠宝、皮带、纽扣、手套、鞋子、雨伞、长袜和发式。另一个时装系列中包含了一列时装的名称，总共186件，此外，还有23件皮草。

现在，时装秀即将开始。站在靠近房间入口处的一个黑衣女孩先用法语，再用英语念出列表上每件服饰的名称和编号。宣布时装秀开始的话音刚落，一位高挑的女士穿着饱受谈论的礼服，优雅地走来了，她从舞台中央的一侧走到另一侧，然后，转个身，又以同样的方式走了回来，往旁边走时又旋转了她稍长的、打着精致细褶的裙摆，给她忠实的中国观众带来一个快速打开又转圈的视觉效果，而后便拖着窸窣摇曳的裙摆退场了。这一切发生在不到一分钟的时间里，但这个新奇的经历给我留下了很深的印象。此前，我从没参观过这样的时装秀，也从没关心过女士的裙装。第一次注意到迪奥这个名字纯属偶然。在一条繁忙的街道上，一位牛津大学的女学生因为她的“新款”裙子卷入车轮中而从自行车上摔了下来。迪奥可没有为骑自行车的人设计“新款”裙子！我刚刚在时装展上看到的那件连衣裙是一件柔软的、粉色呢绒面料的午后礼服。优雅的时装模特有张鸭蛋脸，在一顶合适的粉色羽毛帽的映衬下，饱满而白皙的肌肤透出淡淡的胭脂色，完美地诠释了魅力与高贵华丽并存的服装。

我尝试从不同角度欣赏，很快，接下来的服装在不同的模特身上接二连三地出现了。我开始头疼，因为我的非专业头脑无法快速地捕捉这样令人眼花缭乱的风格、色彩和材质的展示，而我的注意力总被旁边观众的动作和评论分散。模特走过来时，有人指着那件光滑挺括又高贵的深灰色丝绸晚礼服，评论道:“多么美丽的面料啊！”三件套精致的黑羊毛套装和帽子、手套还有雨伞同时出现时，另一人悄声对我的邻座说:“这真是美极了！”然而，整个房间里有种令人局促不安的沉默：有时你可以感觉到这些时髦的女士屏住了呼吸！我被许多晚礼服的高贵和典雅吸引着，印象尤为深刻的是两件精美而雅致的午后礼服——“木花”和“花心”，柔软的白色亚麻质地，裙子上到处绣着带小绿叶的、色彩各异的小花。它们显然是为花园聚会和户外活动准备的，同时也是为年轻的穿戴者和那些年轻的心准备的。令我非常开心的是，另一条裙子是用中国风格的印花丝绸做成的——浓墨重彩的绿叶衬托着硕大的粉色牡丹花，是我在伦敦面料公司工作的朋友张茜英小姐设计的。

迪奥先生给每件样品所取的名字和标题，都让我很感兴趣。从过去到现在，它们大多数都是以法国、英国和美国的著名作家及艺术家命名的；一些则以城市命名，如“巴黎”“伦敦”“纽约”“马德里”等。例如，列表上的1号被命名为“亚历山大·小仲马”的是一件开襟晚礼服，18号名为“萧伯纳”的是一件短大衣晚礼服。后者让我感到十分惊讶。虽然比起其他作者，我读得更多的是萧伯纳的作品，看得更多的是他舞台和电影里的戏剧，但我仍没有找到他的睿智和幽默与那件晚礼服和斗篷间的联系。也许在我这外行人的眼中，这过于微妙。即使有许多法国文学家我不知道，但我能明白为什么迪奥没有展出以维克多·雨果或巴尔扎克的名字命名的作品，因为给女装命名，他们的名字太男性化。诗人阿尔弗莱·德·缪塞（Alfred de Musset）的名字被命名到一件配有斗篷的纯灰色丝绸晚礼服上，也许暗示着这位诗人多愁善感的性格。另一位伟大的法国诗人，夏尔·波德莱尔（Charles Baudelaire）的名字也未被引用，可能是由于他病态的想象力和主题，在时尚界没有一席之地。这也能解释为什么埃德加·爱伦·坡也没有包括在内，但却有其他美国作家，如尤金·奥尼尔（Eugene O'Neill）。但是，为什么《欲望号街车》的作者田纳西·威廉斯（Tennesse Williams）能与午后礼服和斗篷联系在一起呢？有许多当代作家如克里斯托弗·弗赖伊（Christopher Fry）、诺埃尔·科沃德（Noel Coward）和萨默塞特·毛姆（Somerset Maugham）也出现在这里，尽管他们与各式各样的服装间的联系，对我来说过于深奥而无法联想。然而，当一位高挑的模特，穿着淡黄灰色的丝质礼服出来时，我的脑海里浮现出奥斯卡·王尔德笔下高傲、优雅的淑女的画面，而另一件黑色紧身连衣裙，则很好地传达了易卜生冷酷的作品。一条高雅的灰色连衣裙以“伦敦”为名，另一条与它极其相似的裙子名为“纽约”。

我很欣赏一件叫作“中国之夜”的晚宴服，挺括的黑色丝绸，上身的两侧有金丝绣成的两条龙，充满了高贵的气质。西方风格与中国风格的装饰结合在一起，着实令人钦佩。不知怎的，我觉得这件作品可能并非出自中国设计师之手，也并不适合中国女性。令我感兴趣的是，这件连衣裙的底色选的是黑色，上面的刺绣却是金色的。由于黑色不会反光，它与衣服上金色刺绣的颜色对比强烈，比起以其他颜色为底色，效果显然更加突出。大多数颜色都会削弱金色的色彩效果，并且会令视觉迷乱。比如白色，它本质上是明亮的，与金色形成的色调对比就不那么明显，因为金色也是亮色。若是绣在白底上，龙的效果就不那么显著，而这件礼服的名字——“中国之夜”也就失去了意义。

所有与时装秀相关的色彩方面的问题给我留下好的印象。颜色对于艺术创作来说是危险的，除非是明智而审慎地被运用。迪奥先生在色彩的选择和搭配上，显示出他良好的品位。黑色似乎是他的首选，被用到许多礼服和华服上，这显然是为肤色白皙的女士设计的，因为黑色能映衬她们的肤色。选择灰色也是同样的道理。几个穿着白色衣服的女孩，也看起来气色很好。两条淡绿色的连衣裙十分适合淑女们。既没用很浓的绿色，也没有用到明亮的橙色，因为这两种颜色对优雅来说太过鲜艳。深红色不止一次地出现，这种颜色的礼服表示一种低调的快乐，适合一些大型的招待会，或者其他一些正式场合。

衣服与穿戴者总是相得益彰，迪奥先生似乎在为他的作品选择模特时费尽了心思。她们都很优雅，相当高挑，也极具魅力，即使都是不同类型的人，她们也有着自己独特的魅力和明显的个性。迪奥的选择，似乎是基于女孩与他不同风格服饰的合适度，而不是以美丽为标准。听说她们不全是法国人，也有一些来自斯堪的纳维亚半岛、瑞士，甚至是美国。我也得知她们有严格的饮食习惯，寻常的饭店里一般很难见到她们的倩影。

她们中有一个相当引人注目的金发女郎，有着姣好的白皮肤和一对蓝眼睛，眼睛既没有大到使鼻子和嘴巴失去平衡，也没有小到使脸如同日本面具般毫无生气。有这样的一张脸，只需要一件朴素的衣服就能衬托她。整场秀，她好像只穿了三个颜色：无光泽的白色、浅灰色以及蓝色。通过提亮色调的方法，白色和灰色能提亮那些气色好的人的肤色；蓝色与白色、浅肤色是极配的。另一位模特有着一张与众不同的脸，她的脸不是椭圆形的，而是棱角分明，颧骨、眉骨和鼻梁骨都十分抢眼，尽管既不突出也不明显。这是张有特色的脸，彰显出她的个性和泰然自若。她的皮肤有点儿黑，头发深褐色，眼睛棕色并长着又长又黑的睫毛。我愉悦地看着迪奥先生让她轮番穿上各色衣服，黑色、深红色、黄色与鲜红色、紫罗兰色和蓝绿色，所有这些在色彩和光泽上与她的脸对比，为的是增强其脸部的自然色彩和轮廓。另一个模特，有着东方人的面孔、略微向上倾斜的眼睛、高颧骨和乌黑的头发，但作为一位中国或日本女士，她个头太高了。她鲜明的个性被色彩强烈的礼服和印有精美图案的丝绸极好地衬托出来。尽管对女性时尚一无所知，我还是从迪奥先生的时装展中感悟到了很多服饰颜色和穿戴者肤色、容貌与形象之间的微妙关系。显而易见，一种时尚的创造，只是针对某种类型，而非针对所有类型。

在时装展进行时，一些小事引起了我的注意。虽然那天阳光明媚，但每扇窗户都紧闭着。等到大量的服装展示过了，房间里的空气变得极其闷热，尤其是对那些肩披皮草的人来说，即使脱下皮草，情况似乎也得不到缓解，因此，有人要求把窗户打开一点儿。马上，那些靠近窗户、背靠墙而坐的人抗议起来。我想，巴黎依然寒冷的空气固然是不讨喜的，但令我惊讶的是，这一群衣冠楚楚的人，在交流时竟然出现了不雅的言语和行为。

第一排，一对老夫妇与我们相对而坐，女士在记笔记时经常把这张大节目表放在膝盖上。不幸的是，这张节目表不止一次被模特摆动的裙摆扫落到地上。房间闷热的空气使她的丈夫频频入睡。从一开始，他就对时装秀毫无热情，当每次被老太太叫醒去捡那节目单时，他的火气自然明显而强烈。看来，任何华丽的服饰都隐藏不了人的本性。

一位年轻的母亲带着她十三四岁的女儿来了。这位母亲穿了一身得体的黑色衣服，胸前佩戴着用天鹅绒和羽毛做的精美饰物，她欣赏地微笑着看每一件展示出来的时装，不时转过头来，对她女儿低语几句，而她女儿则是平静地回答，嘴角偶尔浮现一丝笑意。这位母亲凭着她久经世故的理解，可能会做出一些诙谐的评论，但她女儿对这场时装秀的反应令我颇感兴趣。这个女孩长着一张好看的脸庞，细腻的皮肤透着淡红色，显得她十分害羞和天真。她并不是真的厌烦这场秀，但就是时不时地显得烦躁，坐立不安。她心里可能有喜欢的衣服，但表面上看起来对这些完全是漠不关心。十三四岁的年纪，她可能还没有女性们想要美化自己的强烈愿望。

这场时装秀已经持续了两个多小时，因为时装极多，即使到了那个时候，我们也没有看完列表上的每一款。我们随着人群下了楼。终于到达一楼的展览室时，阿尔诺夫人想让我去见克里斯汀·迪奥的联席经理——姆萨博侯爵（Marquis de Maussabrè），他负责这场时装秀的筹划和管理，也是向我们发出观看邀请的人。等待中，我也和其他宾客一起环顾了展览室。我注意到，有几位女士已经开始试戴我们在时装秀上看到过的最新款帽子，有的人已经买下了。最后，高大英俊的侯爵来了，他很热心地带我们去参观他的公司。他遗憾地说，现在已经到了下班时间，可能没多少员工仍在工作。一路上，他向我们介绍迪奥旗舰店的历史。迪奥公司成立于 1946 年，当时的员工只有八十来人。第一场服装秀是在 1947 年 2 月，为了发布新品而举行。如今，它拥有一千多名员工、三幢房子和二十间工作室。我们参观了订购间、包装间和配送间。在一间工作室里，许多年轻的女职工还在忙于设计工作。在另一间工作室，工作室的负责人，一位男士，正将一件紧身马甲套在木制的半身像上，几个女裁缝在一旁看着。侯爵向我们解释道，所有部门的负责人都是男性。在第三间工作室，我看到一张长桌，上面放着许多木制的假头，用来做帽子的模型；看到另一间工作室里的架子上摆着许多各种尺寸的木制半身像，我就自言自语道，迪奥先生想必已经为所有可能的体型做过设计了。换言之，迪奥用他创意的魔杖掌控和支配着千千万万的女性。

最后，侯爵在宽敞而一尘不染的厨房里用全套现代化的设备和工具展现了他的管理效率。这里有与我在美国任何城市看到的同样好的员工食堂。他微微一笑，满意地说道，迪奥的员工，没必要去像卡普西纳街（Rue Capucines）上的洋李餐厅（Restaurant la Questche）之类的地方吃饭，经常光顾那里的都是些普通的巴黎女店员。餐盘咔哒咔哒作响，响亮的脚步踩踏在楼梯上，我们感激地对他说了“再见”，离开了。

整个晚上，我满脑子都是午后礼服、晚礼服、晚宴服、外套、罩衫、帽子、雨伞等。我一会儿盯着那套好看的灰色法兰绒套装，一会儿又看到一位赤褐色头发的模特，穿着件优雅的深紫色丝质晚礼服和同色系的斗篷，好像我再一次坐在迪奥旗舰店里一样。有时，在一个艺术展上度过一两个小时之后，我会竭力暂时摆脱先前所见给我的整个印象，仅仅因为我最喜欢的作品会因为那些试图震惊观众的作品或者那些粗糙色彩构成的混合物而渐渐模糊。一两天后，我会忘记那些不和谐的元素，然后便可以专注于那些我真的很喜欢的作品。迪奥的任何作品都没有令我震惊或让我吓一跳；我也没有见到粗糙的、令人厌恶的颜色。整场时装秀留给我深刻印象的是它高雅的品位，甚至不带有一丝一毫的粗俗迹象。

谈及粗俗，我突然想起了一个关于暴发户的中国老故事：

一个低品位的男人突然一夜暴富，给自己建了栋大房子，里面放满了许多有价值的艺术珍品、古董、书籍和各种名画。他邀请他的朋友和当地名人来看这些东西，对自己的收藏品相当谦虚，也很乐意接受别人的建议。他对一位参观者说道："请你指出任何你认为不太适合的东西，我会拿走它。"仔细检查之后，这位参观者评论说道，收藏品里的每件东西都很漂亮精致，除了一样。自然，这位收藏者好奇地想知道是哪样。参观者回答道："就是你！"

我忍不住想，上流社会中富有的女性谁都会想购买并穿上迪奥美丽的服装？也会有人对她们说同样的话吗？

一位研究当今时尚的英国专家——詹姆斯·拉斐尔（James Laver）曾评论道，女性是一个时代的精神写照。但毫无疑问，写照并不只有一种。此外，所谓的"写照"也并非不具有自己的个性；女性的时尚自有其被定义为"写照"之外的独立灵魂。一百年前，安瑟洛夫人（Madam Ancelot）写下了关于"时尚领袖"的观点：

谁能说出是什么能使时尚女王坐在这个位置上。不是美丽——女人唯一无可争辩的力量，确保了她至高无上的地位，因为最漂亮的往往会被遗忘；也不是智慧或才能——那些无形的精神控制着其他的领域，因为当代的偶像也经常缺乏这些特质；不是地位，骄傲永远不会承认这种优越，任性的女神也从不把它放在眼里，从前的宫殿如今也被遗弃为尼农·德·朗克洛（Ninon de l'Enclos）的闺房；不是财富，因为时尚会经常不留情面地奚落那些因为虚荣而炫耀金子的人。可见，没有到达顶峰的必然方法，即使到达，也没有永久维持之道。

一件时尚的礼服对穿戴者的个性有所要求：两个同样迷人的“写照”穿着同样时尚的服饰也会给人留下完全不同的印象。

昔日的中国，人们一直恪守女人和男人服装的各种习俗。例如，女人们在选择衣服的颜色时，通常会严格考虑到她们的年龄。没有一个二十岁以下的女孩会选择纯黑色、深紫色或褐色，而那些五十岁以上的人从不会穿粉色、红色或浅绿色，因为她们害怕这样显得轻佻。许多现代的中国女孩会忽视这些陈规旧俗，全然不管她们的不同肤色和容貌，套上原本适合西方人的风格和颜色，结果造成可悲的效果。米歇尔·欧仁·谢弗雷尔（M. E. Chevreul）先生曾写道：“只有皮肤白皙的女人的服饰才值得仔细研究。”当然，克里斯汀·迪奥的设计主要是针对皮肤白皙的女士的。

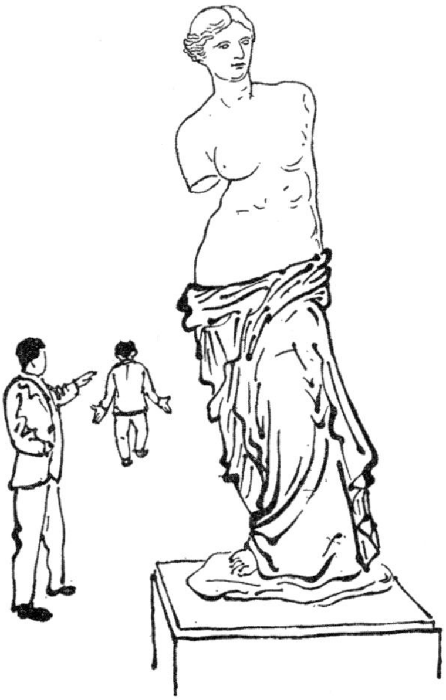

我过去曾有这样的观点，关于美与艺术价值，东方与西方几乎没有差异。现在，我发现了例外。除却物理构造的因素，唯有艺术以最纯粹的形式，拥有同等吸引东西方人的美及美学价值。但一样时尚的创造物，在西方人看来是美丽的，而东方人未必觉得如此。我想，产生这种差异的原因在于，不同人种的体形产生了不同的人体审美观。

下面这件事可能是一个例证。一次我陪我的一位日裔美国朋友去参观卢浮宫博物馆。他的父母都是日本人，但他是在美国出生的，此后也一直住在那里。当我们来到有着断臂维纳斯雕像的画廊时，我的同伴越过她，甚至没看一眼，直奔门口。我赶上他，把他拽回来，嗔怪他不应该错过这个举世闻名的美。他连连摇头，回答道："太大，太高了！"再多的劝说，对他也是徒劳。

我们中国人有我们自己的断臂维纳斯，或者说理想的女性美，她就是洛神。我们并不是从一尊雕刻精美的雕像来欣赏她，而是从一首精湛的诗，对此，大多数受过教育的人都熟记于心——就算不是全部，也能记住几行。相传，有一位叫刘伯玉的文人很喜欢背诵这首古老的《洛神赋》，曾在妻子面前叹声说："娶妇得如此，吾无憾焉。"他的妻子立刻反驳道："君何以水神善而欲轻我？吾死，何愁不为水神。"当晚，她跳河自尽了。数夜后，刘伯玉梦到妻子，妻子提醒他："君本愿神，吾今得为神也。"从此以后，刘伯玉再也不敢过那

巴黎一位面露焦虑之色的洪水预言家

条河，因为他害怕会淹死在那里。河的渡口就在刘伯玉家不远处，自此，它被人称作“妒妇津”。每当妇女们从这里过河时，总要弄糟或揉皱自己的漂亮衣服，唯恐这位“妒妇”的灵魂引起暴风骤雨，打翻渡船。*幸运的是，塞纳河中没有这样善妒的水鬼，否则，迪奥先生的模特过河时将有生命危险。

据说，许多西方人将时尚的服饰视作“男人的陷阱”，但对我们中国人来说，它们似乎可以被称作“女人的陷阱”。

---

* 典出《酉阳杂俎》卷十四《诺皋记上》。——编者注

第十三章　与我无关

多亏了克里斯汀·迪奥的秘书乔丝特·维德马小姐的鼎力相助，我得以参观贝尔先生和太太在丹尼埃勒·卡萨诺瓦大街（Rue Danielle Casanova）靠近歌剧院广场的工作室。贝尔夫妇专门经营刺绣品，主要给克里斯汀·迪奥公司供货。

贝尔太太亲自引我们入内。她身材纤细，气质高雅，一身黑丝绸衣裙，硕大的金色耳环、胸针、手镯和戒指，与灿烂的阳光交相辉映，和明亮的房间相得益彰。我感觉有些窘迫，因为自己这身满是褶皱且毫无质感的衣服和这张东方的面孔似乎都与这样的情形格格不入。贝尔太太告诉我们，那天没有太多产品供我们参观。她的亲切友善和言语中流露出的谦逊让我放松下来。

最先映入眼帘的是一些彩色刺绣大丝巾。我立刻被那些精妙绝伦的色彩搭配深深吸引住了。随后，贝尔太太带我们参观了工作室。各个房间都有女工在忙碌着。令我颇感兴趣的是一位正绣着小花和叶子的女工。只见形态各异的细枝遍布在一条白绸长裙上。裙子上似乎没有任何标记，而这女孩却灵巧地飞针走线。这条裙子完工后，看起来一定像是在裙子上撒了一把把刚采来的小花，靠它们的细刺和茎叶挂在上面。我说，我在迪奥的春夏时装秀上看到过两条这样的裙子，贝尔太太会心一笑。

克里斯汀·迪奥在他的目录里给这两条花裙子命了名，但在我看来，这名字太过平淡，我在心里把它们叫作“百花舞衣”，或者简单地称之为“李夫人”。大约在公元前1世纪的汉朝流传着这样一个故事。有一些丝绸被进献给了武帝，据说，此丝绸对花有磁性。任何花儿碰到它都会紧紧贴在上面。皇帝就用这丝绸给他的爱妃李夫人做了一件舞衣。在御花园一棵开满花的树下，李夫人身穿这舞衣翩翩起舞，掌声之下，花儿一朵一朵飘落在裙子上，紧紧地贴在了上面。皇帝见状，异常欣喜，遂赐此裙美名——百花舞衣。*

另一位女工，正用金丝带往一件黑绸连衣裙上绣着图案。我说是金丝带，是因为它在材质上不是我所记得的中国女孩用的金线，而是一根细金丝，宽度不超过一两毫米。贝尔太太解释道，这种工作需要精湛的技艺和耐心，因为这种金丝的边缘很锋利，很容易把黑绸拉扯变形。我看这女孩很熟练的手法，与我记忆中中国女孩用金线绣得一样快。贝尔太太翻译给她听，说我夸她的技艺和耐心甚至超过了中国苏州和湖南的绣女，她笑着低声说：“谢谢你，先生。”见我这样评价，贝尔太太告诉我，她少女时期在上海和北京生活过许多年，亲眼见过中国女人做刺绣。她说，她们的活儿是精美绝伦的。

我的思绪回到了苏州，一个离上海很近的著名丝绸之乡。大约二十五年前，我和几位朋友一起去苏州及其周边的乡村观光旅行，去领略与刺绣一样名闻天下的苏州风光。在我们参观的一座乡村小屋外，几个女孩坐在灿烂的阳光里，正在绣架上绣一幅粉色丝绸床罩。

---

* 此处或有误。《玉台新咏笺注》引《采兰杂志》：“越巂国有吸华丝，凡华着之，不即堕落，用以织锦。汉时国人奉贡，武帝赐丽娟二两，命作舞衣。春暮宴于花下，舞时故以袖拂落花，满身都着，舞态愈媚，谓之百花之舞。”可见作百花舞的是汉武帝时的宫人丽娟，而非李夫人。——编者注

我们饶有兴致地看了好一会儿。正准备重新踏上旅途时，我们听到后面有叽叽喳喳的喧闹声，原来，我们身边站着几个女孩子，她们带着长竹竿和轿子，邀请我们坐进去，好抬我们去最近的景点。我们都是些身强力壮的年轻小伙子，被女孩子抬着的想法让我们觉得好笑，于是婉言谢绝了。即使我们提出为她们的盛情支付一些钱，但她们还是不情愿回去做刺绣，最终，我们同意她们帮我们拿包裹和衣服——天气太热，我们恨不得把这些东西扔在半路上。我很迷惑，她们竟能同时做着这样两件完全不同的活儿，刺绣是非常精湛的技艺，而抬轿子是沉重而强健的体力活儿。可无论做哪样，这些女孩似乎都没有觉得有什么不对头。我知道，即使我能放下手中“精笔细描”的绘画工作，去花园里干挖土的活儿，我还是不愿意那样做。

我本想问贝尔太太，是否遇到过这样吃苦耐劳、随遇而安的农村女孩，但她正在给我的同伴展示着一些帽子。我的思绪再次神游到我的出生地——江西省。江西的西北地区生产一种由麻类植物纤维制成的有名服装面料。几个世纪以来，它一直享誉全中国乃至国外，由于可用来制作温暖季节穿的衣服，因而被叫作“夏布”。它很凉快，因为很透气，但并不透明。有几个品种，厚度和纤维的颜色各不相同。便宜点儿的品种由带有些许褐色或黑条纹的粗纤维制成，而最好的布料则是纯白色的，由品质最佳、最薄的纤维制成，表面如丝绸般光滑。完美无瑕的夏布上绣有花朵和其他一些源于大自然的设计，一直价格不菲。童年时，我经常听说夏布是怎么制作的。纤维通常是由十六至二十岁的年轻未婚女子进行分类的。人们认为，只有她们才有足够敏锐的触觉和专注力，选出最好的纤维，做出设计。因为她们没有家务的烦扰，而且在那个年代，她们甚至不用去关心如何选择自己的终身伴侣——凡事都由她们父母决定，因此，她们心思纯粹不受干扰——至少理论上是这样——能专心地选出最好的纤维而不是最好的丈夫。时间改变了这一切。如今的中国女孩都没有过去的那一代代女子有耐心。我想知道一个十六岁的巴黎女孩能让这种平静维持多久。或许我是不公正的，毕竟巴黎有那么多的女裁缝。但女裁缝和绣娘不同，我想世界上再没有其他城市能像苏州那样拥有这种专事针线的绣娘阶层了。

不自觉地，我问贝尔太太，她的女工中是否有已婚的。“是的，”她回答道，“有几个。但你为何这么问？”场面有点儿尴尬。幸好，我的同伴对一顶“朴素得很美”的、装饰着小雏菊的帽子表现出非凡的欣赏，减弱了这一时刻的尴尬。贝尔太太把帽子拿在手上，一会儿举起又放下，一会儿靠近我们又拿远，好让我们感受它的整体效果。贝尔太太说，在她的工作室里，人们都喜爱那件“美女玛格丽特”。在她看来，巴黎是世界的服装创意设计中心，礼服、帽子、太阳镜、手套、手提箱——最好的创意皆来自巴黎。各种创意在这个优雅之都不断涌现。而巴黎城 10—20 英里以外，创意的泉源就会枯竭。世界各地的人都来巴黎感受这些创意，从中汲取灵感进行设计。当然，也有人来这里为之奋斗。她说，她的一个朋友以为自己能在纽约干得很好，但一年后，她灵感枯竭，不得不重新回到巴黎，因此，她虽然打算在适当的时间回到美国，但现在仍在巴黎。“我不明白为什么只有巴黎能带来这些新创意。”贝尔太太继续说道。不管是什么原因，这就是事实，不仅仅在服装领域，在其他的艺术领域也是如此。巴黎是现代世界的艺术圣地。

贝尔先生的到来牵回了我神游的思绪。他有一张快乐的圆脸，还有修剪整齐的白胡子。为他的迟来致歉后，他告诉我们说，虽然巴黎现在还是春天，但所有的春夏时装秀都已经结束了。他马上就要去希腊和意大利收集材料，为秋冬时装想出新点子。“寻找关于服装的新想法太难了，”他继续说道，“必须对过去和现在的时尚、气候条件、

皇家宫殿的美景

穿戴者的情况以及要使用的材料等了然于心。”随后，他又说，他以前跟着父亲工作，他父亲在伦敦有生意。回到巴黎后，他开始自己创业，现在，他和妻子把时间都花在想新创意上。在乔治六世的加冕礼期间，他在伦敦的新邦德街（New Bond Street）开了一家店，为这种场合创作新产品。他现在希望他和妻子能够带着新创意，被邀请参加年轻的伊丽莎白二世的加冕礼，引领伦敦时尚。

我和我的同伴很感谢贝尔夫妇的热情接待。接下来，她要继续去赴约，而我拖着我的腿慢慢地走过和平街上的商店橱窗。现在，任何一家巴黎的商店橱窗，或大或小，都能吸引住行人。很多时候，我沿着歌剧院大道、和平街（Rue de la Paix）、旺多姆广场（Place Vendôme）、香榭丽舍大街和周围的圆点广场（Round-point），慢慢地走着，大饱眼福。正如我之前提到的，现代艺术运动，尤其是超现实主义和抽象主义，影响了各式各样的设计和装饰布置，但对巴黎时尚的影响微乎其微。然而，令我感到好笑的是，我居然看到了一个橱窗，模特穿着立体风格的服装——粗铁丝做成的正方形、圆形和三角形构成这种背景效果。谁是他们的目标顾客？我无从知晓。

第二天，我去博纳努维尔大道（Boulevard de Bonne Nouvelle）看女裁缝们的守护神——著名的圣凯瑟琳雕像。11 月 25 日，所有的女裁缝都会出现在博纳努维尔圣母院外面，聚集在巴黎大主教旁边。那天没有发生此事。我孤独地徘徊着，直到发现了在卡普西纳大街上的这家餐厅“洋李”，据说是女裁缝们吃午餐的地方。这里全都是女人，大多都很年轻而且衣着漂亮。毫无疑问，女裁缝们对衣着打扮很是在行。我试图去偷听她们的对话，但她们语速太快，我无法听清。

我仍在思考时尚创意。我记得在一本一百多年前出版的书中，读到过一个关于女式软帽起源的有趣故事。第一个设计这种软帽的人是一个法国女裁缝，她有一个天生的大鼻子，以至于流浪儿们都跟在她后面嘲笑她，并用最贬损的名字称呼她的鼻子。于是，她设计了一顶有边缘的帽子，以摆脱他们粗俗的言语。这个伪装确实管用，其他和她差不多姿色的法国女人也迅速地接受了它。她很快就赚了钱。颜色和剪裁会稍有不同，但大致的帽形却基本保持不变。渐渐地，那些因为有漂亮脸蛋而对这种软帽不屑一顾，或无论如何都看不起平凡人设计的帽子的人，发现她们最后成了少数不戴这帽子的人，因此开始失去一直被她们垄断的绅士们的注意。最终，她们也难免流俗，和其他人一样戴上了这样的头饰。这样，就掀起了一阵帽子风，吹遍了欧洲大陆，甚至吹过英吉利海峡乃至大西洋。

在这本书里也讲述了另一种女装的起源传说。13 世纪，一个英国屠夫娶了一个天生话多的妻子，婚后她一直喋喋不休，屠夫实在忍无可忍。因此，他做了一件胸衣，让妻子穿上，以缩短她的呼吸好止住她的多话。这件胸衣是有作用的，屠夫很快被他的朋友们羡慕，纷纷效仿，最后和他一样在家享受安宁。不久以后，伦敦的妻子们无人不穿胸衣。结果，胸衣变得如此普遍，女士们出于自我保护而不得不设计了时尚款的胸衣。故事就这样发展下去。那些“时尚”的胸衣无疑比屠夫做的要舒服多了。在我看来，这两个故事听上去都有些道理。

旧中国偏爱女性小脚，全国的女人都得裹小脚，这给无数不幸的女子造成巨大的痛苦。据说，这也是起源于类似的方式。数世纪前，一个男子极其嫉妒而又过分地爱着他的妻子，时刻担心妻子会离开他。最后，猜忌心驱使他残忍地逼迫妻子绑住自己的脚，使得这双脚变得越来越小。她忍受着巨大的痛苦，常常以泪洗面，却没有得到他的怜悯。渐渐地，他的妻子习惯了裹脚，也能走路了，缓慢而小心，内心十分平静。她当然有权利同情自己如此勇敢地承受着这样的折磨。事实上，她因此赢得了她丈夫之前从未给予过的赞赏和爱意。她那新的行走方式——双臂微微伸出以保持平衡，莲步摇曳，使得她那天生丽质的脸，在他的眼中又增添了几分魅力。逐渐地，她甚至忘记了疼痛，享受着日渐增多的赞赏，不仅来自她丈夫，还来自丈夫的朋友，更有许多描写她优美步态的诗歌诞生。最后，她成了众人嫉妒的对象。无数的年轻妇女和女孩前赴后继地忍受因裹脚带来的疼痛，正如现在的西方女孩为了苗条的身段而准备遭受减肥带来的痛苦。然而，这种时尚风靡全国。渐渐地，在中国，没有哪位家境良好、有才学的年轻男子愿意娶不裹小脚的女子。于是，父母，尤其是母亲，费尽心机给女儿裹小脚，以完善婚姻的前景。裹脚最佳的时期是在女孩幼年时，通常在五到十岁。赞美小脚的文章不断出现，脚小到令人难以置信的美人画流传着，美人的小绣花鞋，在饮酒游戏中被当作酒杯。最终，裹脚被认为是理所应当的，就像穿衣服一样。

偶尔有一些心胸开阔而开明的男人反对这种强加在女性身上的不人道的痛苦，但并没有结果。有一本著名的中国讽刺小说名为《镜花缘》，大约成书于一百多年前，仍在销售且被广泛传阅着。其中有一章描述了“女儿国”，里面提到的两性的一般做法都是相反的。长着胡须的男子们做家务，而女子们则参与政事，管理国家；男子的脚都是裹着的，而女子们则用自然生长的脚大步行走，诸如此类。故事中有三个中国人，一位文人、一位哲人和一位商人，他们离开中国去环游世界，偶然来到了女儿国。商人是三人中最年轻的，他异常俊美的脸庞引起了这个国家“国王”（一位女子）的注意，她决定让他成为她的“王后”。因此，这位商人被国王的人（全是女的）抓住，送到宫殿。举行皇室婚礼前，遵照国王的指令，他的脚必须裹小。这花了一到两个月的时间，这位年轻男子遭受着痛苦，他确信这样的痛苦会要了他的命。当最后，他被带到国王面前时，面色苍白，浑身无力，却深受赞赏和珍爱。对他这种痛苦的详细描述，使世代的读者发笑，但并没有动摇这种愚蠢的裹脚时尚。直到一百年前，中国被西方势力入侵打败，西方女性的大脚频频出现在眼前，中国男人才接受天足的妻子。这一机遇被女人们迫切地抓住：小脚被释放，女子们都很感激从缠足的痛苦中解放出来。渐渐地，小脚在中国的城市乃至农村中消失了。西方文化无疑为中国女性服务了一次。如今，一些中国诗人在大脚中寻找新的主题和灵感。

二十年前初到英国不久的圣诞节，我去过几个教堂义卖，看到在销售的中国丝绸做的小绣花鞋。它们的大小只有小脚女人才能穿。据说它们是传教士和商人从中国带回来的。展示这种鞋子的目的是为了激起对中国习俗的兴趣，而义卖的收益将用来“拯救中国人的灵魂”。我既惊讶又开心。自从第二次世界大战爆发，再也没有在教堂义卖中见到中国小绣花鞋，要么是因为无法再进口，要么是因为许多其他灵魂明显需要拯救。

此时此刻，我想起几天前在蒙马特目睹的一件事。一对年轻的夫妇边唱边笑地从山顶的台阶上走下来。当仍有一段路要走时，这位年轻男子像芭蕾舞者那样走了几个飞步，进入一家烟草店，大概是去买烟。年轻女士独自站在那里，高跟鞋被台阶的边缘钩住，向前倾倒，在尖叫和呻吟中滚下了石阶。男子立马冲了出来，跑到她旁边跪下，温柔地亲着她的脸和手，显然不知道还要做什么。女士疼得说不出话来，雨刚停不久，台阶和地都是湿湿的，她的衣服上也出现了新图案。一位巴黎老人提议为他们叫辆出租车，但男子说不必，老人也就离开了。我也离开了，因为我不会用法语交流，如果连这位老人都不能做些什么，我又能做什么？毕竟这位年轻女士看起来受伤不严重。穿高跟鞋的时尚是怎么开始的呢？我想到这种时髦的高跟鞋能在中国

市场中获利，也许可以赚一笔——但突然想起我姐姐从三十年前就开始穿高跟鞋，我意识到这钱赚不成了。裹脚是为了能拥有世人眼中优雅的步态，这与穿高跟鞋的目的有什么不同呢？

啊，时尚，时尚！以你之名犯下了多少奢侈之过！你的艺术与我无关。

第十四章　一双强有力的手

初识拿破仑是在四十年前，彼时我还在中国的学堂里上学。教科书告诉我，拿破仑是法国的伟人，他一生征战无数，也胜利无数，并制定了一套法典，做出了许多影响力巨大的事情。他所参与的战争，名字用汉语念出来听上去怪怪的。我对那些战场毫无了解，事实上，我甚至不知道法国在何处。作为一个十岁的孩子，我无论如何也不会想到，自己有一天能去看他的墓，或者远在地平线另一头的那个他统治过的国家。英雄崇拜尚不能渗透进我的教育，我也不关注教材中强调的任何和他有关的东西。现在，我来到了巴黎，并时刻感受到这位皇帝的存在，好像他那无形的、强有力的手仍在发挥着作用——在这一点上，拿破仑在古代帝王中是独树一帜的，古罗马的奥古斯都、古代中国的成吉思汗，都不能望其项背。

初到巴黎时，一个法国女孩一再要指给我看兑换桥（Pont au Change）护墙下方，桥拱之间的基座上那醒目的浮雕字母“N”。没多久，我和另一位法国友人同游塞夫勒（Sèvres），巴士经过凯旋门时，他极力要我回望拱门墙上的那些花饰浮雕。从某个角度看，倒可以看出一个很像“拿破仑被某个人谴责”的轮廓。若不是曾在许多画

作和雕塑中熟悉了拿破仑的样貌，我可能无法迅速悟出朋友的意思，毕竟，“很像”只是一种联想。当然，这种“不吉利的安排”只有在拱门建好后很久才会被看出，这可与雕塑家的初衷相去甚远——他们原本只想颂扬这位伟大的皇帝。这个著名拱门上的雕塑群描绘了从1789年法国大革命至1815年的“百日王朝”期间法国历史上的著名场景。前方是四个巨型雕塑群，分别是科特（Cortot）的“胜利”、艾戴克斯（Etex）的“和平”和“抵抗”以及瑞德（Rude）的“出征”。尽管拱门始建于拿破仑时期，由夏尔格兰（Chalgrin）设计，以纪念1805—1806年奥斯特里茨战役的胜利，但拿破仑本人却没有亲见其建成，只见到一个木制的小模型。不过，1840年12月15日，他的遗体从圣海伦岛（St. Helena）运回时，灵柩从拱门经过。最让我感兴趣的是，因巴黎土质太软，无法承受纪念碑的庞大体积，于是，拱门的地基建在了石柱上，深达24英尺。

巴黎凯旋门的对面是协和广场，由拿破仑命名。协和广场的对面，径直穿过杜伊勒里花园，就可看到卡鲁索凯旋门了。卡鲁索凯旋门参照了罗马塞维鲁凯旋门的建筑方案，由拿破仑的建筑师柏西埃（Percier）和方丹（Fontaine）建造，以纪念1805年奥斯特里茨战役的胜利。其两面由四根科林斯式柱子装饰，支撑起大理石雕刻的帝国士兵雕像。现存的二轮四马战车为弗朗索瓦－约瑟夫·波斯欧（Bosio）设计，原本在这个位置上矗立着雷莫特（Lemot）设计的战车和四匹铜马。拿破仑将它们从威尼斯的圣马可广场（St. Mark’s Square）夺来，后来又完璧归赵。此举充分显示了拿破仑手腕的强大。

据说，在法国大革命后，卢浮宫变成了穷困潦倒的艺术家及穷人的公共住所。整个宫殿被弄得一塌糊涂，各式各样的衣物晾晒在窗外。1806 年的一个晚上，拿破仑下令清扫这个曾是历代法国国王居所的宫殿，同时下令修建靠近侯昂楼最老旧的部分西端的建筑。站在大卫所画的《拿破仑一世加冕大典》前，我回忆起阿布朗泰斯公爵夫人（Duchess d'Abrantes）的描述，“当轮到教皇为他加冕时，他（即拿破仑）迫不及待地从教皇手中拿过皇冠，自己戴到头上——此举震惊了罗马教皇”，我仿佛看到画像上他的双手正在移动。据说，在拿破仑成为皇帝之前，卢浮宫，即大家所熟知的法国国家美术馆，一部分就已经作为博物馆对外开放了，其馆藏的画作集所有绘画流派之大成，令世人为之咋舌。这些画作中包括法国历代国王的珍藏、意大利人的画作《弗朗索瓦一世》，佛兰德人、荷兰人和法国人所作的路易十四的画像，著名收藏家的馈赠以及法国从国外采购而来的画作。其中许多作品为拿破仑所掠获，其军队所到之处，他便从当地劫走许多伟大的作品。他不仅凭双腿踏平四方，能征善战，更有一双强有力的手，四处掠夺。但我必须承认，拿破仑不但有着非凡的头脑、强健的双腿和有力的双手，更有着卓越的艺术眼光。也许正是这一点，使得他从其他征服者中——比如亚历山大大帝和成吉思汗中脱颖而出。

有传言说，拿破仑将埃及艳后克里奥佩特拉（Cleopatra）的遗体带回了巴黎，葬在国家图书馆的花园里。这只是传说，但我却喜欢这个传说。据图书馆前秘书长蒙特勒伊先生（Morteuil）称，1870 年，拿破仑从埃及带回的三具木乃伊与其他埃及文物保存在一起，出人意料的事发生了，其中一具木乃伊周身的衣带忽然裂开了，露出一个有着“美貌绝伦的希腊式面孔”的女人。蒙特勒伊先生和他的朋友认为，她就是埃及艳后。不幸的是，在1871年巴黎公社起义中，为安全起见，埃及艳后及其侍从的木乃伊不得不被匆忙运至地窖安放。在那里，无法继续做到密封保存，潮湿的空气导致木乃伊腐烂，当三具木乃伊从地窖中运出时，人们决定马上将其安葬在花园里。一个凉爽的、春天的夜晚，蒙特勒伊先生提着一盏灯，主持了下葬仪式。此后再也没有关于这些木乃伊的传闻。我赞同罗朗－曼纽尔先生（Roland-Manuel）的说法："这个故事太美好，让人无法忘怀。就让我们一直相信这是真的，直到将来有新的发现证其真伪。若是将来埃及艳后的遗体果真在亚历山大城被发现，那真是令人沮丧的事：对我来说，就好像有一种甜蜜的狂喜从图书馆飘然而去。"现代科学使我们的生活之河太过澄清，缺乏浪漫气息。生活是需要一点点神秘色彩的。但愿蒙特勒伊先生已在传说中的埃及艳后安息的地方立下铜牌或铜匾作为标记。这花园一定有无数游客慕名而来。

虽然法兰西喜剧院（La Comedie-Francaise）并非起源于拿破仑时代，但拿破仑在1800年颁布的一项法令使得剧院成为国家财产，确定了它与国家的隶属关系。之后，剧院逐步发展成现在的规模。拿破仑热爱戏剧，尤其推崇索福克勒斯（Sophocles）、埃斯库罗斯（Aeschylus）和欧里庇得斯（Euripides）的剧本。也是他确定了塞纳的地方行政长官和市政管理机构。最引人注目的就是美丽的旺多姆广场上的旺多姆圆柱顶端拿破仑·波拿巴的铜像。据说，拿破仑命人熔化德国人的1200门加农炮，于1810年修建了圆柱。圆柱的建造模仿了罗马的图拉真柱（Trajan's Column），高155英尺，它的浅浮雕像同样描绘了1805年征战的诸多场景。铜像曾遭损毁，现存的铜像由杜蒙（Dumont）仿照原始铜像重塑，构成铸件的378枚铜片构造如此完美，使得整个圆柱看上去像是由一块完整的金属打造而成。这归功于法国能工巧匠的巧夺天工，而不是拿破仑那双强有力的手。现在

的和平街开放于1806年，旧名为拿破仑街。

拿破仑常被误认为是荣军院的创建者，他确实曾于1806年下令，在玛德莲教堂（the Church of Madeleine）的位置建造荣军院以纪念拿破仑大军的军人，但最终并没有实现。同样，他计划改造布洛涅森林的宏图最终也未付诸行动，但在他在位期间，的确在那里种植了许多树。

一位和善的巴黎老人将梅兹酒店（Hôtel Metz）指给我看，拿破仑成名前曾寓居于此。另一个巴黎人则带我去看昂坦街（Rue d'Antin）三号的房间，那里是拿破仑和约瑟芬结婚的地方。我自己试着找到了摄政咖啡馆（Café de la Renence）和克拉兹咖啡馆（Café de la Corazza），拿破仑还是上尉时常光顾于此。拿破仑在巴黎一定有许多常去的地方，并为他同时代的人所知。时间擦去了拿破仑强有力的双手曾经留下的一些不那么明显的痕迹，但我仍能明显地感觉到他双手所留下的烙印。

在旁人的一再劝说下，我去了荣军院的拿破仑之墓。倒不是我对去看他的坟墓或者荣军院非凡的建筑心存抵触，而是我对他已经不在人世感到迷惑，因为在巴黎的每一处，他的存在感仍是如此强烈。我走出杜洛克地铁站，来到杜洛克街（Rue Duroc），看到布雷特伊广场（Place de Breteuil）上的巴斯德纪念碑，这里距巴斯德研究所不远。在这位伟大的细菌学家雕像的底座上，环绕着对他表达敬意的、充满赞美之情的女性人物形象，仿佛这位伟大的科学家就在这里。这是一尊不错的雕塑，很好地反映了主题。

然后，我在布雷特伊广场的一张长凳上坐了一会儿，思索着布雷特伊广场在过去很长的一个时期里似乎与拯救生命有着千丝万缕的联系。巴斯德纪念碑位于一个著名的自流井，这口井的上面曾经是一根130英尺高的柱子，柱子由工程师德拉波特（Delaporte）所建，后于1903年推倒。此井动工于1834年，倾全巴黎之力，最终于1841年完工，深1600多英尺。建造者为机械工程师缪洛（Mulot）先生，耗资巨大。在这个过程中，缪洛先生花费了七年的时间试图找寻水源而未果。最终，在1841年2月26日，他发现了湿砂，找到了水源。当时，水柱喷涌而出，淹没了附近的建筑。而周围的居民非但不生气，反而发出了雀跃的欢呼。虽然被淋湿，他们与其他的巴黎人一样表现出对这口井的热情。这一发现被认为是人类科学的一次伟大胜利。自那时起直到现代供水技术产生之前，这口井每天提供一百万升水。这些水当时储存在先贤祠附近的一个水库，现在这个水库已经不复存在了。井给居民带来的恩泽无法估量，但巴黎却没有建造关于缪洛先生的任何纪念物。同样，巴斯德的工作也曾经、正在并将继续挽救巴黎和世界其他地方无数人的生命，尤其是妇女和儿童，但他的纪念碑比起布雷特伊大街（Avenue de Breteuil）北端的拿破仑墓，简直微不足道。我抬头仰望荣军院镀金的穹顶，感觉到历史的不公。

沿着布雷特伊大街，我向荣军院走去。这是一条双向车道，中间是草地和花坛，看上去颇新，其实早在1680年间就建成了。这条街有三百年的历史，在巴黎其他地方，也有着类似的宽阔大街，其间点缀着草坪和花带。这是一个天色阴暗的早晨，没有太阳，街道两边的房子显得老旧。荣军院的穹顶更衬托出房子的寒酸。漂亮的大门和高高的铁栏杆吸引着我走上前去，我尤其喜欢建筑精致的正面。忽然间，云开日出，露出湛蓝的天空，强烈的阳光照在屋顶，折射出缕缕光芒，将周围的一切点亮。真是一番神奇的美景。

买了门票入内，我没有感到敬畏，反而内心平静。建筑的内部不像我想象的那么宽敞，从外面看来，人们可能以为它的设计会像教堂的正厅，其实不然。里面的大部分空间被墓穴占据，还有十二座巨大的雕像和由五十四面旗组成的六个胜利纪念柱。我越过红色绳索看到后面的祭坛，但我最感兴趣的是正对着屋顶下方的圆形的空间。这是一个敞开的墓穴，据说仅20英尺深，直径为36英尺——这就是拿破仑的墓穴。拿破仑的双手曾创造出那么多气势恢弘的事物，但在他死后，他的遗体仅仅安放在一个直径为36英尺的圆形墓穴中间。

我倚靠着栏杆往下看。室内有足够的空间供人们走动，但整个结构不够大气。石棺所用的材料是产自芬兰的花岗岩，为俄国沙皇尼古拉斯大帝（Emperor Nicolas）所赠，石棺的设计简单，但在我看来尚不足以称为经典。棺盖的线条，给人一种柔和之感，却与安息其下的拿破仑的分量、权力和英勇毫不相称。红色芬兰花岗岩据说非常难雕刻，虽然我觉得这个石棺椁的工艺更适合宫殿般的大厅而不是坟墓，但工艺本身确实让人称叹。石头的深栗色产生了一种庄严肃穆的效果，却让我觉得冷冰冰的。自古以来，似乎都有这么一种观念，皇帝的棺椁应该比普通人的大。但这个石棺却没有与帝王身份相称的尺寸，更别说是拿破仑这样的一代大帝。回忆在巴黎看到的有关拿破仑的一切，我深感拿破仑的死并没有得到应有的纪念。我感到失落、冷

清。在这里，完全找不到拿破仑那强大双手的存在。我急不可耐地想离开，既不想看拿破仑的遗物，也不想打听历史博物馆在何处。我看到一块示意牌指示“军事博物馆”，但一点儿也不想去看（我在英国生活了近二十年，也从未去看伦敦的帝国战争博物馆）。

我跟着一位女游客穿过走廊和庭院往外走，来到一座加农炮前。炮位于阳台上，俯瞰着荣军院广场。然后，我沿着加利埃尼元帅大道（Avenue du Maréchal Gallieni）在大道中央慢慢散步。宽敞的广场让我重新感觉到身处巴黎的愉快。我喜欢巴黎的街道，宽阔的大街、花园和远景给人宽广大气的感觉。的确，宽广是巴黎最令我印象深刻并深感愉悦的一面。巴黎对空间的绝佳利用方式让我喜欢在这里散步，远胜过我所知道的多数其他城市。

我的思绪又回到拿破仑之墓。他的遗愿得以实现，在遗嘱中他这么说：“我希望我的遗体能安放在塞纳河畔，身处我所热爱的法国人民之间。”他所安息的荣军院并不是出自他的手笔，而是由路易十四建造，用于安置年迈的士兵，就像伦敦的切尔西皇家医院（Chelsea Royal Hospital）是为英国退休者们而建一样。我不禁觉得这样的墓地更适合建在城外，就像埃及国王的金字塔那样。

在我的祖国，有一座杭州城，城郊有一座岳飞墓，其外形简洁却气势非凡。岳飞是宋朝名将，生活在12世纪末，他在抵抗外敌入侵的战争中连连告捷，最终却被奸佞的宰相出卖而被处死。他的高贵品格、大无畏精神和含冤而死的命运对于中国人来说都有着重要的教育意义，过去的七百年间，许多人来到岳飞墓前凭吊他。我上大学时也去过几次岳飞墓。在我看来，那墓地的简单大气、墓地周围的开阔，让人产生敬畏之感。而在现代的圣陵中，我最喜欢华盛顿的林肯纪念堂。

不知不觉来到了亚历山大三世桥边，它是塞纳河巴黎段最宽的桥。桥两端的四根柱子上，屹立着镀金的马和人物，在阳光的照射下，我不禁目眩神迷。桥的远景气势恢弘，一端连着大皇宫，另一端连着荣军院。

我趴在护墙上眺望河面。塞纳河和中国的长江一样古老。我的家乡九江位于长江南岸，公元3世纪时，著名的吴国将军周瑜曾在这里打败了魏国的船队。周瑜当时还很年轻，也有着一双有力的手，为他的君主立下了赫赫战功。我小时候经常在江边玩耍。长江九江段江面宽阔，我根本看不到对岸。小渡船要花上一个小时才能从江面往返一次。大船队在江面上可以像在海洋里一样自由行驶，进行战斗。传说，在九江下游的一处地方，周瑜用铁索连环计困住了魏国的舰队。我的家乡有许多和周瑜有关的名胜古迹，我也时常踏访这些地方。周瑜的妻子是有名的美人，也是吴主的妻妹；二十年前我离开家乡时，那里还有一条以她的名字命名的路。宋代著名诗人苏东坡写过一首怀念周瑜的词，说的是周瑜从三峡出发，沿长江一路向下，来到九江附近的赤壁战场。数世纪以来，每一位中国文人都能背诵这首词。我的朋友朱先生曾将该词翻译成英文，但原文字里行间的节奏和韵律难以在英文中得到体现。我们经常把酒吟诵这首词：

大江东去，浪淘尽，千古风流人物。
故垒西边，人道是，三国周郎赤壁。
乱石崩云，惊涛裂岸，卷起千堆雪。
江山如画，一时多少豪杰。
遥想公瑾当年，小乔初嫁了，雄姿英发。
羽扇纶巾，谈笑间，强虏灰飞烟灭。
故国神游，多情应笑我，早生华发。
人间如梦，一尊还酹江月。

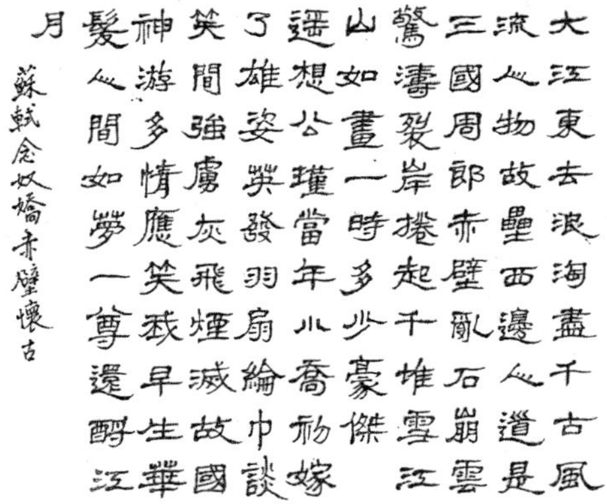

我倚靠在亚历山大三世桥的护墙上，塞纳河上尚不见明月，我也无一樽美酒，而华发已生。回望荣军院，我默默吟诵着这首著名的宋词。

第十五章　更为强劲有力的手

上一章我提到了一双强大有力的手。法国的一些地方展出了一些作品，它们出自另一双温柔而有力的手——雕塑家奥古斯特·罗丹的手。

他的作品——维克多·雨果的雕像，于1909年竖立在法兰西剧院附近、宽阔的皇家宫殿（Palais Royal）花园内。沿着拉斯巴耶大道（Boulevard Raspail）和蒙帕纳斯大道（Boulevard du Montparnasse），在中心花园的南端，有他的另一幅作品——魁梧而冷漠的巴尔扎克的雕像，该雕像竖立于1939年，这位伟大的作家似乎站上了舞台，宣告《人间喜剧》的开演。他的作品——青铜雕像《加莱义民》，位于黎塞留广场（Place Richelieu），给我留下了极其深刻的印象，这是杜伊勒里花园和卢森堡公园中任何一座雕像以及世界其他许多地方的雕像都无法做到的。之所以印象深刻，并非是因为它比其他的雕像更美或者更好，而是它要表达的对我而言十分直白，不用绞尽脑汁去思考。

甘贝塔（Gambetta）的雕像很不错，任何来巴黎的游客都不会错过它，因为它处在一个绝佳的位置，面对着卡鲁索凯旋门，并在通向卢浮宫的路上。但在我眼里，它仅仅是又一座闪耀着白光的、无数雕像中的无名之辈。我记得这座雕像的人物穿着飘逸的、有褶饰边的双排扣常礼服，看上去十分漂亮，以至于我将甘贝塔想象成一名演员。除此以外，它对我传达不了什么。至于巴黎城内的其他雕像，有许多是为国王和王后而作，关于其历史，我不甚了解。另一些是叫人吃惊的裸体雕像。还有一些雕像的素材要么来自寓言故事，要么是象征性的，要么来自神话故事，无论看到哪一个，我都觉得很困惑。最后，当我看到一座新雕像时，我没有苦苦思考，而只是自言自语道："又一座雕像！"

而看到雕像《加莱义民》时，我朝它走过去，本来只打算看一眼，结果却驻足在那里凝视了许久。我被这个雕像群中六个人流露感情的不同方式打动了，几乎感同身受。那时我不知义民身后的故事，过后也没去探究它，只知道这些人正站在他们人生的危急关头——他们面临着决定生死的命运。每个人物表达痛苦、烦闷和危急的方式各不相同。他们的内心都承受着巨大的压力，但感情太过强烈而无法歇斯底里地表达。他们谁也没有流露出丝毫的憎恨。我明显感受到，在他们所处的环境中，这样的情绪都是徒劳的。他们心意已决，将义无反顾地接受他们的抉择带来的后果。

凡是经历过真正的危急时刻的人，经历过面对死亡的威胁必须做出决定的人，无不被这组青铜雕像所打动，哪怕对它背后的故事毫不知情。然而，其实它背后的故事只会为它增添悲壮的色彩。1346—1347年，英王爱德华三世的军队已围困加莱城长达十一个月，也没有突破加莱人民顽强的抵御。最终，加莱城的居民们弹尽粮绝，只好乞降。这六位手里拿着城门钥匙的平民朴实而正直，虽然并非交战者，但为了忍受爱德华的屈辱条件，甘愿面对被绞死的处境。当时，幸好善良的英国王后亲自说服她那残暴的丈夫，他们才幸免于难。

雕塑家的这组作品面世后，引发了热烈的争议。我想，我可以洞悉作品不能立即被接受的原因。19 世纪末期，许多和罗丹同时代的人对表达爱国和英雄主题的传统方式存在很深的偏见，他们认为，英雄必须是非常杰出的超人一类的形象，必须有有力的双手、强壮结实的肌肉，姿势也必须充满动态感且散发着力量，面孔则要看上去像是在呐喊……总之，英雄绝不是温顺、绝望的形象。罗丹的视野远远超越了与他同时代的雕塑家，他在自己的作品中表达的是普遍的、没有个人色彩的、永恒的主题。

加莱义民并非超人，甚至谈不上是不同凡响的人，他们只是有着坚定良知的普通人。这个世界上一定有无数这样的人，在危急关头能挺身而出，做出牺牲。有战争的地方就有这样的英雄，但鲜有雕像为他们而塑。我可以从中国的历史长河中找寻到无数个类似的故事。罗丹的这组青铜雕像是唯一可以竖立在中国大地上的西方艺术品，并一定会在中国得到人们永远的敬仰。这是人类的共性使然。

那么，如何明确这组雕像所表现的共性呢？我认为，这主要体现在人物自然的姿势上，尤其是双手的力度。那位长着胡须的领导者仿佛在说："如果我在争执中为拯救他人而死，上帝会宽恕我，因此，为了拯救我的同胞，我愿意临危不惧，赴汤蹈火。"他头微微地低着，看得出正陷入沉思中——为他所在城市的同胞而痛苦，也为自己而痛苦，很快，他将为这些痛苦申诉；他的手和胳膊自然地垂下——如同所有苍老而疲惫的手和胳膊，经过一番争斗以后，它们早已疲惫不堪，没有任何装腔作势的英雄姿态；尽管四肢疲惫，但他还是坚守自己的人生态度，好像在说，"用我微不足道的余生去换取众人的生命算不了什么"。他左边的那位义民，看上去比任何一位都更加坚定，因为他将作为代表将钥匙递交给爱德华三世；他深深凹陷的眼睛凝视着前方，等待着严峻的考验，但丝毫没有流露出憎恨的神情；他双唇紧闭，紧咬的上唇暗示着他的愤怒；他的身体笔直地站立着，胳膊垂着，手里紧紧攥着钥匙；他也不像一个英雄。站在他身后的那位义民，双手轻轻地抱着头，人们把他称作“哭泣的义民”。我不知道这样叫他是否出于雕塑家的本意。在我眼里，他没有哭泣，也没有表现出对选择牺牲的后悔，只是陷入无比的痛苦中；他双手抱着头，每一根手指都表现出强烈的情绪。对于任何一个盛年的人，做出这样至高无上的牺牲，谁能不是这样的反应呢？可他没有流露出犹豫或退缩之态，而是那样地坦然、无畏。第四位义民也是如此，他忍不住回望他深爱的城市，揉了揉双眼，知道再也没有机会看见它了。

最后两位是一对兄弟，都很年轻，对自己的抉择义无反顾。一位伸出手臂，好像在说，这是加莱唯一的选择；另一位高举右手，好像在向世人宣告这是他唯一的抉择！

巴黎城中有无数雕像出自罗丹那双温柔的手，这一组雕像只是众多雕像中的一组。在瓦伦街（Rue Varennes）毕洪宅邸（Hôtel Biron）的罗丹博物馆内，陈列着大量罗丹最杰出的作品以及它们的复制品，在来这里仔细研究这组雕像前，我曾在英国和美国观摩过很多他的作品。我曾两度来到罗丹博物馆。第一次是和几位朋友在二月的一个和煦的下午来此参观，走马观花后，我不得不随他们一起出来。那时，我想，如果罗丹的夙愿得以实现——将自己的作品完美地置放在绿树掩映、鲜花盛开的公共公园内，那么，这对我的这些同伴而言，将是多么惬意的事情！

三月末的一个下午，我早早地孤身一人再度来访。彼时游客稀少，我悠闲地从一个展厅走到另一个展厅。在这里，我见到了《伤鼻的男子》《青铜时代》和《屈膝的女人》。我还看到了许多著名人物的半身雕像，如雨果、克列孟梭、萧伯纳、舒瓦瑟尔公爵夫人等名流。同时，我也见到了《加莱义民》《阴影》和《三个农牧神》等雕像的试画，还有许多《地狱之门》的试画。在罗丹雕塑作品背后的墙上，我还看到了他的大量绘画和素描，这些都是他为在石头和金属上正式雕塑所做的准备。在毗连的小房间里，我见到了石膏铸型，非常欣赏。后来，我看到了《地狱之门》（1880—1917）的整件作品（尽管它永远不可能被完成了），它的顶端是《脚手架下的三个影子》，正下方是小尺寸的《思想者》，紧靠在小房间旁边花园的墙边。我沿着花园的小径慢慢踱着步子，脑子里梳理着刚才所见的一切。花园里树木的细枝上缀满了刚吐出的新绿嫩芽，但笔直的树干色彩深沉，颇有冰冷之感，这让我的大脑冷静、清晰起来。

此刻，我快要靠近《思想者》巨大的石头基座了。罗丹一定从《地狱之门》的试画中复制了一个特别的石膏铸型，而且，《地狱之门》一定有几个青铜复制品，因为我在纽约的哥伦比亚大学就见过一个。《思想者》就在离房子背面不远的常青树围墙内。我轻轻地拂去基座底下的一个台阶上的灰尘，背对着雕像坐下来。这是个思考的好地方，安静得好像只有我一个人。两个小时后，我见过了室内的各种展品，装石膏铸型的小房间，还有花园里的《思想者》雕像。我的脑子里萦绕着这位伟大雕塑家作品中的各种肌肉、四肢和各种姿势。当我思考他的艺术时，尽管他远离我，但我能感觉得到他的存在，尤其是他那双有力的手，仿佛他仍在那儿，在作品上不断修正，时不时抛光这儿，时不时为那儿加一块泥土。我很想知道罗丹的模样。我想象他的头看上去古怪可笑，额头上还凸起一个肿块，就像我们刻画的先贤孔子的形象。但从他的自画像来看，他凌乱的头发和眉毛之间的距离很短。他是如何凭借这样狭窄的前额构思出《加莱义民》和《地狱之门》那样伟大的作品的？

我幻想他是这样的形象：身材高大魁梧，肌肉结实，双手有力，似乎能随心所欲地改变手中石头和金属的形状。但是，他的朋友卡米尔·莫克莱尔（Camille Mauclair）是这样描述他的：罗丹中等身材，看上去温文尔雅，长着一颗大脑袋和一个大鼻子，胡须飘逸，眼睛小而明亮，时不时沉默地紧紧抿着嘴巴。

看了他为雨果和巴尔扎克所作的雕像以及为波德莱尔所作的头像，我以为他看上去是强壮而有力的，甚至是带着嘲讽的。不过，根据莫克莱尔的描述，再加上皮埃尔·毕维·德·夏凡纳（Puvis de Chavannes）的上半身雕像、莫扎特的雕像和《裸体的惠斯勒缪斯女神》，又感觉他是那么朴实、一丝不苟、矜持、谦逊、热诚而不张扬。

从他的作品如《女像柱》《悔恨》《她曾是制盔者的娇妻》《绝望》《飞人》和《浪子回头》看，我认为他的精神中充满了痛苦和恐惧，而且是一个不受含蓄的道德谴责和世俗束缚的人；而从另一些作品，如《吻》《沉思》《永恒的偶像》《母亲和即将去世的孩子》和《兄妹》看，罗丹又是充满激情和爱的人，一个和善而优雅的人。

我想，罗丹的一生创造了如此多的作品，竟然没有受到人世间的纷繁干扰，相反，他在外部环境的侵蚀中仍能凭着强大的意志力和坚定的决心取得如此斐然的成就，是不是太了不起了？尽管盛名在外，他还能保持清醒的头脑，又是如何做到的？在众人对他创作的巴尔扎克像提出很多非议时，他默默地撤回了雕像，是如何做到如此谦逊的？他讷于言而敏于行，把所有的精力都投入到他的雕塑中。

最重要的是，我想到他对人类的手的浓厚兴趣可以从他对手的非凡的试画中体现出来，手是如此显著地揭示了其作品的含义。他一定将手视为一种象征。他的手中像是握着一把金刚钻，充满了强大的力量，可以将他的想象变为现实。他塑造的手无不充满了个性和非凡的意义，比整个作品的其他部分都更具表现力，更有意义。这一点可以从他的诸多作品中得以验证，如《吻》《施洗者圣约翰》《思想者》以及《加莱义民》。《上帝之手》又名《创世》，在这件作品中，一只手托起了亚当和夏娃的美好形象;《大教堂》是一件表现指尖相触、手指向上的两只手的作品;《秘密》诠释了双手紧紧捧着的东西。所有这些作品都极富表现力，又充满了温和。若他认为某一件作品不需要手去表达，他就隐藏它，其作品巴尔扎克就是个很好的例子，在这个雕像中，手被披风隐藏了起来;而《脚手架下的三个影子》中的手，他没有完成。

我坐下来沉思时，又想起了曾经读过的罗丹对自己作品的评论。他说:“我什么也没有发明，我只是再次发现而已。你们觉得是新的，这只是因为我的艺术目的和艺术手段通常被忽视了。人们误认为创新只是一种对古物的伟大雕塑法则的回归。没错，我的确喜欢某些象征物。我从一种象征的视角看待事物，但这一切全为大自然所赐。”接着，他又说，“对设计而言，大自然永远充满了美好的形态；很多稍纵即逝，我们没有捕捉到，我们复制旧事物，或者根据大自然固有的观念工作；自始至终，大自然就在那里，充满了令我们惊喜的形态，可以是一株小花，可以是一个花骨朵，也可以是人的肢体，还可以是大街上走过的人或物。大自然如此美妙，远远超过了人类的想象，我们能从大自然中得到的远比我们已得到的多。但是，大自然就是上帝，人只有通过和上帝进行真正的交流，才可以获得上帝能给我们的一切；通过对大自然亲近的、专注的学习，通过坚定地回归大自然的怀抱，通过以自由的、不受固有观念束缚的思维接近大自然——这些固有观念可能是对古代艺术的回忆，可能来自古老印度大师、学术教学或其他已接受的种种理论；没有恪守常规或其他的思想，只用天真而诚实的头脑和双眼去欣然接受大自然的馈赠。之后，只有之后，大自然才会袒露她的秘密：我们应当学会爱，学会崇拜，学会信任，她才会毫不保留地给你一切；大自然是唯一的老师，只有对她忠诚和敬畏，人类才能进步。”对于自己未竟的艺术作品，他评论道:“艺术作品的创作没有止境，因为它本质是大自然的体现，而大自然是千万变化的、永恒的，故而，艺术家在某一个阶段停下脚步，将自己的所见、所求、所爱及所需融入到自己的作品中；艺术家的追求永无止境，所见亦无穷无尽。”

在我看来，罗丹的这些评论，似乎也可以从中国艺术中窥见一斑，尤其是中国的绘画。我曾在拙作《中国绘画》（*The Chinese Eye*）和《中国书法》（*Chinese Calligraphy*）中解释过这种自然法则。中国艺术家大多醉心于自然。我们，尤其是我们的艺术家，被称为“自然的崇拜者”。中国的道家学说有言：“天地与我共生，万物与我为一。”认为人与大自然共生存、对话并融为一体。通过不断的观察，并将我们的想法融入到大自然的生活中，我们可以呈现对自然界万事万物的感受。据说，罗丹喜欢将人比作动物，并坚信他们之间有相似之处，因此，在他的眼里，法尔吉耶就像一头小公牛，克列孟梭就像是老虎，等等。中国的艺术家们也喜欢用花鸟兽来比喻人。

想起了曾经在某处读来的小故事。一个富裕的暴发户参观一个伟大的雕塑家的工作室，并评价道：“噢，大师！您是怎么创造出这样的杰作的？”“很简单，夫人！只要从一块大理石上切下我不需要的就可以了。”是的，可是什么才是他需要的呢？人人都能从一块大理石上切下一块，但并非谁都知道切下后自己将得到什么，更不知道切下的过程中需要的技巧。艺术中的技巧有它的自我价值吗？

据说，在罗丹看来，技巧只是完成作品的手段，但是他并不低估自己的技巧。他说：“艺术家必须有完美的技巧去隐藏自己知道的东西。”他认为，谁也不应该忽视技巧，因为它是表现感受和思想的手段。技巧本身是否有价值倒并不十分重要。我崇尚罗丹的艺术，是因为他的思想、他的法则，尤其是因为他对技巧的高超驾驭。

接下来，我又在《思想者》周围踱起步子，我不知他是否赞同我的想法。他当然没时间和我交流了，于是我挥挥手，和他作别。

走出院子前，只见一道阳光透过树木掩映的墙壁照射在荣军院的镀金圆顶上，原来荣军院离这里不远。我已经写下拿破仑强有力的双手，现在也写了罗丹的双手。这两双手竟相距如此之近，似乎是一种有趣的巧合。1917 年，罗丹离世，他将自己的遗作和住所捐赠给了国家。如今的罗丹博物馆，其实是他多年的住所。莫非是他特意选择和拿破仑的安息之地为邻？但如今，拿破仑那双有力的手被封在荣军院的赤红色芬兰大理石内，而罗丹的双手仍在瓦伦街 77 号他的住所和花园里。

第十六章　生气的洋葱汤

“巴黎中央大集市在巴黎，甚至在整个法国都是鼎鼎有名的。”一位法国朋友的断言让我着实吃惊。他这样说也不无道理。对法国人而言，美食是他们的至爱，他们几乎是以美食为天。数百年来，中央大集市一直是巴黎千家万户采购食物的集中地，为巴黎城乃至全法国的需要服务。如此说来，说它在巴黎和法国有名气一点儿都不言过其实。不仅如此，几百年来，这里历来是法国人的集会场所——节日庆典、游行示威、暴乱交火，甚至是法国大革命，无不从此开始。因此，在某种意义上，巴黎与法国的诸多历史在此形成。幸好，我的法国朋友也能料想到我对法国历史不甚了解，他热情洋溢地向我介绍并带我参观了周边的诸多名胜。

我毫不费力地找到了圣厄斯塔什教堂（the Church of St. Eustache）。它的正面美轮美奂，但是，由于其四周为房屋和中央大集市高高的铁棚紧紧环绕，我无法观其全貌。要是在1532年，也就是教堂开始兴建的那年，想必更容易看清它的全貌吧。朋友说，圣厄斯塔什教堂的修建花了一百零二年。这是一座哥特式晚期的教堂，装饰有文艺复兴时期的雕刻品。高耸的圆柱支撑起广阔的内部空间，让人惊叹——这与我在巴黎参观过的其他教堂很不一样。整座教堂充满了浓浓的印度气息或波斯风情。出自法国著名艺术家勒布伦（Lebrun）之手的《科尔伯特的坟墓》和由皮嘉尔雕刻的大理石雕刻《处女》引起了我的兴趣。

匈牙利女王巷（Passage de la Reine de Hongrie）可不好找。虽然它离圣厄斯塔什教堂不远，但我却好几次都没能找到。这只是一条小巷，路标也有点儿磨损了。短短的两排房子，毫不起眼，并没有吸引人的地方，但小巷却有着悠久的历史。这巷子位于蒙马特街的南端，据说，一些房子的墙至少有二百年的历史。它的名字与一位前居民朱莉·比彻（Julie Bêcheur）有关。在1789年法国大革命之前不久，朱莉·比彻就“小有名气”了。她曾带领着集市的妇女代表团，向王后玛丽·安托瓦内特请愿。王后见了她，说：“你和我的母亲匈牙利女王长得出奇地像。”自此，生活在巴黎中央大集市的人们都打趣地称她为“匈牙利女王”，直到最后，这个绰号取代了她真实的姓名，人们也渐渐淡忘了她的身份。虽然如今没人会把如此天马行空的话当回事，但是在那时的法国，发生这种事情也不是不可能的。但是，要知道在两百年前，法国王后有着至高无上的尊贵，与其他的平民可不一样。

我记得在书中读到过，在古代中国封建王朝，每当皇帝或皇后出入紫禁城，平民百姓都得回避，所有店铺也都得关门，还要用木窗把窗户封上。若有人有幸透过门缝瞥到了龙颜，他一辈子都不会忘记这一瞬间。有这么一个传说。皇帝到京郊打猎，恰巧碰到了一位农民的手。此后，那位农民就用象征皇室的黄丝绸把那只手包得严严实实，所有街坊邻居都极尽所能赞美那只手。谁也不许碰到那只手，否则就亵渎了皇帝。这农民只能整天坐在家中，虔诚地供奉自己的手。即使农田荒废，挨饿而死，他也毫无怨言。

朱莉·比彻也是因为与王族成员的联系，使得自己头颅不保。她本是一个市井妇女，身份低微，却渐渐幻想自己与王室血统有着千丝万缕的联系。我在想，王后玛丽·安托瓦内特被推上断头台的一刹那是否给她带来任何的惊恐。她没有意识到造成自身悲剧的原因——因为她对王室莫须有的同情而被处死。然而，法国大革命后，巴黎政府倒还没忘记她。至今，“匈牙利女王”的绰号仍留存于这条小巷，就好像她还生活在这里。

我读了两位作家关于上述事件的评论。他们认为玛丽·安托瓦内特对朱莉·比彻如此评价是无耻的、不厚道的，因为这导致了朱莉·比彻的死亡。对此，我不敢苟同。玛丽·安托瓦内特算是非常不幸的王后。面对中央集市妇女团的求助，她也无可奈何。她深知，她非法国人的身份令法国人民对她心存不满。然而，她还是很民主地接待了妇女代表团。凡尔赛宫是举行王室礼仪之地，雍容华贵，在全世界都无与伦比，然而，在这样一个极其尊贵的地方，却出现了这么一群乌合之众——粗野的集市妇女。换作其他女王可能会大发雷霆，这样就很可能激怒这些平民妇女，火烧整个凡尔赛宫。在这样剑拔弩张的紧张气氛下，玛丽·安托瓦内特只几句温言巧语，就将气氛变得轻松愉快。她言辞之恳切也只有妇女们才能领会。她不仅保全了自己，还挽救了宫中许多人的性命，更避免了严重的损失。多么高明的外交手段！多么善于体察人心！不幸的是，她生活在一个与她格格不入的年代。这注定了她的死亡。但是，在我的内心深处，有一块柔软的地方，对她充满了同情。若没有她，朱莉·比彻这个名字又怎会为世人所晓？

下一站，我将去寻找铁器街（Rue de la Ferronnerie）11 号。它的对面就是 1610 年 5 月 14 日国王亨利四世被刺杀之地。那天，国王亨利四世出发去兵工厂访问一位德高望重的大臣肃利（Sully）。就在此地，他的马车突然停了下来。天气炎热，他脱下披风，只穿着一件薄薄的黑缎衬衣。当时，跟随他的还有六名随从，但没人能阻止刺客弗朗索瓦，只得眼睁睁地看着他将匕首刺进了亨利四世的身体。三百年过去了，如今，这条街上并未发生任何不寻常的事。

巴黎圣婴广场（Place des Innocents）距铁器街很近。这个广场碧草如茵、绿树成林，与伦敦的广场相似，这样的广场在巴黎甚是少见。广场中央还有个美丽的喷泉。在那里，我见到一位父亲带着他两个小女儿，那两个孩子手指着喷泉，父亲则解释着上面的浅浮雕。我了解到，这喷泉始建于1551年，由皮埃尔·莱斯科（Pierre Lescot）设计建造，曾与旧圣婴教堂（Church des Innocents，于1783年拆除）相连。喷泉上的浅浮雕是由法国著名雕刻家让·古戎（Jean Goujon）打造的，他是一位圣巴塞洛缪大屠杀（the Massacre of St. Bartholomew）受害者。这个广场及其周围的街道曾是墓地，但在1788年，出于卫生问题的考虑，人们把旧坟墓中所有的骨头移弃在废弃的地下采石场，后来，这些采石场就成了“巴黎地下墓穴”（the Catacombs of Paris）。现在这个位于广场中央的喷泉是后来才规划建成的，上面的浅浮雕是原始浅浮雕的复制版，而原版则被收藏在卢浮宫。

圣婴教堂拆除后，该广场改名为圣婴市场（Marché des Innocents），同时也成了一个供货市场，市场里的许多货摊上方都遮着一把把固定在地面上的大伞。1813年，巴黎公司建造木制长廊，取代了大伞，后来，木廊又被砖房代替，到了1855年，这个市场就被拆毁了。据说，当时的市场成了地痞流氓的聚集地，他们敲诈顾客、抢劫行人。市场中多数摊主是年老的妇女，她们对待老实的顾客都非常公道。要是遇到一个长相吓人的年轻男子来买苹果或橘子，却因为价格过高，不愿付款时，她们便表现出粗暴的一面，开始破口大骂，用词不堪入耳。市场重建之前，附近曾有大量的小旅馆。其中有一家叫“保罗·尼吉尔”（Paul Niguet）的旅店，为拾荒者提供住宿，并且提供一种劣质的蓝色葡萄酒。在当时，这片地区被视为巴黎最肮脏区域之一，但是，到了1952年，它变得干净整洁了。穿梭在诚实勤劳的劳动者中，即便不能一直感到愉悦，我也觉得轻松自在。庆幸自己能出生在现在这个时代。

如果出生在一百年前，我不可能这样随意地参观巴黎。那样的话，我将是一件“稀罕物”，被关在金色的笼子里，被法国的贵族拎在手里，当作会说汉语的玩物，娱乐王族。我将被禁锢在房子里，不能走在街上，像现在一样独自漫步在圣婴市场了。又或者说，就算我能设法逃脱，那么我的长辫子，或者长胡须（如果有的话），也会被大伞的伞柄或是木廊的柱子钩住，身上的长袍也会被撕成碎片，只因为我听不懂他们铺天盖地而来的脏话、俚语。我很欣慰出生在现在这个时代，也希望我的宽慰能够使人不再为逝去的时光而哀叹，而是放开胸怀，多看看现在的世界，比如，巴黎中央大集市。

离开圣婴市场，我继续探寻巴黎中央大集市的巨型钢骨结构。

摹古斯塔夫·多雷（Gustave Doré）的“1862伦敦博览会的后果”

1854年，巴黎中央大集市开始重建，其设计出自维克多·巴尔塔（Baltard）之手。“巴尔塔街”（Rue Baltard）就是以他的名字命名的。这条短短的街道将中央大集市一分为二，东边有六个方亭，西边有四个方亭，全部为钢骨玻璃结构。这十个大棚被拆除后，留下的空地就建造了全欧洲最大的交通枢纽。每个方亭都有二百五十个大小为四平方米的摊位，仅摊位就足有两千五百个。尽管有这么多的摊位，也容纳不下摊主们的所有货物。听说，许多摊主的货物多到得摆到人行道上，有些人甚至会摆在马路中央。但是我不能理解，巴黎人怎么能每天都消耗这么多的食物。纽约人往往会说，他们拥有世界上最大之物，但是我从没见过哪一个市场能有巴黎中央大集市这般宏伟的规模。相较于伦敦或纽约人口，巴黎人口仅为一半，甚至只有三分之一，如此说来，巴黎人消耗的粮食至少要比其他任何一个城市的居民多两三倍。虽然我找不到关于如今巴黎人进食量的数据记载，但找到了两位艺术家的进食量，过去，他们在巴黎文艺界颇有名气。其中一位是法国著名画家雅克·路易·大卫（Louis David），拿破仑封他为男爵。他食量惊人，一顿早饭就吃了四打奥斯坦德牡蛎、四根羊排、一份牛排加土豆、两条牙鳕、半打银白鱼、四大串葡萄、足够一个英国八口之家吃的桃子和面包，再配上一瓶勃艮第葡萄酒、三分之二瓶的白葡萄酒、一小杯柑桂酒，还有咖啡。另一位则是法国大作家奥诺雷·德·巴尔扎克。他的一位出版商曾目睹他狼吞虎咽地吃下一百只牡蛎、十二块炸肉排、一整只鸭子、

法国美食造成狭窄楼梯间的尴尬

一对山鹑、一大条鲳鱼、大量的甜点和一打梨。

有一条路横贯中央大集市。有趣的是，这条路是以拿破仑的御厨安托万·卡雷姆（Antoine Carème）的名字命名的，不知是拿破仑所赐还是后世卡雷姆的仰慕者所取。

朗布托街（Rue Rambuteau）朝向圣厄斯塔什教堂，边上停靠着许多装满了肉骨头的金属货车。我还没拐进附近的一条街，就看到两个衣衫不整、胡子拉碴的男子爬上货车，在里面埋头翻找着什么。他们看起来像是流浪者俱乐部（Clochard Club）里出来的。我的视线又转移到了一处位于维阿尔默街（Rue de Viarmes）的圆形建筑物上——巴黎交易所（Bourse de Commerce）。所有的大门都关着，但是门外却整齐停放着一排排更多的空货车。然后，又来了两个衣衫褴褛的男子和一位妇女，也在货车里翻找了一番。现在，他们坐在遮棚下休息，身边堆着成捆的战利品。另一个街角聚集了一小群市民，大家一言不发，却看着同一个地方。顺着那个方向，我又看到一个衣衫褴褛而又肮脏的人。他正忙着捆扎手推车上堆积如山的东西。他的推车与平常水果商贩所用的不太一样，可以看出是他自己用木块做成的。两个小小的车轮上，层层叠叠地堆满了破纸箱。他正试图用仅有的几根绳子将它们扎起来，而这几根细绳也是在市场关门后捡来的。当他刚刚在这一处打结，绳子的另一处就会断开，带给他不少麻烦。然而，他似乎是下定决心要把它们整理好才肯离开。他本不必如此折腾。他破烂不堪的大衣口袋里塞满了东西，看起来就像凸出的金鱼眼睛，上衣里面也挂了好几个大包。这使他的行动有点儿笨拙。尽管他蓬头垢面、破衣烂衫，但是从通红的双颊可以看出，他才四十出头。他似乎不在乎别人的眼光，不断尝试各种办法。没有一个人出手帮忙，但是也没一个人对他大笑。匆匆画了张草图，我便离开了。

步行至索法尔街（Rue Sauval）角，我驻足良久。法国著名戏剧家莫里哀就出生于此，他有“中央大集市之子”之称，正是他将“巴黎中央大集市”写进了文学世界。我对莫里哀知之甚少，不过，他的名字在法国是家喻户晓的，如同莎士比亚在英国人心里的影响力。

我花了几乎一个早晨才逛完中央大集市。没有见到这里最热火朝天的场景，我有点儿遗憾，没有在附近街头邂逅到牧羊人更令我沮丧不已。为了能看到牧羊人，我还特地选择在初春的清晨出门，因为我听说，每年春季都会有来自贝亚恩省（Béarnais）的牧羊人赶着一小群山羊来到巴黎，那时候，巴黎街上走着浩浩荡荡的山羊，它们脖子上的铃铛叮当作响，走在一旁的牧羊人则吹着他的牧笛。约莫早上六点，牧羊人们就赶着羊群，早早地出了羊圈，从巴黎郊区来到中央大集市，正午之前，他们就能回家了。这些来自法国南部比利牛斯山脉（Pyrénées）和巴斯克（Basque）地区的牧羊人通常都戴着南部地区的贝雷帽。巴黎本地人极爱山羊奶，对于羊群，他们总是翘首企盼。为了喝到新鲜的羊奶，很多人特地候在街上等着他们的到来，甚至手拿面包打算喂给山羊。趁着羊奶的温热劲儿，人们通常当场就喝掉它，既不需要煮，也不会担心羊奶不纯正。直到“二战”前，这番充满田园风味的景象在巴黎还极其常见。我仍不甘心，逗留着，但就是看不到一位牧羊人或是一头山羊的踪影。这都是该死的“二战”造成的吧！

与朋友聚会的时候，我无意间提到了我的想法——彻夜待在巴黎中央大集市，好好看看它。我说可以在晚上十一点之后去那儿，然后逛到第二天早上，再尝尝小有名气的洋葱汤。原以为没人会愿意放弃温暖的被窝，选择与我一起逛市场，出乎意料的是，竟有两位女士（一位来自苏格兰，另一位来自中国）表示愿意同往。她们对巴黎了如指掌，但却从未夜游中央大集市。我犹豫着是否赞同，因为我打算闲逛，不确定她们会不会介意。但转念一想，既然时间已定，且她们也打定主意要去，所以就应了下来。当我们乘地铁到达中央大集市时，已经半夜十一点半了。大集市里灯火通明，一些商贩也已经在自己的摊位前开始忙碌起来，但没有什么特别有意思的东西。我们就这样闲逛着。又静又暗的小巷与我的期望背道而驰，失望之余，又对这两位女士深感愧疚——她们跟着我来到市场，却一无所获。在一个角落，有两辆大货车停了下来，身后还跟着一辆。货车一停，就有人跳上车，立马将蔬菜卸下车，搬到人行道上。街灯的照明不足以化开浓重的夜色，我无法看清搬货过程，但光看着他们的搬运动作就觉得很有趣。夜色下，我看不见他们的面孔，猜想他们也许是来自伦敦、纽约、上海、亚的斯亚贝巴或哈瓦那的市场吧。

我的一位女同伴说，早上四五点才是中央大集市最热闹的时刻，另一位女伴则建议找个咖啡馆坐坐。与我从书中看到的不同，这里的咖啡馆很少，而且都打烊了。幸运的是，我们还是找到了一家很小的咖啡馆。小店的后部放着仅有的两张桌子，长长的柜台横在房间中央，显得空间更加狭小，一个旧式火炉紧挨着我们桌子的烟囱穿过天花板伸了出去。除了我们，还有一个顾客，他在我们进来之前就已经在这里了。他倚着柜台，手里拿着一杯酒，嘴里叼着雪茄，看我们的眼神中透出一副很熟悉这一带的神情，不过他又不像是这里的商贩。我们点了咖啡，中年女店主这才开始生火炉，似乎她才开始当天的营业，而且，来这里的顾客似乎多点酒而不是咖啡。店里另有一男一女两个服务员，有说有笑，或许是在谈论我们这几个生客吧。

过了一会儿，门口一阵骚动，进来六男三女。除了一个人穿着夹克，其余都穿着衬衫并把袖子卷得老高，撑着手肘靠在柜台上。定是刚刚才卸完一大堆货物，急需喝点儿什么解解渴。他们一个个都只顾着喝，什么话也不说。他们大都身强力壮，手臂毛乎乎的，但其中一个面色苍白，体形消瘦，似乎连抬头的力气都没有。他看上疲惫不堪、睡眠不足，但喝得比谁都迫切。那三个女人则凑在一起，说笑个不停，渐渐地，男人们也被她们吸引了过去，我察觉他们的谈话中有些争吵的火药味。气氛有些不愉快，真后悔进了这家店，无奈，店主正忙着为我们煮咖啡，就只好耐着性子待下去。

争吵越来越响，不知是不是考虑到我们的感受，女店主也烦了，尽管不是人高马大，可还是壮着胆子把他们请了出去，并随即把门关

上。她走过来，在我同伴身边坐下，解释刚刚喧闹的一幕，一副见怪不怪的样子。我的另一位同伴正在为她刚刚下笔的速写画下最后一笔。我听不懂她们的法语交谈，但凭着直觉，店主刚才举动的确是出于对我们的考虑。从她的表情可以看出，她也不太喜欢这类老主顾，但不得不招待他们。她起身为我们的咖啡重新加热，又端上来很多蛋糕和煮鸡蛋。在谈话中，我得知那两个助手——一对面带微笑的年轻夫妇，是她刚结婚三个月的女儿和女婿。后来，又走进来一群男人，身后还跟着先前来过的两个女人。我暗示我的同伴，是时候离开了。我们走时，第一个客人仍坐在那儿，始终一言不发，杯中的酒也只喝了一半。

此刻，街道上车轮的吱嘎声音越来越响。各式各样的货车和奇形怪状的交通工具将街角围得水泄不通。越来越多的人忙着卸货、打包、整理摊位上的货物。放眼望去，人行道和路上尽是各式各样的蔬菜，整整齐齐地、以不同造型堆放着，法国人好像天生就讲究造型。卷心菜、莴苣、甜瓜还有西红柿都堆得老高。有趣的是，他们把韭菜也洗得干干净净，一大捆一大捆地摆在那儿，连它长长的白色的根和细小的白色根须都能看清，看起来就像是一堆白玉或象牙棒，令人赏心悦目。之前在伦敦和纽约，我可是没看到过这样的韭菜。我们一路走着，到处都有人在做生意。男人们戴着贝雷帽，敞着黄色或灰色的外套，来回奔走，选择好的食材，讨价还价。每个小摊上都站着一名妇女，

无一例外都非常结实，无论老少。她们一只手插进黑色围裙中间的口袋，或者拿着记事本和铅笔，随时做好计算的准备。她们头上几乎什么都不戴，连顶贝雷帽也没有，但我还是发现了一位妇女头上戴着黑色毡帽，与中国北方人通常戴的那种有点儿像，像个英式茶壶的保温罩。我走到路灯下，快速地画了一张她的素描。

下一个区域卖新鲜水果。主要是橙子和苹果，像集市里其他货物一样，它们一个一个干干净净地摆放在箱子里，在灯光下的照射下泛着柔和的光，让人忍不住想走上前去摸一下或者咬上一口。马路上全是破损的箱子、纸屑、稻草和垃圾，刚才的场面必定是热火朝天的。售蛋区也是如此。

我的同伴突然发现自己踏上了湿漉漉的地面，赶紧加快脚步走开了。她们不喜欢附近市场的鱼腥味。但是，我却停下脚步，想看看五花八门的鱼。这里有不少淡水鱼，包括我最喜欢的鲤鱼，甚至还有一些在英国市场难以找到的鱼。我还注意到一篮篮、一筐筐贝类，如蜗牛、贻贝、牡蛎等。我想起了两家靠近中央大集市的餐馆，专做蜗牛菜，而且两家店的指示牌要么是大大的蜗牛雕塑要么是泥塑的蜗牛。与我之前听说的不一样的是，这里没看到青蛙，也没有看到卖青蛙的妇女。

一听到锯骨头的声音，我立刻转身回避，却看到了一排排悬挂着的屠宰过的牛羊，就像荷兰画家伦勃朗（Rembrandt）的作品《屠宰的牛》——其中一幅收藏在卢浮宫，另一幅则收藏于格拉斯哥艺术馆（Glasgow Art Gallery）*，两幅都是他的杰作。我很仰慕这位大师的画作，不过这两幅却是例外，因为我极不喜欢它们的主题。肉棚里，一些戴着粉色帽子的男人正忙活着，据说这种戴粉色帽子的时尚源于勃

* 此处疑有误。伦勃朗此画藏于格拉斯哥凯文葛罗夫美术博物馆。——编者注

艮第王国时期。后来，我和同伴盯着我们对面的五个男人看了好一会儿，他们身上的白色工装裤溅上了牛羊的血渍。

最吸引我们的区域是花市，尤其深得我的女同伴之心。我们在那里待了很长时间。和其他区域相比，花市似乎占地更宽，且遍地都是花店。一箱箱的花从大大小小的货车上被卸下来，被搬到了人行道和路上。男人女人们都忙着打开箱子，整理摊位上的花朵。花的海洋中主要是白色、粉色、红色的康乃馨，还有各色的郁金香，以及各种各样含苞待放的玫瑰花蕾。时下虽是五月中旬，但巴黎仍然很冷，大多数的鲜花是从法国南部运来的。在一家花摊上，我见到了一堆堆小捆的紫罗兰、报春花和其他野花，我猜，也许是从布洛涅森林和巴黎的城郊采来的吧。

我的同伴各自闲逛着，仔细打量着那些花儿，而我更喜欢看花市全景——买花的、卖花的、包扎花的等等，男男女女走来走去，做着手势比划着、议论着、大声叫嚷着，透过他们身影的缝隙依稀可见各种美丽的鲜花。真是一幅美好的画面！一位长着浓密白胡子的老者爬到一个木凳上，往一根杆子的顶部周围插上一种似乎叫“天堂鸟”的热带花，这杆子上扎了很多洞，稍低的位置已经插满了花，上面却空着。他如此显眼的位置吸引了众人的眼光，那滑稽却又胆怯的表情再加上向上伸手臂时不断的耸肩更是引得人群捧腹大笑。橙黄色的“天堂鸟”衬着铲状的叶子，好像在他的白色围裙印上一幅图案。他可能是想为自己的生意做个“真人广告”，就像伦敦的“三明治人”（sandwich men），每晚都这么表演。我就这么呆呆地看着他滑稽的动作。

花市的人比其他区域多得多。转第一圈的时候，这里就已经有很多人了，现在，越来越多的人涌了进来。在肉市和鱼市之类的市场，只能看到少量的批发商或零售商，果蔬区域也是差不多。相比之下，花市里还多了许多如我们一样看热闹的人。逛了一会儿，同伴提出买一些打折的鲜花，原来其他刚到的“看热闹的人”也有同样的目的。这里女人比男人多，有些女人穿着入时，打扮得珠光宝气。一些摊主成熟丰满、充满风韵，但更多的摊主则是身材纤细的年轻人。令人奇怪的是，她们都穿着紧身的黑裙，好像制服一样。更年轻些的妇女身穿百褶裙，走起路来裙子随之摆动，十分优雅。

自午夜开始，这里就热闹起来了，直到清晨六点，甚至还要再迟一两个小时。我们看到大大小小的货车、推车进来又离开。又看到很多推着手推车、提着货篮的人，还有很多背着梯状货架的搬运工，最后一样是全场最令我吃惊的景象，我从未见过这种搬运方式。他们很有秩序地等待货车，搬运货物，然后离开，有些没接到货物的人依旧在那里等待，甚至第二天还会赶个大早过来。

到了早上六点，我们都非常疲惫了，且每人手里都抱着一大捆用纸包好的花。与同伴不同，我买了两打粉色和大红的康乃馨。现在，市场里仍旧很热闹，摊主们正收拾着那些没卖出去的货物。人行道上、马路上，到处散落着牛皮纸、薄纸、破盒子和篮子。搬运工已经离去，取而代之的是另一些人，他们捡着地上的破纸箱，翻找被丢弃的韭菜、卷心菜和土豆，或者寻找七零八落的苹果、橘子和橙子之类的。没有人对被踩烂在地的鲜花瞧上一眼。

好几码之外，两个身材高大、健硕的男人正在交谈着，在人群中十分显眼。他们看起来就像传统日本版画上的相扑选手，那一定是中央大集市里的大力士，能肩扛极重的货物。

一两年前的一个清早，我去了位于伦敦中部的考文特花园（Covent Garden）。那里的水果商头顶着高高叠起的篮子，稳步穿梭于人群中。显然，这种做法在巴黎中央大集市看不到。

我想，在中央大集市里最有趣的人当数这里的女人，她们身材健硕，沉着镇定，动作娴熟且不知疲倦。她们做事的效率一定是很高的。不管是接货与卖货，还是站在高处指挥搬运，又或者给货物做标记，她们总是粗声大气、说个不停。真希望我能听懂她们在说什么，不过，或许正是因为我不懂，才觉得有趣吧。

不喝上一顿洋葱汤，那就算不上真正体验到巴黎中央大集市的夜晚。听说，以前这里的餐馆有彻夜经营的特权，这样，大量居无定所或者不想回家的人们会到这儿来，喝一碗奶酪味或焖火腿味的汤，再喝点儿夏布利白葡萄酒。起先，这只是一种习惯，后来，慢慢变成了一种传统。1859 年 12 月的某天，警方做了个统计，从午夜十二点到凌晨五点，前前后后有逾一百五十辆出租车载着巴黎各处的人们来到中央大集市。另一次统计是在巴黎剧院举办的舞会结束后，一个半小时之内，就有六百人涌进了中央大集市，将卡巴莱餐馆和其他餐馆挤得满满当当。大量的人潮妨碍了集市人员的工作，警方只得勒令大部分的咖啡馆不得整夜营业，而为数不多可以彻夜经营的咖啡馆主要面向从乡下运货到市场的人们。货物搬运清算完毕后，货车司机和其他工人们卸货、打扫或交易后，都会吃点儿什么，然后踏上返回的路。他们和巴黎其他地方餐馆的熟客很不一样，有机会的话，我很希望能遇到他们。一些游客会时不时来尝尝洋葱汤，算是体验传统。一位法国朋友甚至建议我买一大包用马油或驴油炸成的薯片，我猜马油和驴油也许跟黄油和猪油一样好，但我还是希望他没告诉过我。

我和同伴问了好多家咖啡店，奇怪的是，竟没有一家有洋葱汤。该不会是“二战”将这一传统剥夺了吧？最终，我们从侧门走进“安静的神父”（Père Tranquil），它后面就有一家餐馆。年轻的服务生告诉我们，他们店有极好的洋葱汤。我们点了三份，走进餐馆的前部——此处是酒吧间，我站在那里，打量着这里的顾客。他们看上去都安静而严肃，好像是为了和咖啡馆的名字相配。已有客人在我们旁边的两张桌子边坐下。一张桌子前坐着一位很结实的家伙，他正对着一大盘牛排加一大堆蔬菜及其他美食大快朵颐，面前却没有汤，另一张桌子前坐着一对年轻的夫妇，正有滋有味地喝着汤。

不久，我们点的汤上来了，与之搭配的是一瓶白葡萄酒。我的同伴们眉开眼笑地看着我，迫不及待地开始品尝。她们喝汤时发出了呼呼声，大概很满意吧。这让我很高兴，看来我并没有让她们白来一趟。我正低头要喝汤，却发现汤滚烫得很，而且看起来也不像是普通的汤，液体上浮着一团深褐色的东西，看上去根本不像洋葱。正当我犹豫着是否要喝时，碗中央冒了上来一个小气泡，气泡不断膨大，好像对我的犹豫不决很是生气。我感觉我必须弄破这漂着的一团，并将其混着汤吞下去。喝下之后，我很惊讶，同时觉得很不舒服，但我不能让同伴知道。幸运的是，她们喝了一大半，而且她们还觉得这汤配着白葡萄酒，滋味实在太妙了。三分之二的汤是一大块的固体奶酪和蒸过或煮过的洋葱丁，还有一点点焖火腿。二十年来，我曾试着适应奶酪的口味，但从没成功过。这种不适应已经成了我旅途中的“拦路虎”，尤其是在巴黎旅行的时候，几乎所有最美味的法国菜都或多或少地加了奶酪。我的同胞们大多爱吃奶酪，似乎只有我例外。为了避免尴尬，我强迫自己不时地呷上一口，但始终对它没有好感。一定是我的味蕾对奶酪过敏。大集市里的这碗洋葱汤，在我眼里，更像是一座难移的大山。我越盯着它看，它似乎就越生气地瞪着我。我最终没有喝完，在我记忆中，它成了一碗难忘的“生气的汤”。

第十七章　其他的野生动物

“我去了诺曼底度假。”复活节后，弗朗辛写来信说，“我和叔叔阿姨，还有一只狗，我们一起度过了愉快的星期天和星期一。我们骑着摩托车到处游玩——鲁昂、翁弗勒尔、多维尔，穿过绵延不绝、阳光灿烂的草地和沙滩，还有那鲜花盛开的苹果树林，品尝了大量虾、龙虾、蚌以及其他叫不出名字的野生动物……”

我对信中的“其他野生动物”独有兴趣。原本以为只有我们中国人才吃“奇怪的动物”。论及“奇怪的动物”，不是指我曾经尝过“龙的肝脏”或者“凤凰的骨髓”，而是我吃过很多次燕窝汤。燕窝不是一个听起来令人很有食欲的名字，说实话，这并非比喻的说法。燕窝汤，顾名思义，是一种鸟的胶状巢穴。这种鸟是雨燕的一种，名为金丝燕（Colloclia brevirotris），常见于中国南方沿海地区，或从印度和缅甸进口。据说，燕窝有着滋补健身的功效，当然，如果烹饪得法，也有助于消化。然而，我喜欢吃燕窝汤，并非意味着我能品尝得下任何不寻常的菜肴——无论烹饪得有多美味。在移居英国之前，我遍游中国，发现食物随着地域的变化而不同。一个地域内的食材，无论是种植、饲养的还是被发现的，都使得人们形成了自己的饮食习

由维克多·雨果装饰的餐厅里的蜗牛图案

惯，因为相隔很远的地域之间的交流和运输实际上是极其不便的。即使同一种食材，不同地域的准备工作和烹饪方法也往往不同。对一个旅行者来说，这比如今现代城镇和乡村出售的定制食物有趣多了。

坦率地说，我不能夸口自己尝遍了所有的中国菜，也不能说所有的中国菜都合乎我的胃口。尽管可能有很多食物是一个典型的中国人不会去吃的，但我认为，不存在什么食物会令中国人惊讶。中国的古书上明确表示，地球上几乎所有的东西都有食用价值——植物、鸟类、鱼类，甚至化石，关键取决于烹饪方法。

法国人有高超的烹饪艺术。在巴黎，我遇到的大多数人对于美食都会津津乐道，大部分我能捧到手上的关于巴黎的书也满是餐馆的名字。作为一个不会下厨的中国人，我不敢对法国的烹饪妄加评论，但我确实想表达对于烹饪和品尝美食的热情。

雅克·马丁（Jacques Martin）先生是一个同胞介绍给我认识的朋友。马丁先生和我朋友在伦敦相识，并且一起观光游玩了几天。马丁先生是一位年轻的工程师，工作勤勤恳恳，他的办公室在法国第九区的罗莱特圣母院（Notre Dame de Lorette）附近。他写信和我相约在教堂外会面，因为他只能抽出半个小时的午饭时间。那时候我对巴黎还不熟悉，好不容易才到达了约定的地点，不幸的是，我在教堂的一边等，马丁先生在教堂的另一边等，因此我们错过了彼此。我十分确信他能一眼认出我的中国面孔，但我却不知道来往于教堂的法国人群中哪一个是他。也许，身为一名工程师，马丁先生时间观念很强，他会把我想象成一个不守时、不可理喻的东方人。

大约一个月后，我收到马丁先生的另一封来信，诚邀我去他位于巴黎城外库尔布瓦（Courbevoie）的家中共进晚餐，信中还附着一张去库尔布瓦的路线图。马丁先生似乎以为我在巴黎待了数周，可以轻易地找到路，甚至是巴黎之外的路。颇费了一番功夫后，这一次我终于成功地准时到达了他家。迎接我的是三张热情的面孔：雅克和他的父母。雅克的父母都不懂英语，因此，我们彼此只好以微笑示意。不得不承认，我被雅克母亲自然、真诚的微笑打动了，只要我在屋内她就始终面带着微笑。

那天晚上，我的到来对他们家而言一定是特别的时刻。雅克的母亲在厨房里忙活了好一阵子，一道道精心烹制的佳肴的香气穿过厨房钻进我的鼻子。不一会儿，桌布铺好了，我们在一张大大的四方桌边落座，一人坐一边。桌上摆满了各种美味佳肴，整张桌子都快放不下了。尽管菜肴的烹饪方法不同，但满桌的酒菜让我想起了中国人招待贵客的家宴。老马丁先生一瓶接一瓶地打开红酒，而他的儿子间或使用法语和英语与我交流，还时不时地冒出几个中文单词。我特别喜欢桌子中央大盘子里的食物，当我像雾都孤儿那样意犹未尽地表示想再吃一点儿时，雅克母亲开心得眉开眼笑。她告诉我说这盘菜叫“无头鸟”。我立刻明白了她的意思，并问这是什么鸟做的。他们都笑了，因为这并非用真的鸟做的，而是用嫩猪肉做成无头鸟身的形状。这份肉做得非常好，它原先的猪肉味道已经失去，取而代之的是鲜嫩的烤鸡味。这整盘菜不禁让我想起了上海一家很有名的素食餐厅。它是由中国的一个佛教协会经营的，并且受到很多有钱的佛教徒和大寺院住持的资助。由于佛教禁止杀生吃荤，因此中国的佛教僧侣都食素。这家餐厅有一位厨艺高超的厨师，奇迹般地用素菜烧出了“鸡肉”“猪肉”“火腿”和“鱼肉”等，但其实所用食材都是大豆。这些菜的质地、外形、颜色甚至是味道，有时候也同鱼肉无异，而烹饪的食材是全素的。小时候，一位亲戚曾带我去过那个餐厅。我记得当时很疑惑，为什么每个人都想吃“假的”鸡肉、猪肉和鱼肉，但是，小孩子是不允许提这样的问题的，即使问了也得不到答案。

我们的对话从这道叫作“无头鸟”的菜转换到了法国其他的特色菜上。我告诉马丁一家，我已经在一家名为“罗杰家”的餐馆里尝过蛙肉了，然后，马丁先生说，在中央大集市的周围有一些小而吸引人的餐馆，特别是久负盛名且价格昂贵的金蜗牛餐厅（A l’Escargot d’Or La Vieille Renommée）。我回应说，在夜间闲逛中央大集市时，我已注意到了那块招牌，悬挂在它上面的是用巴黎的石膏制成的巨大的镀金蜗牛，但是我没有鼓起勇气进去，因为那时我从来没吃过蜗牛。尽管很多中国人都喜欢吃蜗牛，但蜗牛的外表总是让我感觉不舒服。

我们继续聊了一会儿蜗牛，雅克甚至告诉我巴黎本身就是一种蜗牛——也就是说，这个城市的规划与蜗牛在形态上很相似。雅克试着解释给我听，但那时我因为喝下很多美酒而意识模糊，以至于跟不上他在说什么了。这真是一个非常愉快的夜晚！

几天后，我在一个朋友家参加派对，主人是我的同胞。他的亲自下厨让我很期待尝到一些美味的中国菜。令我惊讶的是，摆在桌子中间的第一道菜是一大盘堆得高高的香辣蜗牛。在场的有五个是法国人，我坐在两位巴黎女士之间。她们坚持帮我的时候，我也打算帮她们。一种针放在我的餐盘前，我不知道怎么使用它，又不想自己的窘迫让人察觉，只好慢吞吞地看着别人，直到可以学出他们的样子。然后，我用针把壳里的肉挑出来，让它滑入我的嘴里。这种生物缓慢蠕动的画面突然在我脑海里出现，并且它在我嘴里似乎依旧在缓慢地蠕动。一股轻微的大蒜的味道弥漫在口腔中，口感像嚼着一种橡胶。一位客人在吸蜗牛壳的时候发出了吹口哨一样尖厉的呼啸声，其他的客人明显吃得兴致盎然，并用法语快乐地交谈着，而我一直嚼着口中的那片橡胶。主人善意地提醒我说，这道菜可是巴黎最重要的美食之一，其他人异口同声地表示赞同，我点了点头，微微一笑。此前，我从未意识到，原来有时候微笑也是一件很难做到的事。盘中的蜗牛一定不下百只，然而，在我艰难地吃掉第三只蜗牛之前，它们都被一扫而空。第二道菜白切鸡上桌时，我大大地舒了口气，这是一道著名的广东菜，将童子鸡的嫩肉在沸水中煮熟，然后切片。

那顿晚饭后，我从蜗牛的味道中缓过来，但它们的样子一直萦绕在我脑海中。夜晚，它们出现在我的梦里——不仅仅是一只蜗牛，也不是两只、三只，而是许许多多只，数也数不清。一只在我的嘴唇上爬着，一只在我右边脸颊上滑动着，还有很多只出现在我的床单上，后来，我还发现好几只黏在墙上，甚至还有一只黏在了电灯泡上。它们看起来无害且友好，但我不明白为什么它们竟突然变得这么依恋我。

一连几个晚上，它们占据着我的梦。跟一位法国朋友喝咖啡的时

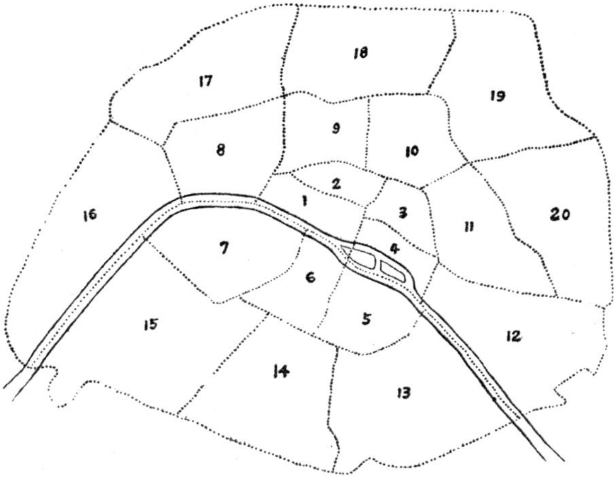

候，我无意中描述了我的经历。“真好！”他惊叫道，“你尽量努力去品尝它们的话，就会吃得下的。”他的意思是我对蜗牛的样子不够熟悉，所以它们跑到我的梦里来了，以让我更好地了解它们。一旦习惯了它们，我就会享受这种美味。这完全不是我所期待的回答，但却是一个很独特的回答。他又说道——像雅克·马丁说的那样：“巴黎就是一只蜗牛。”他拿一张铅笔画的巴黎地图给我看巴黎的二十个区是如何呈蜗牛状分布在塞纳河周围的：十四个区分布在北岸，六个区分布在南岸。整个布局构成了一种螺旋状，前四个区分布在北岸的一个方形中；第五、第六、第七个区位于南岸，从东到西依次排列；第八至第十二个区包围着前四个区；第十三至第十五个区又分布于南岸；剩下的五个区构成了一个外环出现在北岸。确实，这是一只完美的蜗牛！

谈及蜗牛，我不禁想起了刊登在幽默杂志《法国幽默文摘》（*Humour Magazine*）1952 年 2 月第 22 期上的系列画。系列画的标题是《根据达尔文谈自行车的起源》（*Les Origines de la Bicyclette selon*

幽默杂志《法国幽默文摘》上的一幅卡通画

Darwin)。画中有两只素描的蜗牛，还有两个完全相同的自行车手的素描，他们身体前倾握着车把手，头上戴着的帽子让他们的头看起来就像那两只蜗牛的头。我把画复制到本书的插图中了。

我得知英国有一个英国蜗牛观察社团（British Snail-watching Society），我也看过一些航海爵士用过的盾徽，比如安德鲁·巴顿爵士（Sir Andrew Barton）的盾徽，上面就有蜗牛的形象。1970年，在英国，一枚半便士的代币在铸币厂铸成，其正面就印有蜗牛的形象。但一般而言，蜗牛并不是英国人感兴趣的生物。很多中国人也吃蜗牛，但很少有人将其作为话题来高谈阔论。也就只有在巴黎，我遇到过上百只形态各异的蜗牛——石膏蜗牛、墨画蜗牛和商店里的蜗牛，我还见过由法国现代艺术家萨比努（Sabino）精心雕刻的水晶蜗牛。只有巴黎的幽默家才能看出“自行车的起源”与蜗牛的外形之间的联系，也只有巴黎的城镇规划者们会参照蜗牛的外形来布局他们的城市。

蜗牛也是法国民间文学中很常见的形象。比如说，我读过一篇以蜗牛为主题的童话故事的译文，题目叫作《维维恩王子和普拉西达公

主》(*Prince Vivien and Princess Placida*),故事出自名为《懒散和蝴蝶》(*Nonchalante and Papillon*)的故事集。维维恩王子成功解救了一只正被一头巨大的绿狮子追捕的小羚羊,他杀死了那头狮子和它的主人——一个可怕的巨人。然后,羚羊让王子抱着她爬到蜗牛的背上。起初,王子拒绝了,因为他觉得这是一个笑话,担心坐着蜗牛去格林城堡得花上一年的时间。但是,最后他还是抱起羚羊爬上了蜗牛的背。蜗牛的滑移非常平稳,即使王子频频用脚跟拨弄它,它也照旧不紧不慢地前行。羚羊告诉王子自己是多么享受,并说这是迄今她觉得最轻松的旅行方式,但维维恩王子却是急不可耐,担心永远也到不了格林城堡。当然,他们最终还是到了。住在城堡里的人都冲了出来,王子在众人好奇的目光中跳下他奇特的坐骑。令王子震惊的是,羚羊突然变成了一位迷人的公主,那位公主就是他那漂亮的表妹普拉西达。普拉西达如同往常那样,平静而甜美地问候王子。

因此,这是一只将羚羊和王子带向幸福的蜗牛。在法国孩子们的眼中,蜗牛是一种美好的、热心的生物。

第十八章　亦是新桥，亦是老桥

塞纳河上的二十几座桥各有各的独特魅力，而法语叫作“Le Pont Neuf”的新桥——事实上是桥中长老——是我最喜爱的一座桥。

这座桥早已不是最重要的主干道。桥两边护墙的壁凹处放置着石椅，和我一样喜欢步行观赏这城市风貌的人们，可以在此驻足休息。我充分享用这些座椅，并对16世纪的设计者心存感激。现代的桥梁建造者们，往往忘记是有人喜欢在桥上散步并逗留的。巴黎，如同其他欧洲国家的首都一样，都有着繁忙的一面，但是她的人行道咖啡馆的座椅、沿着林荫道以及码头和滨海的免费长椅，尤其是新桥的石椅都显示了她并不总是如此喧嚷与忙乱。

我坐在新桥上，看着带着猫出来透气的巴黎人。猫会安静地坐在桥的护墙上，任由它们的主人闲聊。对我而言，这些对话听起来有些刺耳，几乎与激烈的争论难以分辨，尽管如此，猫却一副事不关己的样子。

有一回，八个小孩和一位母亲（也可能是保姆）来到了桥上。孩子们攀爬拥簇在其中的一个座椅上，看到渔翁抓到一条鱼或一艘船经过，他们就热切地欢呼。他们激动地手舞足蹈，以至于一个座椅根本

容不下他们伸胳膊动腿儿，因此总有这个或那个不断地被挤下去。那位妇女手忙脚乱地照顾着他们。虽然孩子们都非常好动，但丝毫不让人觉得厌烦，反倒增添了几分无忧无虑的气氛。

另外一处，一对情侣坐在我的正对面，我观察着他们的一举一动，并惊讶地看到他们从谈笑风生变成了争吵，最后男子扬长而去，留下女子独自啜泣。即便如此，亦未破坏现场的气氛。我想，谈情说爱已是司空见惯，情侣争吵虽然吸人眼球，但也不如孩子们的哭闹声更令人不安。

黄昏时刻，在桥上路灯照亮之前，我瞥见几个身影紧紧地贴在一起，以至于他们的头融为了一体，他们看上去只有三只眼睛，甚至只有两只，额头上还有一道深深的疤痕！他们的着装亦是造型奇特。这真是一个意外的发现。在我看来，立体派和其他新的现代绘画艺术形式开始不那么荒诞了。发明者通常将他们的发明归结于工作过程中的偶然事件，看来没有哪样发明是凭空出世的。我想，毕加索曾经定是住在新桥附近，在他居住巴黎的早年岁月，他经常出现在新桥上，他

可能和我一样也有过这样的幻觉吧。

一天清晨，我来到了新桥南端的皮埃尔·居里广场（Place Pierre Curie）。早在大学时期的化学课上，我便对保罗和玛丽·居里的名字熟知于心了。居里先生在 1908 年被一辆 6 吨重的马车撞倒，亡故于此。这个广场以他的名字命名，纪念他与夫人因发现镭元素为人类做出的伟大贡献。皮埃尔·居里年仅五十便英年早逝，令我吃惊的是，他一生竟从未上过学。从桥床而下通向格兰斯·奥古斯汀码头（Quai des Grands Augustins）的斜坡非常危险，因为不时地总有重型卡车来来往往。

我喜欢多菲内街（Rue Dauphine）西隅的老式红墙房屋，而且当我的视线在房屋和奈维斯街道（Rue de Nevres）的阴影之间来回游走时，我喜欢从不同的角度去观赏它们。码头亮起的灯光并未穿透房屋之间狭窄的距离，房子两边都很高。我记得在某处阅读过关于珊其尼夫人（Madame Sans Gêne）的故事，她曾是洗衣女工，住奈维斯街，在塞纳河畔清洗她的衣服，后来成了法国一位元帅的夫人。我不了解她的生平，但熟知中国历史上美貌绝伦的洗衣女子西施的故事。大约两千五百年前的战国时期，西施住在一个大湖边。她的美貌被一位大臣范蠡发现，于是，范蠡向越王勾践献计，让他将西施进献给战胜者吴王夫差。西施很快深得吴王夫差的宠幸，渐渐地，夫差荒于治国，懒于治臣，君臣一片腐败，而这恰恰中了勾践的计谋，不久，勾践再次反攻，剿灭了他的战胜者。显然，永远不要低估一个女人的力量，即便是一个洗衣女。

作罢素描，我来到新桥休息了好长一会儿。复活节即将来临，艳阳高照，此刻温暖极了。

片刻打盹儿醒来后，我的头脑已经活跃起来了，然而双眼却难以睁开。我在想象新桥出现之前这里的样子。我在希拉里·贝洛克（Hilaire Belloc）作品《巴黎》（*Paris*）中的罗马巴黎老地图中看到，这条河共有六个小岛。罗马人在其中最大的一个岛上建了鲁特西亚（Lutetia）小镇——如今人们称之为西岱（Ile-de-la-Cité），是巴黎城的发源地。许多世纪以来，它是巴黎生活的中心。法兰西最早的国王们就住在这座岛上，后来，卢浮宫变得举足轻重。

曾经的规划是将新桥跨越最西端的两座小岛——瓦什岛（Ile aux Vaches）和犹太岛（Ilot des Juifs），但是这样耗资巨大。许多书籍记载，新桥是由亨利四世完成的，但是贝洛克这样写道：

> 亨利二世继续此事，但是他既没有开始做，自然也没有结束它。第一次提及这个工事是在1379年；第二次提及是1556年，在大学的纪念仪式上以及在圣日耳曼亨利二世的住处；到了1577年8月，国王第一次下委任状，决心完成这个工事。人们利用冬天的干旱移走河流狭窄分支的低水位处的泥沙，那时不仅是干旱时期，也是国家极度贫穷的时期。那年，在国库难以为继的情况下，王国政府卖掉了圣礼拜教堂（Sainte Chapelle）里的四颗红宝石，这项被亨利二世以花费巨大为由拒绝的工程，在亨利二世可叹的儿子的掌控下，其进度之缓慢就不难想象了。亨利三世为这一最心爱的事情哭红了双眼，并和他的王后母亲

来到工地，在南岸边的桥墩和河水同一水平面时，放置了第一块石头。但是在瓦卢瓦王朝的最后十八年里，工事毫无进展，而只是在塞纳河两条较窄的“臂膀”上架起了桥，并经过填补，和支撑起新桥中心地带的西岱小岛连接起来，并且形成了多菲内广场（Place Dauphiné）……

我记得在卡纳瓦雷博物馆（Musée Carnavalet）看到一个设计，标签上写着：“匿名，法国学校，于1570：新桥（未执行的项目）”。这个设计看起来很精致，更像卢浮宫的建筑格调。而它被拒绝放在卢浮宫的原因应是费用的问题。我并非假装是一个建筑学或者历史学的学生，我只是很好奇，一个国王欲建一座桥，却无法承担其昂贵的费用，王国政府被迫卖掉圣礼拜教堂里的四颗巨大的红宝石圣物，以维持国库运转。如今我已久别中国，但许多与我同时代的中国人也会如我一样有这样的好奇心。中国的皇帝对国库有着绝对的掌控，山穷水尽也穷不到他们。我出生于清朝末年，当时正由暴虐的慈禧太后执政。她几乎耗尽国库，修建了奢华的颐和园，招致了八国联军极其残忍的掠劫。如果我们有一位执政理念不一样的皇帝，那么慈禧太后便不可能大权在握，故宫可能免遭列强的荒唐攻击。我们崇尚绝对权力的执政观一直沿袭到了中华民国成立。总统这个职位是人为操纵选举，只是另一称呼下的皇帝罢了。无人能质问他将公共资金用在何处。国家的年度预算也不为百姓知晓。法国在历史早期便已确保国王不滥用执政权了，这一点很是令我敬佩。

从座位上站起身，我朝着银匠码头（Quai des Orfèvres）走去。我倚靠在桥的护墙上，背对着塞纳河，凝望宽阔的桥身。我竭力想象着桥上的情景，人们熙来攘往，或徘徊，或憩息。在17、18世纪，这里是各路小摊贩和沿街叫卖者的集中地，他们在桥的两边排成两列，对着路人吆喝他们的货物。杂技演员、报贩、舞者、歌者以及莫里哀儿时所钟爱的巡回演出团亦将此地当作表演场地。不久，一股特殊的气味扑鼻而来，我想是否因我对过去的追忆太过专注，那些小贩的香肠、炸鱼和煎饼的味道又萦绕在我的脑际了。

起初，我在桥上并未看见任何东西以证实那气味的源头。我伏在矮墙上看河岸，河岸几乎与水面在一条水平线上，有四五个人，其中一个好像是位女士，围着一堆火在烹饪着什么，或许是鱼吧。我的脚步不由自主地沿着银匠码头挪动，直到发现有台阶要下才停下脚步。我曾沿着河岸在这附近散过步，并且知道流浪汉们喜欢靠在码头的墙或在拱门下躺着或者坐着。我无所事事地走过我先前猜测在烧鱼的人，发现他们只不过是在燃烧一大堆绿叶。我继续朝前走，来到了桥拱下，才发现我又在朝着码头的方向走了，走着走着，又想起我听闻的流浪汉的故事。尽管他们看起来十分可怜，内心却十分独立，有着强烈的尊严。他们很少接受不劳而获之财，主要靠收集破烂衣服以及捡拾废旧物品来维持生计、保持自由；对陌生人嚼舌根这类事他们绝不掺和，并且，巴黎的警察们也不会干预他们的生活。我倒觉得，与其说他们可怜，倒不如说他们值得尊敬。

来到皇宫大道（Boulevard du Palais）附近的银匠码头，一位行人停下来告诉我，沿着这里的码头，有著名的伯默尔（Boehmer）和渤桑日（Bosange）的金店以及许多的钻石项链供应商。一百六十年前，玛丽·安托瓦内特王后也在此采购珠宝。如今，这里已经找不到商店了。路经司法宫（Palais de Justice）时，我停下脚步，仔细观看这让人眼前一亮的大门，大门是铁铸的，局部还镀了金。那一刻，一大群人从庭院中央左边的一条小道涌出来，其中包括几个年轻人；与此同时，更多的人从这条道进去。我跟随他们走了进去。一个身穿制服的向导站在入口处，像放一群奶牛进入挤奶棚那样让我们进去了。

考虑到法国人对建筑和城市规划品位高雅，我无意中发现圣礼拜堂的位置有些奇怪，因为，竟没有一个从主干道或从更大建筑物通向如此神圣殿堂的真正入口。向导向我们介绍说，圣礼拜堂由圣路易（St. Louis）于1245年建成，用以收藏荆棘冠冕和他获得的其他神圣的遗物。但是后来的建筑师们，在接到修建及重建司法宫命令时，为何没有将圣礼拜堂纳入他们的设计视野，或者让它有适当的喘息空间？在他们的底层平面图里，似乎压根儿就没有圣礼拜堂的影子，其墙体的线条甚至都不与庭院里的其他建筑物平行。倘若不是那漂亮的镀金尖顶优雅地屹立于天际，这颗珍珠很可能就在众多鱼目中被忽视了。

我们在下面的小教堂并未停留许久，这里曾供王室仆人使用。在上面的教堂，我们看到了国王和家人做礼拜的地方。向导将我们的注意力转移到了一块块浓墨重彩的狭长玻璃上，指出哪些玻璃是13世纪的，哪些又是后来配的。在我看来，它们的古老程度别无二样，对于这样的古物，有两百年和三百年的历史有何差异？整套窗总共包含了 1134 幅图画。我若能站得离较低的窗格近一些，兴许能辨别出个一二来，然而，它们大多数都位于我们头顶上方一两米的位置，几乎没有可能识别它们的不同，更别说那些靠近屋顶的玻璃了。这让我清楚地明白了现代建筑领域的一个观点：即使没有经过精密的绘图，彩色玻璃若放在恰当的位置，也能产生绝妙的效果。当然，也有一幅详细表达宗教信仰的图画一直存在于此，或许，随意参观的游客即使无法理解其中的含义也并不要紧。圣礼拜堂的彩色玻璃的确引人注目、富丽堂皇，但它却不能像许多教堂那样带给我敬畏与肃穆。或许这就是太过精致、典雅的石柱和中殿拱门所带来的缺点，它们建造得如此精妙绝伦，堪称鬼斧神工，起初，我以为它们是木制的，就像中国许多寺庙里的石柱和拱门，尤其是像那些用殷红和蓝色颜料绘制，并以金叶做装饰的石柱和拱门，连墙面的绘画和装饰都很相似。意识到这是石制品后，我对圣礼拜堂所展现的艺术造诣、精致工艺又多了几分敬佩。然而，它的富丽堂皇和极度精致的整体效果只是给了我视觉的冲击，并未令我内心感到满足。对此，我的内心有些遗憾。它像一颗玩具珠宝，就像印度的泰姬陵，但后者面积更加宽广，且它的美独一无二。

向导将我们领到上面教堂走廊的时候，我十分开心。门楣上有描绘“最后的审判”以及“耶稣复活”场景的图画，许多赤身裸体的罪人被引向地狱，这些图画非常精美，也令我兴趣盎然。墙上面板的雕刻呈现了创造天地的传说。据向导说，之所以有这些雕刻，是因为在 13 世纪极少人能够识字读文，通过这些雕刻，人们可以了解上帝创造天地的故事。随后，向导将一个六岁左右的男孩拉到前面，向他一一介绍了每个镶板所讲述的不同故事——上帝创造天、地、太阳、

月亮、星星，直到他指向讲述上帝创造男人的经过的镶板。接着，他故作咳嗽状，似乎不大赞成面板上所描述的那样，说道，上帝创造女人的镶板还在七步之后呢。他的话逗得大家乐开了怀。接着，我们看到了讲述亚当和夏娃的镶板，其表现方式和前面的镶板别无二致。突然，向导停止了讲话，耸了耸肩，闭上了眼睛。解释已是多余。他用动作做了评论。方才的娱乐引起了一阵欢声大笑。

我自觉已大饱眼福，于是偷偷溜到室外，一路向着钟楼（Tour de l'Horloge）走去，心里对我所知的三大西方城市的向导做着比较。伦敦的向导爱大侃布尔战争的历史，或者其他个人参战经历，因为他们基本都是退休军人；纽约的向导通常是一些长相可人的年轻女子，她们的靓丽似乎是为了弥补死记硬背导游词的机械举止；而巴黎的向导则是演员！

在钟楼附近，一块木板挂在一扇门上，上面写着："Secours aux Noyés et Asphyxiés"，意为：溺水窒息求助站。显然，有时候，的确有这种需求，然而受害者要怎样才求助得上？我继续行走来到兑换桥上，从钟楼的方向观看其他三座塔：凯撒塔（Tour de César）、银塔（Tour d'Argent）和邦贝塔（Tour de Bonbec）。这是巴黎最壮观的风景线之一。有许多人正在往巴黎古监狱走，我很快也下桥跟了上去。首先，我们被带去看法国国王以前宫殿里仆人的大厅和厨房，这在1360年就不再是王室住所了。然后，我们看了老的监狱房，一些监狱房被用来安置士兵，一些具有历史重要性的房间则被留存下来当作小牢房。向导提及了很多名人和大事件，从大部分游客的面部表情来看，他察觉大家对法国历史知之甚少也未关注，直到他讲到玛丽·安托瓦内特的时候，一位肥硕的女士粗鲁地将我推到一边，大步凑近向导以便确认自己能听清他说的话。这位王后直到死也维持着尊严。

从1793年9月11日至10月16日囚禁过玛丽·安托瓦内特的牢房被路易十八改建成了一座纪念她的小教堂。然而，她在那个期间住过的房间仅有一半被如今的小教堂占用，另外一半则分隔出来，用于两位侍卫夜以继日地看守她，无论当权者认为他们应该如何警惕，一个女性囚犯被两个男人持续监控是残酷的。王后一定想过去寻短见或是几近疯狂。然而，从她临终前一晚写给她小姑子伊丽莎白的信可以

看出（我在法国国家档案馆里读到过），她的笔迹清晰、坚定，显示了她极好的自控力。

我在巴黎古监狱并未停留许久，部分原因是我无法听懂向导所讲的内容，他有太多要讲的了；另外，也因为空气闷热。一对中年夫妇跟我一同出来，往右去了兑换桥，而我则慢悠悠往左走向时钟码头（Quai de l'Horloge）。

我在哈利街（Rue de Harley）附近的码头矮墙上靠了一会儿，有几个渔夫静静地坐在河岸下面，船篙放在他们的前面；一些流浪汉在桥拱附近的树下躺着。我想知道从玛丽·安托瓦内特的年代至今，塞纳河这一带是否发生过大的变化。据说，死囚王后大多数时间是坐在一把小椅子上，面朝门口。若有一扇小窗可令她看看塞纳河，她是否可以感到一丝安慰?

正要沿着码头往前走时，司法宫正门的白色大理石台阶和动物雕像吸引了我的眼球。我转身走进哈利街去观赏它们。这里除了两名警察站岗，别无他人。我站在大厦前面，视线跨过多菲内广场，从两排茂密的树中间看过去，隐约瞧见一个白色基座上竖立着亨利四世的雕像。其中的一名警察朝我走了过来。他问我是否在作素描，并说："这里很美吧？"我说是的。巴黎的警察爱好艺术。一切都那么宁静。树后面的房子围着三角形似的多菲内广场，这里似乎是理想的住所。

不久，我穿过三角形顶端的间隙，又来到了新桥。跨过桥的中央，我背靠在亨利四世雕像下面的基座上，回头看看走过来的路。这边也不错。我所阅读过的新桥历史又浮现在了脑海。我想象着亨利四世庄重地穿越新桥的情形。桥上有足够的空间进行大规模列队游行。持续不断的嘈杂声和无尽无休的活动，仿佛响彻耳际、尽收眼底。我能看见家喻户晓的"托马斯大师"（Grand Thomas）身穿鲜红色衣服，头戴一顶用孔雀羽毛装饰的三角帽，站在他的摊位旁边（和他 1715

年的样子如出一辙），卖力地推销他那绝不失灵的、号称“太阳镇痛膏”（Solar Balm）的江湖神药。据说，他占据新桥市场长达二十载。这样的人物，在许多年前的中国乡村集市上亦不难找到。

许久之后，我舒展了一下身体，绕着雕像基座走了一圈，对浅浮雕进行了一番研究。基座的其中一面，再现了亨利四世在围困时期下令给巴黎居民发放食物的场景。另外一面，展现了他以战胜者姿态挺进巴黎并对巴黎的封建领主发号施令，要求他们向巴黎人民承诺和平的历史片段。它们是极好的艺术品，却可能被轻易地忽视，就像大城市里的所有纪念碑一样。纪念碑和雕像在建成的时候引起了很大的轰动，但很快便失去了吸引力，变成人行道的板砖已是常有之事——此时不再那么难看。

我所喜欢的这尊亨利四世雕像，据我后来所知，并非是最初由他的遗孀玛丽建造的那尊。法国大革命期间，因生产大炮需要铜，雕像被熔化了。拿破仑欲用瑟堡花岗岩建成方尖碑来替代，并附铭文“法兰西人民皇帝拿破仑”，然而并未实现。如今的雕像是由路易十八下令，并用由公众捐款购买的几尊废弃的金属雕像（包括拿破仑雕像中的一尊）熔炼而成。所以，亨利四世回到了新桥。这尊雕像逃脱了类似它先前那尊的命运，简直就是一个奇迹——“二战”期间，德国占领军在巴黎熔化了很多雕像。他们声称只是移走“低劣的”雕像。但，倘若战争持续得更久呢?

我兴致勃勃地阅读了拉夫·尼维尔（Ralph Nevill）《今日巴黎》（*Paris of Today*）一书中关于这尊雕像的故事：

> 提到国王的著名诺言“la poule au pot”——每个人的锅里都应有一只鸡，一名路易十六的崇拜者在他的就位仪式上将一个布告牌挂在雕像的颈项上，上面用很大的字写着“Resurexit”

（他已复活）。次日，布告上的字被更换成了：

"Resurrexit：j'approuve fort le mot；
Mais pour y croire，il faut la poule au pot."
（Resurrexit，尽管我非常喜欢这个词，
但是我相信有一只鸡又要成为谁的盘中餐了。）

第二天，布告语又变成了：

"Enfin，la poule au pot sera donc bientôt mise
Car depuis deux cents ans qu'on nous l'avait promise
On n'a cessé de la plumer."

（承诺了两个世纪的鸟已经被拔毛了，这次，我们猜，会很快被放进锅里的。）

当"二战"进行到白热化时，我在一份英语报纸上得知，一些巴黎人和德国占领军开始吃温森动物园（Vincennes Zoo）的猴子。我想知道是否有风趣的法国人也挂了一个布告牌在亨利四世的雕像上，并写着"现在每个人的锅里都应有一只猴子"。

雕像后面有一处台阶延伸下去。台阶底下，厚重的花岗岩墙上有两扇门，穿过门，只见一块舌形的地面上有一个小小的花园。这两扇门的形状就像中国古代的瓷器花瓶。在中国，随处可见不同形状的门，月亮门、柳叶门、古代花瓶门等形态各异，看到法国人也这样设计门，我感到由衷的高兴。然而，令我惊讶的是，法国的花瓶竟然和公元 10 世纪中国宋代的花瓶有着惊人的相似。

我后退到离雕像下面的墙较近的地方，静静地看着这一切：花园中央有一棵大树，阳光透过它的树冠闪耀着耀眼光芒，不大的草坪上绿草如茵，小道上沙质细软。两只麻雀飞下来轻啄地面。一个身穿鲜红色毛线衣的小男孩挣脱妈妈的手跑开了。在我看来，此情此景如同

印在花瓶上的彩色装饰，并将它变成了多年后乾隆时期的花瓶。

穿过右边的门，我在这个小花园的围墙外面溜达了一会儿。走到舌状土地的舌尖处，我好像站在船上，看湍急的流水从船身两侧流过。一棵垂着绿丝绦的大柳树、一棵被粉色的花朵包裹着的小樱桃树生长在我与小花园尽头中间的位置。我想我终于找到了独处的理想境界。但是不一会儿，一对年轻情侣走了过来，或许是美术学院的学生

两扇宋朝瓷花瓶状的门

吧，他们看起来极其放松。他们在河岸边坐下，年轻女子立刻脱下鞋子扔到一边，她的同伴脱掉外套和衬衫。这一幕感染了我，顿时也感觉到了四月初正午的炎热。

我转到另一边，穿过一道小门，找到一个座位。太阳似乎给花园施了咒语。连正在堆泥沙的孩子们都未吵吵嚷嚷。我坐了下来。脑海里满是一路见闻，双腿疲惫不堪。我闭上双眼，但又睁开了，因为一位园丁突然从他的小屋出来，欲清扫小道。之后，一阵刺耳的叫声又将我从半睡中吵醒，一个小孩嚷着:“一艘船！一艘船！一艘船！……”他跑向了栏杆。其他几个孩子跟了上去，嘴里也叫喊着。一艘汽船拖着一艘塞纳河驳船，正在我们与卢浮宫码头中间穿过。看到这些孩子天真无邪的激动劲儿，我感到很开心。他们无忧无虑的神情以及无拘无束的喋喋不休给我的一天增添了更多的乐趣。

小憩片刻之后，当日的所见所闻又浮现在我的脑海。有句话叫作“历史会重演”，但现如今，法国是否有人会想建造另一座圣礼拜教堂？是否另一个玛丽·安托瓦内特也在古监狱里遭到囚禁？是否刚才叫喊着“一艘船”的孩子们有哪个会被怂恿去参军？我开始感觉幻想破灭。历史被包裹在时尚中。时尚改变一个人的外表，但是每一个和花园里跑着的孩子一样大小的男孩、女孩，都将重复他们先辈的人生轨迹。时尚不会轮回，但可从过去获得创新。同样地，历史虽不会重蹈覆辙，但是，很少截然不同于先前的历史。没有什么真正是新的。然而，事物在它所属的年代里被叫作新的，就像“新桥”，实际上是如今巴黎最古老的桥。

此时，我所坐的小花园名叫“瓦尔嘉朗广场”（Square du Vert Galant）。我记得一位法国朋友告诉我，它是以亨利四世的名字命名的，是他的子民给他的昵称。Vert 的意思是“充满温暖与激情”，而 Galant 则意为“完美的爱人”。但是，亨利四世除了喜欢取悦女性，还充满了骑士气概和勇气。他一生中尝试过十八次逃跑，并有十七次是成功的。第十八次逃跑发生在 1610 年的铁器街上，那里离新桥北端仅一步之遥，在那里，他不幸遇刺身亡。

亨利不仅机智而且勇敢。一次，他狩猎回来，隐姓埋名地乘坐一艘建于 16 世纪的小渡船，沿着如今的伏尔泰码头（Quai Voltaire）一直走到了卢浮宫。他询问船夫政府刚刚订立的和平条约，看看他对此作何见解。船夫回答道:“说实话吧！我看不出和平条约有什么好处。我只知道他妈的啥都被死命地征税——连我这破船都不放过。”亨利四世建议说:“难道国王就不能解决这些问题吗？”船夫答曰:“国王！噢，他虽不是个坏家伙，可他的情妇从他身上榨取钱财，她索要奢华的衣服和昂贵的珠宝，而我们得为此买单。买单倒也罢了，但她竟然不忠于国王。听说她水性杨花，情人众多。”英勇的亨利四世贤明而冷静地倾听着，并和船夫一同笑了起来。次日早晨，船夫被带到亨利四世以及他最倾心的波弗特公爵夫人跟前。船夫被要求重复他前一日所讲的话，可怜的他别无选择，只好照办。船夫的每个字都像针一样扎在这位夫人的耳朵上，她气得脸色发白，要求绞死船夫。但是，亨利四世知道可以有个更好的结局。他微笑着转向公爵夫人，说:“切莫如此野蛮！我们如果改善这些贫穷人的生计，他们便不会这么讲了。”船夫缩到肩膀上的头还没敢抬起来，兜里已多了一个鼓鼓的钱包，然后，他谢天谢地地离开了。这位宠妃也汲取了教训。在这件事上，亨利四世并未意气用事，而是足智多谋，三思而后行。

我不知道是否其他国家也拥有一位像亨利四世这样的国王，或者是否另有其人也能将权力与激情平衡自如？大约公元 8 世纪，中国唐朝有位皇帝叫唐玄宗，他是一位伟大的君主，英勇而富有智慧，对绘

画及音乐有着浓厚兴趣，这也使得他将唐朝带入了盛世。然而，在他日渐衰老的岁月，他迷恋于能歌善舞的一代美人杨贵妃，终日沉湎于美色而不理政事。他未曾走出宫去，未曾隐姓埋名与某位渔夫交谈过，相反，他收其爱妃的情郎做义子，且任命为元帅。没过多久，这位元帅率领他的兵马占领皇宫，逼迫皇帝退位，欲夺皇位。皇帝和他的宠妃逃到崇山峻岭的西部，但是他所有的禁卫军都反叛了，并在护送他回京回归皇位之前胁迫他处死杨贵妃。起初，皇帝勃然大怒，接着便陷入绝望。数日的伤感之后，他赐给爱妃一条白绫，所有的禁卫军都目睹了她将白绫绕颈、一命呜呼的场景。自9世纪初以来，这无比悲惨的一幕频频出现在诗歌、散文以及戏剧中。

一对巴黎夫妇，约莫四十岁的年纪，往我坐着的长椅上挤了上来。他们看上去衣食无忧。男子脱下外套，一副要打一下午盹儿的神态。他的眼睛起初轻轻阖着，但女子不间断的说话使得他也轻声细语地附和着，时不时轻声地笑着。然而，他很快打起鼾来。这使得他的伴侣有些不悦，她显然喜欢有人时不时对她的谈话做出回应。她将他唤醒，他则有些生气。然后，他也开始无休无止地侃侃而谈起来，就

像从新桥下流过的流水一般，绵绵不绝。她的声音和树发出的唑唑声响掺杂在了一起。我竖起耳朵听了一会儿，终于听出男子用沙哑而生气的语气吐出的一两个词："我的梦，我的梦……"我自己也喜欢做梦，因而笑了起来。不一会儿，与我同坐长椅的这一对儿变得牢骚满腹，争吵起来。我想，是时候去找点儿吃的了。在走出去的路上，我想起一个中国人的老故事：一名男子梦见和自己的一帮朋友去看戏。正当戏要开始时，他就被妻子吵醒了。于是，他气得破口大骂。妻子反驳道："哎呀，别骂我了，赶快回去睡吧，第一出戏还没完呢！"

坐下用餐的时候，我想到了波斯诗人哈菲兹（Hafiz）的诗句，它的英文译本由路易莎·斯图尔特·卡斯特罗（Louisa Stuart Costello）翻译，这些诗句可以很好地概括我这一天：

世界已然是我的家；
哪儿都有我要的见识，
我爱在不同的地方漫游，
捕捉不同的想法。
不同的人给我不同的果实，
使我的人生智慧得以升华。

第十九章　无翼之鹭

老渔翁，一钓竿，靠山崖，傍水湾，扁舟来往无牵绊。
沙鸥点点清波远，荻港萧萧白昼寒，高歌一曲斜阳晚。
一霎时波摇金影，蓦抬头月上东山。

这首唱词名为《板桥道情》，为中国18世纪的诗人、书法家、画家郑板桥所作，广受文人墨客的青睐。正如我所言，我对音乐知之甚少，但却非常喜爱这首歌，平日里还学着唱两句。那时候，我专注于学习现代科学。“一战”后，中国开始在当代世界谋得一席之地，对当时中国的年轻人而言，掌握科学知识是刻不容缓的使命，而当下的现状仍是如此。只是我的思想早已受到传统的影响。五十年来，我的祖母掌管着我们这个庞大家庭四十个人的生活，从未想过要对家庭习惯做任何的革新。我的父亲是一位专攻花鸟画的画家。我的兄弟是个诗人，我们给他起了一个绰号叫“疯子”，因为他的心里只装得下诗歌。每逢放假，我从大学回到家中，没有人对我所学表现出半点儿兴趣，我也未曾想要对他们任何人讲述我的学业，尽管每一学期我都能取得相当不错的成绩。我发现不只是在家庭里难以找到自己和学业之间的联系，恐怕一旦跨出大学的门槛，这种联系就要中断。当我漫步于城市的街头或乡村时，是老的生活方式让我眼前一亮、浮想联翩。一位老渔翁独坐孤舟，来往无牵绊，正如诗歌所言，这在我的孩提时代是一道多么独特的风景。这样朴素而简单的生活方式依然盛行，让人羡慕。歌里流露出来的无忧无虑和哲学思想总是让人保持畅想，而我已然为之着迷。

我不禁思考那位老人对垂钓的感受。是什么使他成为渔夫？他为什么喜欢垂钓？他垂钓时真的那么优哉游哉吗？他能以此为生吗？他想要钓到什么样的鱼？一连串简单的问题就这样在我脑海轻而易举冒出来，比我在大学里绞尽脑汁思考科学问题可容易多了。

我在中国的所有垂钓经历都与乡村、悬崖和海湾有关。在伦敦，可能有人会沿着泰晤士河垂钓，但我并未亲眼见过。来到巴黎之前，我从未料到会亲眼看见有人在大都市最繁华的中心地带垂钓。在巴黎，在市中心垂钓的人不只三三两两，而是成群结队的，垂钓者的身影不只是在周末出现，而是每天甚至整天。此情此景让我惊奇不已。在英国，人们把钓鱼看作是一项运动或是爱好，并不需要每天练习。然而，许多巴黎人把垂钓视作生活的常态，如同其他人按部就班地上下班一样。好几次，我想向他们提出我的疑问，但终因难以开口而作罢，只在一旁观看而已。我的住处离塞纳河左岸不远，每天总能看到一两个垂钓者。有时，不管我想不想，他们似乎总能吸引到我的视线。在清晨或傍晚，我总会看见他们在河岸边站着，在薄雾中若隐若现，特别像耐心等待猎物的白鹭。离得越远，越觉得他们和那些凝神而望的鸟儿有着惊人的相似。我经常等在水边，就为了观看白鹭俯冲入水，一下抓住鱼，然后凯旋而归的情景。这一幕总是令我内心愉悦，我也总爱把它画下来。同样，我也如此用心地观察着这些塞纳河岸的“白鹭人”，只是他们没有翅膀，不会飞走。

正因为他们没有翅膀，我才有绝佳的机会去观察他们的一举一动，如何手持鱼竿、调整鱼线、处理鱼钩，最后像白鹭一样捕获到猎物。我尽可能地从各个方位描绘他们。在都尔奈勒河堤下有一个地方，人们在那儿的埠头边钉了许多圆木板。我曾看见许多钓鱼的人不断练习甩出他们的鱼线，就为了击中那些木板。在他们瞄准的时候，他们或坐，或蹲，或站，甚至有人躺在或趴在码头上面，姿态各异。

车站码头（Quai de la Gare）边有一条一直延伸到水边的、陡峭的斜坡，斜坡边缘没有人行道，也没有水平地带，垂钓者们自有一套绝妙的招数，好让自己舒舒服服地钓鱼。由于距离太远，站在河堤上方很难把鱼线抛入河的深水处，于是，他们就用粗绳子的一端绑住一块木头，另一端紧紧系在码头的一个铁条上，这样，这种经过改良的板凳就能稳妥地下降到水边。有些人则用短一点儿的绳子，然后，他们就高枕无忧地坐在木板上垂钓。

相较于其他地方的垂钓者，巴黎的垂钓者之间似乎更加友善。虽然他们完全可以把绳子牢牢地拴在铁柱上，然后自己把自己下降到水边，但似乎更常用的做法是，他们坐在木板上，然后让朋友来帮自己下降。但不管用什么方法，这个装置都非常有意思而且设计巧妙。我本想看看他们是如何把木板再升上去的，但从来没能坚持等到那个时候。有时候，他们会在周末拖家带口地来钓鱼，在我周围愉快地放声聊天，而我就蹲坐在柱子上看着。曾经有一次，我目睹一个人小心翼翼地顺着绳子爬下去，就为了给朋友送去一大保温杯的热咖啡。往下爬时他面露惧色，但安全返回时又禁不住开怀大笑。

我很疑惑，为什么这个位于新桥后方、格兰斯·奥古斯汀码头西侧、从塞纳河延伸出来的别扭的位置会成为大家钟爱的垂钓据点，或者应该说，是最受欢迎的据点？一个星期六的下午，我发现介于大桥拱洞及其东50英尺处之间，足有四十人在钓鱼。有些人并不介意站在别人后面垂钓，事实上，他们应该已经很感激了，因为还有两个甚至被挤到河堤底部的护墙上。巴黎的渔具店出售一种装备，有了它，钓鱼竿可以直立在地面，钓鱼者可以舒舒服服地靠在上面！

年轻的让·弗朗索瓦·布伊斯先生是我的一位法国朋友，他告诉我，在巴黎有个名为“巴黎垂钓联合会”的钓鱼者组织。只要有垂钓执照，你就可以从日出到日落，随心所欲地在河堤的任何地方钓鱼。他又开心地补充道：“组织比赛的钓鱼用品商家告诉我，在塞纳河岸站着各种职业、形形色色的人，从共和国总统到清道夫都有。”他还送了我一张有代表性的塞纳河垂钓者的照片，上面写着：“我可不认为此人是法兰西共和国的总统……”

我不能理解，垂钓者为什么喜欢成群结队地挤在巴黎的码头上。在巴黎和塞纳河源头之间有很长一条塞纳河的支流，而在巴黎和大海之间还有一条很长的支流，而巴黎城并不大，至少和伦敦比起来小一些。垂钓者们本可以逆流而上或顺流而下，去享受更安静的垂钓环境，或许在那儿能钓到更多的鱼。有时，我无意中听到有人质疑，他们可从未看到巴黎的垂钓者们钓上来一条鱼。其他人解释说，肯定有鱼上过钩，只是这些鱼太小了，不得不扔回河里。还有人严肃地质疑，经历了成千上百的垂钓者们日复一日、年复一年的洗劫，塞纳河里还能剩几条鱼。有这样一个广为流传的传说：塞纳河里只有一条鱼，但这条鱼是纯金的，这成为人们锲而不舍地在此钓鱼的原因。一个愤世嫉俗的人曾对我说过，如果巴黎城内的塞纳河里果真只有一条鱼，那么，这条鱼一定是条诡计多端、聪明无比的鱼，因为码头上那么多的垂钓者竟无人能抓住它！

然而，我非常适时地证明了这些没有翅膀的“白鹭人”还是抓住过一些小鱼的。一天早上，我去拜访一位住在纽约大道的朋友。穿过耶拿桥（Pont d'Iéna）时，突然大雨如注，于是，我慌忙躲到德比利行人桥的最后一个拱洞下。这时，我看见一个上了年纪的垂钓者站在附近。我估计他一定整个早晨都在钓鱼。的确，从外表看来，他已经在那儿不知多长时间了。他胡子拉碴的脸庞、浓密花白的胡子、破破烂烂的衣着与大桥整洁干净、一字排开的石雕形成鲜明的对比。此时，巨大的埃菲尔塔的钢铁框架在细密雨丝的映衬下似乎柔和起来。看着雨带来的神奇效果，我不知不觉地微笑起来。就在这时，一直不为这细雨干扰的老人往回收起线，只见一条长不过 5 英寸的小鱼从水里扭动着、挣扎着上来了。取下小鱼的刹那，他注意到了我，以为我是为他的好运气而微笑，于是，立刻与我攀谈起来。他有说有笑，激动时甚至前仰后合，以至于不得不抓住我的肩膀才能保持身体的平衡。他让我无从插话，但对于他的收获我怎能无情地不表示由衷的高兴呢？我脱口而出几个英语单词，但我说英语太慢了，就直接说起了中文，这样我就可以和他说法语一样快了。我一点儿也没听懂他在跟我说什么，他也没听懂我在说什么。不过他需要有一个人来聆听他，而我也乐得听他说。我虽是很喜欢安静的旅行，但长达数日甚至数周说不了几句话也是很折磨人的。

又一个早晨，我站在兑换桥的矮墙边看河水静静地流过。突然，站在钟楼附近的一个强壮的垂钓者大声叫喊道："它不爱我！"原来，他当时正在收线，钓上来的小鱼竟然脱了钩，又掉回河里去了。我亲眼看见那个小东西掉回了河里。他的话引起众人大笑，他也忍俊不禁，跟着笑起来。

在我看来，巴黎城的码头边聚集的众多垂钓者显然表明了，巴黎绝不仅仅是一个了不起的商业中心，还是一个休闲之都、生活之都。这就是巴黎不同于伦敦，以及其他我所知的大都市的迷人之处。而且，这些垂钓者本身也是独一无二的，你在他们之中绝对找不到一个来自异国他乡的游客。他们的着装风格、他们的行为举止，还有他们的说话方式，都给我带来了许多愉快的时刻。

好吧！关于栖息在河岸上的"无翼之鹭"，我已说得够多，却几乎没提及河里的鱼，因为我几乎没看见过它们。塞纳河从它的源头带来了大量的泥沙，多年来一直如此。根据古老的中国哲学，大自然的万物生灵，包括人类，都在生命的永恒韵律中扮演着不可或缺的角色。如果塞纳河里的鱼销声匿迹，那河岸上的垂钓者就毫无意义了。可是，这些鱼对那些垂钓者的出现作何感想呢？据说，塞纳河很深，尤其是流经巴黎的这一段。所以，就算没有垂钓者在岸上觊觎着它们，难道它们会因为百无聊赖而时不时地跃出水面吗？

我的朋友艾伦·怀特（Alan White）曾将利·亨特（Leigh Hunt）的一首诗推荐给我。这首诗名为《鱼、人与神灵》，分为三个部分。第一部分是人在揶揄鱼：

> 哦，多鳞湿滑、身手敏捷、瞪着眼的小东西！
> 你们是做什么的？你们过着怎样的生活？这样无神地凝视着？
> 你们怎样度过苍白而无聊的日夜？
> 你们怎样度过周日？

鱼回敬道：

> 你用劈开的身体和愚蠢的步伐
> 在那干燥的陆地上可怕地行走着，
> 像叉子齿般，一步接一步，尽失优雅，
> 你的鳍长而无用，浑身多毛而干燥，你身躯直立，愚笨而迟缓！

然后，鱼变成了人，体会了当人的感觉。接着，它又变成了神灵，表达了它对为人与为鱼的感受：

> 人的生活温暖、愉快又悲伤，在爱与死亡间游荡，
> 人拥有无尽的希望，又以极度的痛苦为荣光，
> 人凝视着天堂，渴望拥有天使的翅膀；
> 鱼敏捷、不贪，含糊又明白，
> 它冰冷、甜蜜、散发着银光的生命，在波涛中徜徉，
> 又在被擒走的恐慌中快速躲藏。

我喜欢这首诗，是因为它将鱼和人类置于大自然的层面。当人与鱼只是被看作生物，在神秘的进化进程中，各自发展出奇特的方式来发挥自己的作用时，他们都显得可笑。诚然，人有自己的精神诉求，而鱼，似乎只会在被带走的恐惧中快速移动。人的精神的诉求会转化为物质的野心，而所求不多的鱼也会在波涛包围中的冰冷、甜蜜、散发着银光的生命中自得其乐。

第二十章　树枝和花瓣

英国人一直自诩对大自然有着狂热的爱。树是英国人的骄傲，尤其是他们公园和森林中的那些参天古木。来到英格兰后，我发现自己也爱上了英国乡村的树木。1934年，第一届国际爱树人展览会在伦敦举行，受协会创始人理查德·圣巴比·贝克（Richard St. Barbe Baker）的启发，我画了一幅竹来参展。

尽管英国人的这种骄傲无可厚非，我还是发现巴黎的树木远比伦敦多。我喜欢伦敦广场上那些修剪整齐的古树，任何季节都百看不厌。然而，只要不去广场，就算你在伦敦走街串巷好几个小时，也看不到一棵树。相比之下，巴黎的街道两边基本种满了树。正是这些高大优美的树木，尤其是塞纳河边的金合欢，给巴黎的公园，以及宁静的塞纳河，平添了许多魅力。众所周知，路边咖啡厅是林荫大道上的一道美丽风景，而这美景和街道两旁的树木息息相关。

卢森堡公园距我在巴黎的住所只有五分钟的步行路程，正是在那里，我开始熟悉巴

黎的树。如果我没有在这座城市的其他地方观光，那我一定是独自在卢森堡公园光秃秃的树林里散步。冬天的时候，这座著名的公园实在冷清得无法与它的名声相配。公园地处繁华街道之间，人们匆忙地穿过公园，抄捷径上班或者回家。如果不是玛丽·德·美第奇（Marie de Médicis）——亨利四世的妻子——建造了卢森堡公园，他们怎么会有这样的便利。不过，很久以前，这个公园的地址叫作 L'Enfer（地狱）。据说在 10 世纪，这里有一位国王罗伯特，他离弃了第一任妻子，娶了他的表妹贝尔特·德·勃艮第（Berthe de Bourgone）。因为此事，当时的教皇把这位国王逐出了教会。当时，这个地区沦为人间地狱，在这里，巫婆们聚集举行她们的安息日，恶魔受黑夜召唤进行巡回审判，恶棍、流浪者长期滞留游荡。想到这些，我就很高兴自己出生在一个健康的时代。

临近中午，会有中产阶级的退休职员来公园逛逛，还有妈妈和女佣，她们有的推着婴儿车散步，有的和孩子一起玩球。但是因为天气太冷，他们都不会久留。宫殿前的喷泉已被关闭了。夏天的时候，小男孩们会从露台的白色台阶上跑到喷泉下的水池边玩船，但它现在也干涸了。甚至木偶剧院也跟歇业差不多。偶尔，公园的长椅上也会有恋人，他们的头紧靠在一起，沉醉地凝望着远方。薄雾笼罩着树枝和花瓣，他们依偎在这样的画面中，我清晰却又隐晦地感受到了他们缠绵的浪漫。此情此景，给人难以言喻的感动。

公园安静的小巷里有数不清的诗人和画家的塑像。冬天的时候，巷子里的树枝没有树叶的遮盖，给这些塑像平添额外的美，换言之，树枝光秃的时节恰是它们最赏心悦目之时。我非常喜欢这些塑像，尤其是肖邦、华托和德拉克洛瓦的塑像。巴黎给了艺术家应有的荣誉，它可能是世界上唯一这么做的首都城市。在宫殿前，法国王后的塑像群呈半圆形摆放。在这冬日树木的衬托下，即使是相当灰暗的法国王后们的雕像也看上去更加清爽和赏心悦目了。

在众多的古迹中，我高兴地发现了纽约湾自由岛上自由女神像的小型复制品。这也让我想起，在塞纳河中狭长的人工小岛天鹅岛（Allée des Cygnes）西南端也有一个自由女神像的复制品。有一天晚上，我和弗朗辛去那儿散步。小自由女神像就在格勒纳勒桥（Pont de Grenelle）的一端。我们准备好零钱后，她跟我说起她妈妈的一个朋友，来自得克萨斯州，是个性格自由奔放的女人。她一看到小自由女神像，就飞一般地跑到雕像的台阶上，张开双臂扑倒在底座上，大声喊着："噢，我的雕像！这是我的雕像！我的自由！……"这突如其来的情感和她尖厉的喊声着实吓了弗朗辛的母亲一跳。最难忘的是，那时候有两个法国工人在桥的护墙边吃午饭，其中一个吓得嘴里的香肠都掉了一大块。

当天晚上，我们和弗朗辛的叔叔安德烈先生共进晚餐。安德烈先生曾经是八国联军的一员，前往北平参加了战争，因此他房子里有许多中国的古董和艺术珍品。晚餐时间，关于自由女神像的那件事又被提起。弗朗辛的母亲巴里尔夫人，搞笑地表演着当时的场景。我说，要是纽约湾的自由女神像的话，那位得克萨斯夫人就没法抱住了，因为它实在是个庞然大物，我顺便也提到自己曾经爬上纽约自由女神像的头部鸟瞰纽约的经历。然后，弗朗辛的叔叔就提到他的父亲参与了纽约自由女神像的铸造。那座雕像是在巴黎完工的，在被运往纽约之前，在雕像的头部曾经举办过一场庆功会。那时，安德烈先生的父亲带着还只是个五岁小男孩的他参加了那场庆功会。啊，那时候的场景一定很离奇吧。但不知为何，我一直不怎么喜欢卢森堡公园的那座小自由女神像。

我喜欢卢森堡公园，不仅是因为它离我住的地方近，很方便，更是和大多数巴黎的公园相比，这个公园的气氛更随意、更友好。我可以自由地漫步在公园里，不会引起人们的注意，脑海里都是冬天树枝的优雅和交错细枝那难以名状的美。有时，树枝会突兀地伸向银灰色的天空；有时，微弱的冬日阳光会把树枝淡淡的影子投射到宫殿或露台的墙面；有时，你向窗外望着这些树，在早晨或傍晚的薄雾中，它们和窗饰混合在一起，这样一个场景，画家都不知如何下笔。经常有这样的事，看到我走近，鸟儿们—— 一般是麻雀或者椋鸟——会惊慌地朝四面八方地飞去，那场面就如同施了魔法。我呢，自然也从沉思中惊醒。它们一般选择停在附近最高、最显眼的树枝上，以让我彻底意识不到它们的存在，同时也密切关注我，观察我接下来会做什么。不顾它们的不安，我经常逗留在那里，观察它们那美丽的姿态。对此，我乐在其中，但对它们来说，这样的打扰却是极讨厌的。而对我来说，它们飞翔的样子给了我简单的快乐。

欣赏冬天的树枝，光秃秃的细枝或发黑的树干并不代表没有生机的事物。后者预示着结束，而前者预示着新的开始。冬天的树蕴藏了巨大的生命力。在第一颗小芽萌发前，脆弱的细枝要承受风霜雨雪的摧残，但是能挺住，并以良好的状态生长，以孕育新的树叶。你赞叹夏季树木的繁茂之美，同时也遗憾其终将凋零的命运。不过，期盼叶子逐日成长的过程就像是一点点揭开美好而未知的事物。这就是我如

此热爱冬天的树的原因。

塞纳河岸边的树不仅看上去风姿绰约，而且也为附近的建筑增添了不少风韵。站在市政厅码头（Quai de l’Hôtel de Ville）边，我惊艳于波旁码头（Quai de Bourbon）边那些光秃的、高大而优雅的树木，它们看上去就像圣路易岛（Ile St. Louis）上房子的饰物，当它们枝叶繁茂时，房子几乎被掩映其中。还有，在圣朱力里安教堂（St. Julien le Pauvre）的小广场上，护墙上的二手书箱后面，枝繁叶茂的大树同样令我沉醉。这些树枝条错综交叉，却给巴黎圣母院肃穆的双塔添加了别样的优雅。没有它们，双塔会显得盛气凌人，与周围的建筑格格不入。其实我倒觉得这座著名教堂的建筑不如其他一些法国大教堂有魅力：其线条简单而生硬，优雅不足，形式单一，而正是周围的树木弥补了它的缺憾，尤其是在冬天。这些大树以其婀娜多姿的树干和大树枝，赋予了巴黎这座地标多样的美丽。

同时，出于不同的原因，我也留意了孚日广场（Place des Vosges）和皇宫广场光秃秃的树木。树顶的树枝和树干已被精心地修剪过，虽然还生机勃勃，但已然失去了生长的自由。这让我不由自主地联想到囚犯或士兵，他们光着上身，双手举过头顶进行晨练。我经常会有这样的联想，尤其是看到皇宫广场那呈矩形排列、修剪整齐的树木。这矩形的地带实际是一个印度瑜伽修行者的舞台。这些印度人是如此训练有素，他们可以轻松自如地在钉满钉子的木板上行走或躺下。每次去公园闲逛，我都盼望看到阳台上满是花枝招展的女人和英俊的男人，最好有一队印度人能从哪里冒出来，然后在荆棘般的平台上表演翻筋斗。我记得有一天晚上，夕阳沉醉，把公园所有的树干和细枝都染成了火红的铁棒和钉子。那天我总觉得，会有技艺高超的瑜伽修行者来到那深红色的光线中练瑜伽。

关于冬季树木的最快乐的一个记忆发生在布洛涅森林。那是一个

二月的早晨，天气寒冷，但干燥而晴朗，我一个人去那里散步。走着走着，我看到几个人在一块狭长的空地上玩滚木球游戏，这是一块干燥的沙地，不同于英国典型的葱翠的绿地。他们的玩法与英国的滚木球游戏略有不同，但每个人玩游戏时全然一副盎格鲁－撒克逊时代玩滚木球游戏的严肃。在另一处，我遇到一个带着一大群孩子的老师，孩子们跑啊、跳啊，甚至开玩笑式地扭在一起摔跤。一大片参天大树的树梢依然笼罩在早晨的薄雾中，神秘地微笑着，在它们中间，这些孩子天真的叽叽喳喳声和活泼可爱的身影，显得格外有生气。粗壮的树干和巨大的树枝下呈现出各种各样的阴影，离得近的，看上去颜色很深，离得越远的，颜色就越浅。我继续走着，孩子们在我前面渐行渐远。树木好像被孩子们的活力深深感染了，忽隐忽现的阴影使它们看上去像是在跳跃。我陶醉在这全新的视觉体验中，这也给我画画带来了很多灵感。我不停地画着单色素描，记录下当时的场景。孩子们慢慢走出了我的视线，但远处，隐隐约约地，一匹飞驰的马和骑手的图画映入我的眼帘。从远处看，那匹马看上去只有一只大狗的大小，它飞奔的动作也很虚幻，像慢动作影片似的，而马上的骑手熟练地驾着马穿行在层层的树干中。这些就是我在冬天的布洛涅森林里感受到的简单的快乐。

巴黎的树大多是栗树、金合欢、榆树和常见的悬铃木。据说，悬铃木扎根很深，喜欢潮湿、肥沃的土壤，而巴黎最不缺这样的土壤；这种树还喜欢阳光，而巴黎恰巧阳光充足。在巴黎，悬铃木是最常见的，尤其是在林荫大道的步行道上。没有叶子的时候，你会发现它们的形状很整齐，树枝和枝杈拥挤地长在一两根树干上，也许是园艺师有意将它们修剪成这样来装饰道路。栗树也很整齐，但金合欢和榆树似乎更养眼，它们的树枝姿态有趣，树干高大优雅，树干生出的枝节交错在树的主干中，它们更多是沿着码头生长。

在我看来，塞纳河边应有更多的柳树，尤其是垂杨柳（据说这是拿破仑最喜爱的树）。我们常常把柳树与河流、湖泊联系在一起，但

在布洛涅森林骑马

是在巴黎，沿着长长的塞纳河边我只发现了三棵柳树。其中一棵长在瓦尔嘉朗广场的末端，看起来就像一把为非洲部落酋长遮风挡雨的巨伞，尤其在它枝叶繁茂之时。第二棵柳树长在阿纳托尔·法朗士码头（Quai Anatole France）边，正对着卢浮宫，它那绰约的风姿让我想到了某幅宋代的绘画。第三棵柳树非常小，长在市政厅码头下面的沙地上，它伸展开的枝条悬挂在水面上。由于树形较小，看上去很不起眼，但是我每次路过总会注意到它，并且会深情地凝望着它。它那窈窕的、流苏似的枝条从来不会变黑，而总是带着浅浅的黄绿色。进入深冬，满树摇摆着金色的线条，仿佛是这一年中春天的手所作的第一幅素描。这棵小柳树总是早早脱下冬衣，换上春装，在它的伙伴之中显得特别耀眼。

我对树的喜爱并没有因为冬天的结束而终止。无论何时，树在一年之中都是迷人的。从塞纳河的几座桥上望过去，可以看到法兰西学院前、众议院附近的河岸边的树，我沉醉地凝望着它们，看着它们从深黑色变成浅蓝色，又变成藏蓝色、紫褐色、棕黄色、黄绿色、翠绿色、草绿色，等等。

由于久居英国，在二月末的时候，我开始试着在巴黎寻找番红花，华兹华斯把它们叫作“报春花”。但是在巴黎，我被剥夺了这样的乐趣。直到三月末，我才发现在埃菲尔铁塔附近的池塘边上长着几簇球状的番红花。后来，我才知道，这种早春时节在英国公园里随处可见的明艳的小花，在法国没那么受欢迎。我的两个年轻的巴黎朋友甚至没有听说过这种花。

我在巴黎看到的第一种春花是黄色的连翘——1832 年最先引入欧洲的中国植物。我在卢森堡公园里看到了两丛连翘，光秃秃的枝条上挂了很多金色的铃铛。金色铃铛在冬日的阳光下闪耀着微弱的金光，与黑色的灌木丛和树干形成了鲜明的对比，这画面真是让人难忘。在中国，我们把这种花叫作迎春花。在巴黎被视为报春花的兴许是连翘，而非番红花。

随后，在一座带有东方韵味的拱形桥附近的蒙索公园里，我发现了一棵小树，树的一些枝条上点缀着微小的、有着红色顶端的花蕾。这是我在巴黎看到的第一棵杏树。在我有机会回来看这些花蕾是否绽放之前，巴黎似乎已经到处开满了杏花——特罗卡德罗花园、战神广场公园（Parc du Champs de Mars）、埃菲尔铁塔旁、布朗利码头（Quai Branly）边。和其余的树相比，香榭丽舍大街旁边花园里的两棵小树，在明媚的阳光下闪烁着更加灿烂的微光。

在我的出生地流传着这样一个传说。一千多年前，在庐山脚下，住着一位叫董奉的郎中，他拥有超自然的力量。他给人看病不收钱，但要求每个得了重病并被治愈的病人必须在郎中的花园里种植三棵杏树，而那些得病不严重的病人只需种植一棵杏树。几年之后，他的花园变成了一片杏树林，因而闻名于全国。每年，董大夫采集杏仁换取大米，并把大米分发给穷人。虽然巴黎的杏树不能用这种方式种植，但是它们勾起了我的思乡之情，我仿佛又回到了庐山边的家乡。

因复活节将至，巴黎把它蓝灰色的服装换成了浅蓝色。在巴黎圣母院南墙边一个小小的大主教广场上，四棵高大的樱花树盛开了，仿佛正对着那些异常贪婪的鸽子微笑，因为它们不停地抢食午后出来透气的婴儿和蹒跚学步的孩童扔给它们的面包屑。盛开

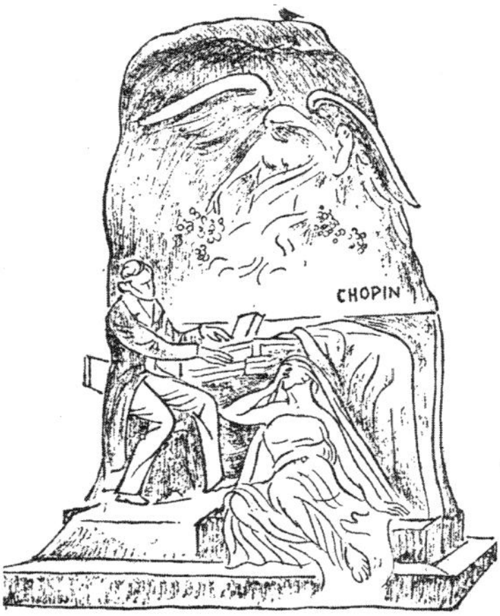

蒙索公园里的肖邦钢琴音乐纪念碑

的花朵和树下的孩子们天真的笑脸交相辉映。真是迷人的景象啊!

在埃菲尔铁塔脚下的战神广场公园也有樱花树。某个晴朗的上午，我在那里构思作画。盛放的樱花树作为前景，埃菲尔铁塔在其后，一个大胡子的马戏团老板穿着非常破烂的衣服，领着一班装饰得五颜六色、叮当作响的毛驴，后面跟着好几个穿着亮红色和亮绿色的背心的伙伴，走在樱花树和我之间。他们的出现正好为我的画增添了我想要的新色彩。这样的组合非常稀有，可能也就只存在于像巴黎这样充满惊喜的城市了。这样的时刻让我觉得快乐。

木兰花颜色淡雅，形态优美，不与灿烂的樱花争奇斗艳，只是远远地与之相望。在沿着香榭丽舍大街的花园里，许多木兰花绽放了，与此同时，樱花以其鼎盛之姿在巴黎圣母院周围绽放。巴黎当局将木兰花和樱花分开是多么明智的举措啊。木兰花需要空间与适宜的环境来展现它们的美。

这些木兰花似乎是杂交品种，可能是二乔木兰。其花朵有着宽大而多肉的花瓣，花瓣凹陷成勺状，颜色从玫瑰紫逐渐变化为白色。关于这种花，我在其他书里写了很多，因为这是一种中国特有的花树。中国人种植它已有一千多年的历史了。我还特意指出了我们的工匠是如何从大自然中汲取设计的灵感，以及我国宋代的陶瓷工人是如何单单将木兰花的花瓣作为模型，制作出外观釉色为玫瑰紫而内里釉色为白色的精美汤匙。最终，这种设计发展运用到了各种形状的花瓶中。当我在西方城市的花园中发现木兰花树时，它们总能带给我一种满足和喜悦之感。要是木兰花的起源能更加广为人知多好，它将凭借它的典雅、有教养的品性、坦率而谦恭的笑容以及它的正直，成为最具代表性的中国的象征。“中国佬”这类词被广泛认为是中国人的典型形象，它似乎表示了凹陷的胸膛、长长的连鬓胡须和奸诈的笑容，如果一个中国人不喜欢这类表达，也是无可厚非的。

另一种在巴黎可见的木兰花是纯白的木兰，一种有点儿像中国的玉兰树的灌木。我是在阿尔封斯·都德雕像旁边的一小丛竹林后面发现它的，整个环境构成了一幅美丽的画面。这株白色木兰的花朵几乎没什么香气，然而中国的玉兰花则香气浓郁。我们将它娇嫩而多肉的花瓣视为一种特制的食品，而且将它们视作美味佳肴。

香榭丽舍大道，也被称作“巴黎的西区”，街道两旁合宜地排列着庄严肃穆的栗子树，这里是男人和女人的天下，而非大自然占据主导，那轻佻的樱花在这样的街道上则会显得格格不入。但是，栗子树以及它们那像蜡烛一样的白色和粉色的花朵，就像一排巨大的枝形吊灯，将大街变成了一个接待国际友人的户外展览馆。它们素雅的色调和单调之姿恰好为人行道上人群中的明亮色彩和风格各异的服装做了陪衬。

栗树的花朵让我想起了英国，就像木兰花让我想起了中国。有一种中国的栗树品种比欧洲的更具吃苦耐劳的品质，但我已不记得在中国目睹过它盛开的样子。无论如何，它不会像英国那样系统地种植在我们的花园或公园里。我很少错过伦敦布希公园（Bushey Park）的栗树开花，那里无数条长满草的街道上都有栗花。布希公园的栗树花满枝头是一年中的一大盛景。在牛津我居住的小区的道路上，有很多品种优良的栗树。当它们花蕾满枝时，金链花黄色的总状花序也开始绽放。在这样的联想下，我开始在巴黎寻找金链花了，但是一棵也没发现。最后，当盛开的樱花全部凋落，甚至掉落的花瓣被打扫完之后，我偶遇了一株小小的、长着黄色流苏般枝条的金链花，它垂在巴黎圣母院南墙边高高的栏杆之上。与之前我所知的很多更好的品种相比，它让我觉得更亲切。

四月的一个晚上，我以《马利的骏马》（*Chevaux de Marly*）[1] 为

---

[1] 世界上最著名的雕塑之一。——译者注

四月的巴黎

始沿着香榭丽舍大街的南侧漫步至圆点广场。一大片夺目的粉色跨过天空，仿佛一把巨大的刷子刷过一般。这浓墨重彩的一笔的边缘和邻近的云朵交融在一起，其色彩每时每刻都在变化。在我接近小皇宫时，那片粉色变成了深红色，接着又变成紫色，整条香榭丽舍大道都染上了色彩——树木、房屋、行走着的人群的衣衫，甚至那座克列孟

梭的青铜雕塑也开始容光焕发，让我联想到一只橙色的、有黑条纹的动物在黄昏中漫步。人行道上掉落了一些红红白白的栗树花瓣，真难相信它们这么快就凋谢了，一定是被一些淘气的椋鸟啄掉的。我捡起一片花瓣——它的颜色红得赛过红葡萄酒。

到了一家人行道咖啡馆，我不由自主地在一顶五彩斑斓顶篷下坐下，点了一杯红酒。我小口抿着红酒，想到了元代诗人刘因的一首词，“为甚不来花下醉”，默默地吟诵起来：

未开常探花开未；
又恐开时风雨至。
花开风雨不相妨，
为甚不来花下醉？
今年休作明年事；
明日并非今日事。
春风欲劝座中人，
一片落红当眼坠。

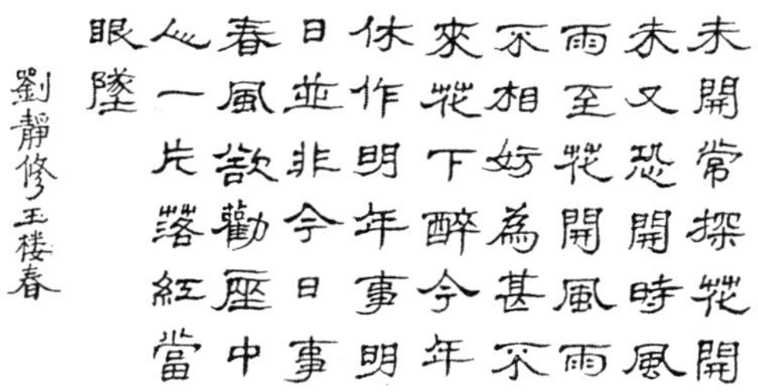

复活节后几天，我和两个朋友去动植物公园参观杜鹃花展。我期待能看到一些类似于伦敦一年一度的切尔西花展（Chelsea Show）上的东西，但这只是一场规模小很多的花展，他们用一个精心准备的温

室来展示不同种类和颜色的杜鹃花。尽管这些花大部分都长在花盆里，但是因为被放置在木质夹层上，所以底部被隐藏了起来——这真是名副其实地体现了花坛苗圃的效果。我们沿着一条蜿蜒的小石径走着，一路欣赏两旁的花朵，一种接着一种，直到来到了一个凸起的平台边。这个平台有点儿像一座小亭子，四周摆放着一盆一盆更大朵的杜鹃花。从这个平台的中间穿过时，我发现下面有个小池塘，无数条金鱼安静地穿梭在花团锦簇的花儿的倒影中。我告诉朋友们，我作了以下对联以描述我们此行：

鱼游花海下，
人行锦毯中。

巴黎和伦敦一样，公园和花园中有很多类型的栽培花卉：桂竹香、三色堇、天竺葵以及大量的郁金香，她的花架和花匠比我所知道的任何一个国家的都多。西岱岛上有一个花市，巴黎圣母院北边有一个花卉码头；但是有人沿着伦敦的怀特霍尔街（Whitehall）看到的美丽的窗台花箱，我找遍了巴黎也没见到；我也没见很多巴黎人像伦敦郊区的人们那样实实在在地照顾花卉。人们常常告诉我，巴黎人和伦敦人相比，他们的情感更少地投入在“回家”和“家庭生活”上（法语中没有“家”这个单词）。他们喜欢“户外的生活”，因此，他们对野花怀有很高的热情。无论这听起来符不符合逻辑，我确实在街角看到很多卖花的人，花篮里堆得高高的，装满了一束束小小的野生水仙花。几个巴黎朋友会在周末去尚蒂伊（Chantilly）和枫丹白露采摘野生的水仙花。有一次，我发现很多小孩子头上戴着野生风信子或风铃草（一种钟形花）做成的花环，手里还在不停地编着，而他们的父母正如痴如醉地沉浸在布洛涅森林里那一望无际的闪耀着蓝光的花海中。

有人告诉我，卖花小贩每年都会把这些野生的风铃草，还有报春花或杜鹃装在他们用柳条编制的、独特的容器里，拿到巴黎街头叫卖。

复活节前两天，我和琼·亨德里去火车北站接她从英国过来的爸爸和贝蒂·斯科特。在等候的时候，我们坐在一个面朝火车站的人行道咖啡馆里。不久，一个卖花的小贩走到我的朋友面前，叫卖着："买花吧，女士们，这是山谷中的铃兰花！"接着，她补充道，"铃兰花！买点儿铃兰花吧！很香的铃兰花。"她在叫卖 lily of the valley（谷中百合，铃兰花的英文名），朋友告诉我，这是巴黎街头最古老的叫卖之一。我买了两束铃兰花，并得知这里的 5 月 1 日是铃兰花节。那天，巴黎的孩子们用铃兰花做成花束送给哥哥和姐姐，所有年轻的女店员都会在她们的上衣上别一串铃兰花。铃兰在巴黎人的心中占据了重要位置，据草药专家说，铃兰花的花瓣含有一种像洋地黄一样的有毒物质，它能对心脏直接产生刺激。它对巴黎人的影响似乎更甚于对伦敦人。

通过老朋友威廉·米尔纳爵士的介绍，我去威廉·海赫爵士夫妇及他们的女儿特雷萨位于雷蒙·庞加莱大街（Avenue Raymond Poincaré）的家中吃饭。他们还邀请了剑桥大学三一学院的霍兰教授及其妻子马乔里·霍兰——她是格顿学院的，同样受邀的还有来自德国的亨弗莱·特里维廉爵士——他们来巴黎过复活节。爵士的妹妹海赫小姐也从雅典过来了，她是雅典英国文化协会的代表。午饭后，威廉·海赫爵士带我去参观圣奥诺雷区（Faubourg St. Honoré）的英国大使馆，当时他是英国驻法国公使。这是一座古老而壮观的建筑，以前是沙罗斯公爵酒店（Hôtel du duc de Charost），从 1720 年到 1800 年，它都属于这个公爵的家族，后来成为宝琳·波拿巴（Pauline Bonaparte）的府邸，贝佳斯公主（Princess Borghése）就在这里诞生。1814 年，贝佳斯公主将这座房子卖给了英国政府，"铁腕公爵"惠灵顿商谈了这次买卖。威廉爵士面带微笑地说，所有这些装饰精美、带有镀金天花板和镀金镶板的、华丽的法式建筑风格的房间，非常适合用来招待和娱乐宾客，但是作为办公室就不是很合适，因为它们分散了职员做行政工作的注意力。因为这个原因，大使馆内一些用于日常工作的房间的天花板和墙壁已经改用朴素的木质材料了。我喜欢威廉爵士的办公室，宽敞而且装修得很有品位，与一些房间相比，显得不那么铺张。他解释说，自己非常享受这几扇面朝花园的大窗户，因为透过窗户，他可以满足自己观鸟的爱好。他边说着边把我领到了外面的阳台上。从威廉爵士的言谈中，我可以感觉到他是一个很有品位的、典型的英国绅士，就和我时常在英国见到的绅士一样。威廉爵士言笑晏晏，跟我讲了很多关于巴黎的公园和花园、鸟、树木和花朵的细节。他提到了这座宽敞的大使馆里的大部分树木。在他看来，肖蒙小丘公园的设计有一种中国韵味（威廉爵士在他事业的早期，作为二等秘书在英国驻北京大使馆工作过两年），但是他最喜欢的是巴葛蒂尔城堡（Château de Bagatelle）里由哈特福德侯爵（Marquess of Hertford，1800—1870）设计的英伦风格的花园。威廉爵士建议，如果我能在巴黎待到五月底或六月初，那么不妨去巴葛蒂尔城堡的花园走走，那里将上演可能是最美的玫瑰花展。循着这个话题，我们又谈到了法国著名的花匠、花卉画家皮埃尔－约瑟夫·雷杜德（Pierre-Joseph Redouté），他的对开本画册《玫瑰》是他最出名的代表作。“尽管我们省的鸟类更多，”威廉爵士温和地说道，“但是这里有很多最了解花卉的法国人。法国人是很好的园艺家。”

这是来自英国人的慷慨赞美，因为，久居英国之后，我很了解每个英国人或多或少都是花匠，他们都很爱花，而且认为别的国家在这方面都没有他们做得好。也许威廉爵士知道法国作家阿方索·卡尔（Alphonse Karr）是这样写法国的园艺家的：

> 大部分的花卉栽培者种花来满足他们的品位，虚荣多于热爱，显摆多于欣赏。园艺家们因为自身原因而不爱花的例子很少见。一些园艺家会将大丽花种在卵石中（无与伦比的白色边缘），以确保里面的生物色彩斑斓；另一些园艺家会把一株山茶花的叶子全部剥掉。在法国，花卉与政治密切相关。波旁王室复辟时期，M.P.（我不知道它们代表什么）在他的花园里将所有的皇室人员送上了断头台；被路易十八驱逐的紫罗兰也在那时被回忆起。卡斯特先生——杜伊勒里宫的司令官，让康乃馨销声匿迹；法国七月革命后的几年内，百合花从皇家花园里悄然消失。我们通常尊重所有的热情和各种各样的快乐，但是我们不相信园艺家的热情——它不是一种真正的热情。

尽管我无意为法国的园艺家们辩护，但是在旅居巴黎的几个月时间里，我确实发现巴黎人很真诚地喜欢花卉。在我看来，每天买进和卖出的花数量惊人；不仅苗圃送来的新鲜花卉，还有人造花。奥斯曼大道上有一家大商店，不卖别的，只卖各种各样色彩艳丽的人造花。

直到玛德琳·坎贝特带我去见在上班的玛格丽特·玛雷夏尔夫人，我才意识到一般店铺里出售的人造花不是最好的。玛雷夏尔夫人的工作室在歌剧院大街的后面。有一天，她就在那里接待了我们。她一头白发，平静的脸上满是温和的笑容，她的智慧和举止推翻了我心中对典型法国老妇人的设想；她如此之安详，移动的步履如此之平静，更为她增添了高贵的气质。她首先给我们看了许多制作花叶的黄铜模具。她说，现在的新模具成本很高，因而她很庆幸自己还有成千上万个旧模具——这些模具已能满足她所有的需求了。玛雷夏尔夫人一定是一个非常细心的人，也许所有这些模具已经使用了三十年或者更久，却没有被损坏或是有明显的磨损。在这个工作室的另一头，一个女助理将一小块绿色丝绸放到模具里按压，然后展示给我们一片形状完美的叶子，叶子的每条脉络都清晰可见。玛德琳告诉她们，我专门研究花卉绘画，并把我《纽约画记》（*The Silent Traveller in New York*）一书中的红喉蜂鸟和兰花的插图给她们看。玛雷夏尔夫人笑着从书架上取下一个盒子，盒子里装着的是一只小小的、栖息在一株巨大的紫色兰花花瓣上的三色羽毛的蜂鸟，栩栩如生。看到这个如此逼真的精美作品，我非常吃惊。它们的制作不同于陈列在博物馆箱子里被填满的标本，而是通过真正的艺术品位和细致的观察制作而成。我们还看了其他各式各样的人造花——牡丹、玫瑰、秋海棠等，无不制作得精美绝伦，这些人造花主要是用于装饰大型招待会上人们的服装，在法国，这样的大型招待会似乎是过多了些。当然，市场并不局限于法国国内。比如说，玛雷夏尔夫人店里制作的很多花被运到纽约和华盛顿。玛雷夏尔夫人解释说，她还是个小女孩的时候，就很喜欢所有的花，而如果没有她喜欢的真花时，她就会做仿真花。她的母亲也常常做花来逗她开心，而且这种做花的技能似乎是她与生俱来的。长大以后，她开始更敏锐地观察新鲜的花朵，并用材料进行试验，以

提升自己的技艺。终于，在三十年前，她开始了自己的生意。从那时候起，她的作品总是大受欢迎。虽然有助手帮她，但是最后的工序总是她亲自出马，而且绝不会马马虎虎地完成。大部分的叶子是用丝绸或亚麻布剪切出来的，更大或更厚的花瓣也是用丝绸或薄的天鹅绒制成的，而所有精致微小的花瓣都是用鸟的羽毛制成的。最好的羽毛是细小而柔和的鹅胸毛，这些柔软精致的白毛，可以染上任何想要的颜色。卖鹅毛成了巴黎饭店老板一个新的收入来源：女孩们会去饭店买鹅毛。玛雷夏尔夫人叹了口气说，她工作中所需的很多材料，包括颜色和刷子，大部分来自东方的中国和日本，然而她已经很久没有买到这些材料了。玛雷夏尔夫人对事业所投入的热情和强烈的兴趣给我留下了很深刻的印象。

第二十一章　艺术的新媒介

1935年春，一位在欧洲（主要在巴黎）生活过一年光景的朋友来伦敦拜访我，我们一起度过了一些日子。他随身带来一个介绍法国“诺曼底号”大班轮的小册子，印刷精美，图片丰富。他将乘着这艘巨轮返回祖国。这艘班轮颇能吸引人的眼球，其中，最令我着迷的是班轮大厅墙壁上的装饰品，这些装饰品包括一系列的喷漆屏风。从小册子上看，这艘班轮的一切细节尽收眼底，其中包括屏风的介绍——只可惜是用法语所写，我无法看懂，然而，看完之后，我也有了一个心愿，哪一天我也要登上这艘巨轮，乘风破浪，回到祖国。1939年，“诺曼底号”被改装成一艘军队运输船，不幸的是，大战期间，它在纽约港惨遭炮火而灰飞烟灭。我的心愿也随之化为泡影。世事难料，1952年，我偶遇一位先生，他曾制作了“诺曼底号”上的喷漆屏风。他就是伯纳德·邓恩先生。

一日下午，钱伯特先生引我去了巴黎第十四区波戎街（Rue Bezont）邓恩先生的寓所。一位上了年纪的女士为我们开了门，并引我们去见邓恩先生。我们穿过一条长长的走廊，走过一个院子，来到一座高大的厅堂。厅堂的墙壁上按照一定距离悬挂着各种尺寸的上了清漆的木镶板。这些镶板创意独特，在背面朴素的灰色衬布的映衬下，透出高雅古朴的气息。其中的一些设计显然受到日本漆器工艺的影响。一面巨大的四重屏风展示的是树与鸟的主题，带有德川时代后期的风格。更让我瞩目的是一组颇具原创性的镶板，我看不出丝毫的绘画技巧，也无法想象它是如何取得如此惊人的效果的。它们与其他屏风不同，其他屏风的设计是刷在清漆的表面的。

不久，邓恩先生走进厅堂，他微笑着向我们表示歉意，解释说刚接待完一位来访的客人。邓恩先生四十来岁，个子高而瘦削，衣着整洁，品位不俗。他说话时，中气很足，吐词清楚，透着热情和真诚。他带我们沿着厅堂走动，一一介绍这些屏风，见我对其中的两面屏风很感兴趣，他许诺稍后会为我介绍制作流程。首先，他带着我们进了漆器干燥间。令人大惑不解的是，清漆必须在约 70 华氏度的潮湿环境下干燥。房间里弥漫着白色的雾气，许多镶板成行地放置着。从玛德琳对邓恩先生的介绍中，我得知清漆的干燥通常需要历经六个月方能大功告成。“这个过程确实漫长，”邓恩说，“这也是我对此工艺的理解和经验。”

显然，他采用了古代中国及日本的天然漆工艺，而非人工清漆。在中国的南部，主要在四川省和福建省境内，有一种树的汁液有保护作用，两千三百多年前，人们很可能用它上漆。据中国人的早期记载，人们最早使用这种树漆的历史可以追溯到公元前 12 世纪。从朝鲜及中国出土的公元前 12 世纪的汉代漆器仍保存完好。大英博物馆的几件文物显示了此种媒介的高超运用。这种树叫漆树，为中国土生土长，公元 6 世纪被引入日本。

在我们走向下一个工作间的路上，邓恩先生揭开地板上的一大块木材，露出一个很深的坑，约两三英尺宽，四面铺着巨大的石块。他解释说，这是罗马人攻克了高卢人之后在巴黎所修水路的残迹。接着，我们走进了一个小院，据邓恩先生介绍，这院子以前要更大些，并长着一棵繁茂的大树。当树干高大茂密得堪比房屋时，他父亲想了个办法。因为不想削减枝干，他就绕着枝干在树冠下建了一间小屋，这样，树干就可以自由地伸展，并且，还掩饰了树的主体，使园子显得宽敞了许多。他父亲此举正是受了中日两国在有限空间里进行园林规划原则的启发。

此刻，我们来到另一间大房子里。我猜，这些房间之所以非常宽敞，因为上漆通常是在相当大的木镶板、屏风和一件件家具上进行的。邓恩的两位同事正在忙碌着。其中一位正在一个黑色的小桌子上用红色漆画着马，这样的设计令我想起了葛饰北斋的木版画；另一位则忙于风景的设计。我无法猜想这风景画将被演绎成何样，画者似乎采用了凡·高用同一种颜色绘画天空和地面的技法。两人所用的画笔均产自日本，并以日本人惯用的方法握着，微微地倾斜，并非如中国人垂直而握。邓恩说，他的父亲从事这行业有三十多年了，他曾在日本生活多年，并在日本学会了上漆的工艺。因此，他的许多早期的作品都带有浓郁的日本风格，正如我们在门廊所见的作品。他父亲的诸多作品中，有一件折叠屏风，主题是明显的日本风格——一对鹭立在一棵古松的枝干上。他师承父亲，并将技艺传授给同事。但是，他微笑着补充道，他们做了些试验，在作品中融入了法国元素，制作出了许多佳作。

我们还谈到了日式握画笔的方法。我谈到拙作《中国书法》，在此书中，我谈到这种握法，还有美丽线条的勾勒方法，以及如何构建令人满意的形式。我的话似乎引起了绘制风景画的那位年轻人的注意，让我意外的是，他竟说起了英语。他十分欣喜地谈论着，我也兴奋不已，我们的对话打破了尴尬的沉默。他的父亲是英国人，尽管在法国度过了近三十年的婚姻生活，却一直不愿意学说法语。我庆幸有人和我一样，因为我一直学不会法语。从另一个角度看，我很钦佩其父母的一往情深，尽管夫妻间有语言障碍，仍不离不弃。大概想来，他在英国生活多年，并在那里与妻子坠入爱河。这使我想起很多年轻的中国人赴国外深造数年，与那里的姑娘互生情愫，结为连理。他们学成归国时也带回了心爱的妻子，起初生活充满了浓情蜜意，但日子久了，渐渐地，这些姑娘要么发现汉语太难驾驭，要么坚决拒绝学习，她们始终难以融入新环境，终于变得孤独而郁郁寡欢，最终婚姻破裂，劳燕分飞。

我了解到，邓恩的这位同事在“二战”爆发前还对上漆工艺一无所知，也不曾料到自己会与此结缘。他与邓恩先生相识于德国的战俘集中营，并结为朋友。他一离开学校就应征入伍，对未来一片茫然，邓恩先生得知后，向他介绍上漆工艺，使得他对上漆技术以及自己推陈出新的理念产生了浓厚的兴趣。他们每有机会便坐下来交谈这事。最终，他们回到法国，邓恩先生继续他的上漆经营，并收他为助手。这年轻人工作十分勤勉，很快便学会了这门工艺。他笑着补充道：“现在我和邓恩的妹妹结了婚。”我回之以微笑，握了握他的手。一个女人通常能使一个男人下定决心做一件事情。他告诉我，上漆占据了他的全部身心。只要收入可以使他和家人度日，他唯一的心愿就是在上漆工艺上获得独到的技艺。

他还解释说，此刻他正忙着的风景画是上漆工艺上的新发展，是邓恩先生无数次尝试以及他自己努力的成果。眼下他正做些前期的准备工作。完成这件作品的绘制需要长达数月甚至一年的时间，因为这期间需要经过反复薄涂上漆。一层一层上漆后产生的色彩效果尤为令人惊艳，前提是必须预先弄清楚这种效果。也就是说，此刻他正在这木镶板上运用的色彩将呈现的最佳效果是早已经过精心的试验测算的。接着，他详细解释了两种颜色融合在一起并且被覆盖上漆后产生的效果，一种新的颜色将会产生。比如，依次涂上类似于茶青色的深绿色、红色与棕黄色，在涂层下将会呈现出金色。这种颜色间的表现方式与油画中的颜料很不一样。他的解释令我好奇不已，但他不能将整个过程和盘托出，我也不便强求，毕竟，就某种意义而言，这是机密。

当我还沉浸在对配色之神秘的想象中时，玛德琳对邓恩先生讲解着我对中国书法艺术的阐述。很快，邓恩走向我，并邀请我跟他去了一间宽敞的工作间兼办公室。他从书架的顶部取下几本大部头的书，还有许多上了漆的、尺寸接近但颜色各异的木片，这些都是他多年以来试验的记录。在每一块木片上所做的试验都记载在书中，包括试验的日期和第一次上色的时间，以及不同颜色连续运用后产生的效果。

邓恩先生最近正做着透明漆上色的试验。更确切地说，是一层漆上在另一层漆之上，使得下一层的颜色或颜料仍清晰可见，只不过通过细微的色彩变化注入了一种崭新的感觉，这是惯常的老工艺无法企及的效果。他让我们看一块镶板，上面绘有一对鸳鸯，姿态栩栩如生，似乎在欢快地戏水，画面看上去像是在镶板的里面而不是浮于表面。鸳鸯身上红红绿绿的美丽羽毛，看上去虽不油光发亮，但似乎光滑如缎且闪耀着光泽，就跟真的一样。接着，我们有幸看到了更多类似的镶板，每一块都独一无二。邓恩先生挑选了一幅用透明漆而作的山水作品，那是他妹夫的佳作，这幅作品和我们进门时他正忙着制作的那幅一样，看上去情趣盎然，全然不同于油画。

邓恩先生告诉我，他听说中国有句老话，叫“青出于蓝而胜于蓝”。他借用此句，意在表达“漆器不应该一味地模仿油画”之意。他一再拜托我，如果可能，一定要帮他搜集不同类型的中国上漆技艺，尤其是透明天然漆的使用方法。因为他笃信古老中国的手工艺者已经积累了大量值得西方人学习的技艺。他还极力邀请我为一家法国报社撰写或翻译一篇这个主题的文章，我猜测他可能是该报的编辑。很遗憾，我没能实现他的任何一个请求。但他对漆器全身心投入并将其视为生命全部的态度全然赢得了我的敬意。我完全相信，邓恩先生和他妹夫的成就一定会为人类的艺术宝库增添一枚光芒四射的瑰宝。

第二十二章　彩绘玻璃的色散

我喜欢教堂里彩绘玻璃的色散效应，同时我也非常认同米歇尔·尤金·谢弗勒尔（M.E. Chevreul）先生在他的《色彩和谐与对比的原则》（*The Principles of Harmony and Contrast of Colours*）一书中所言的：

> 我们平时所见之阳光太过刺眼，令人很不舒服，总给人昏昏沉沉之感，但哥特式教堂里的彩绘玻璃正好能够挡住这些白光（而过滤出彩色光），从而显现出最美丽的光学效应。若探究其成因，人们不难发现，彩色玻璃不仅能在色彩上形成强烈而美妙的对比，在透明度上，也与镶嵌它们的墙和缠绕它们的铅皮形成鲜明的对比。由于这两方面的原因，每一次的适逢都会令人们眼中的印象更加深刻、持久。

他又写道：

> 我认为，有色窗户只有在宏大的建筑物内才能产生这种光学

效应，因为观察者只有站在大教堂的阶梯上才能目睹多彩的光线。这些光线起先汇聚在一起，然后从一个点四散成一个类似圆锥的光学形状，进而达到一种和谐的混合状态。然而，此现象在小建筑物的彩绘玻璃上是难以产生的。

谢弗勒尔先生从学术的角度相当专业地分析了光的色散效应，他的观点解决了我心中的一些疑惑。比如，帮我弄清了为什么我对巴黎圣母院的彩色玻璃印象更加深刻，而对圣礼拜堂的彩绘玻璃的印象却没那么明显。圣礼拜堂算不上气势恢弘的大建筑，其窗户狭窄且安置的位置颇高，高得难以分辨出窗户最上方图案的含义。或许 13 世纪设计窗户和彩绘玻璃的工匠们，在与建筑的和谐上，更多地考虑了它们的精致与线条的优美，而对光线的效果有些忽视了。

中国的道观和佛寺都没有采用有色玻璃作为装饰。而中国的任何一座壮观的建筑内，即便是祭祀孔子的孔庙和象征尊贵的龙楼凤阁，都未曾用有色玻璃窗做装饰。玻璃不是中国人的发明，直到近些年他们才逐渐采用玻璃做装饰。直到我去英国的威斯敏斯特大教堂参观，才第一次领略到彩绘玻璃的奇幻魅力。后来我又去了许多大教堂，纯粹是为了再次体验彩绘玻璃的光学美感。一般说来，教堂内彩色窗户的设计是专业艺术家的事，但一些知名的英国画家也会在画布上设计彩绘玻璃。在牛津大学基督教会学院的建筑里，我喜欢伯恩·琼斯设计的窗户。但不知何故，我总感觉其光线效果不够丰富，如果中间的窗户也如同这般设计，那么效果会令人很失望。虽然在这方面我是门外汉，但我觉得乔舒亚·雷诺兹爵士（Sir Joshua Reynolds）为牛津大学新学院的教堂设计的大窗户是一大败笔。我们知道，教堂的主题往往会涉及基督教。但这个窗户上的嵌板，一眼望去，一点儿都不符合神殿的气质，反倒像是专门为大厦展厅准备的画作。而且它的菱形设计使光的色散效果不是那么明显。谢弗勒尔先生曾表示，当彩绘玻璃呈现出最和谐的对比，才能产生最佳的效果。这种和谐对比的形成，不是将无色、透明的玻璃与不透明的墙面、铁条以及铅皮形成的黑色作对比，而是将红、蓝、橘红、紫和黄等色彩鲜艳的玻璃与这种黑色进行对比。新学院里雷诺兹设计的那些窗户，虽然也包含了这些颜色，但是色调偏浅。

我碰巧遇上一个法国朋友，于是向他倾吐我对彩绘玻璃生产工艺的好奇之心。没想到，他立刻就承诺要带我去见水晶玻璃制造工艺联合总会的副会长马克斯·英格朗德（Max Ingrand）先生。据说，英格朗德先生对彩绘、装饰玻璃加工的每一步流程都很痴迷，在彩绘窗户的制作方面更是一位专家。沙特尔大教堂（Chartres Cathedral）拥有全世界最美丽也最著名的窗户，成长在其熏陶之下，英格朗德先生努力钻研，重新发现并掌握了13世纪彩绘玻璃制作大师的技艺。

现代法国宗教画匠乔治斯·德斯凡勒（Georges Desvalleres）先生曾经说过，在马克斯·英格朗德设计的窗户前，人们绝不会只是发出类似“真美啊！”的感叹，而是钦佩得五体投地。马克斯的作品不仅注重原创性，而且绘制精简、用色强烈，充满了浓厚的宗教气息，令人不仅想一睹风采，更渴望从中获得心灵的震撼与共鸣。

到了约定会面的那天，有人领着我们去了英格朗德先生的办公室。在那里，我们见到了大量玻璃制品，玻璃门、水晶灯以及许多类似于凡尔赛宫镜厅墙面上的大镜镶板。稍顷，英格朗德先生就来到了办公室。他中等身高，穿衣搭配令人无可挑剔，头发整齐地往后梳着，看上去精神利落。与其说他是一位传统意义上的艺术家，倒不如说他是一位五十出头的成功商人。他面带微笑，向我们一一介绍他设计的各种彩绘玻璃。他说鲁昂某一教堂有窗户被炸弹炸毁，那里的人便换上了他最近设计的玻璃窗。他笑着对我解释，是某英国教会组织支付了这批玻璃窗的费用。在这些玻璃窗里，有一些明显带有现代绘画的风格，但却能与教堂里的那些老窗户完美相配，一点儿都不显得突兀、怪异，这便是我最感兴趣的部分。

后来，我们进一步了解到，英格朗德先生受法国政府历史建筑部门之委托，担起了修复数以万计“二战”期间被炸毁窗户的重任。他一直忙于多批订单的加工，为修复那些完全消失的玻璃窗而尽一份力。

他之所以能够令新旧窗户相得益彰，取得完美的统一，得益于他注重新旧窗户颜色的匹配，并使新旧窗户的铁条、铅皮完全一致，甚至每一扇新窗的线条厚度和绘制比例都与老窗保持高度一致。但这些新窗不是对老窗的复制品，而是他的灵魂之作，包含着他精细的测算和创造性的想象。英格朗德先生表示，他不会满足于制作出老玻璃窗的复制品，而是力求做出艺术上的创新。他评论道，艺术就应当如同其他一切事物一样，不断进化，不断发展，并推动人类文明的发展。如果只因为彩绘玻璃多存在于教堂，而且是那些老旧的教堂，就不重视其艺术的创新和发展，是十分错误的想法。

英格朗德先生曾被关押在德国一所战俘集中营长达五年，但时过境迁，你在他身上看不到丝毫的愤恨或憎恨。在集中营的漫长岁月里，他与朝夕相处的难友结下了深情厚谊。如今，他又看到了机遇——人与人之间更好的合作，这是通向人类光明未来的希望。他感激那段被囚禁的时光，让他得以思考人生。他那海一般宽广的胸怀使我坚信：世界变得越来越和谐了！

说着说着，他带我们去参观了与他办公室毗连的车间。车间很大，有二十多名工人正在忙碌着，主要是男工，只有一两名女工在做着相对省力些的活儿。首先，我们观看了由原绘图放大的大设计图和工人描摹图纸的过程，紧接着又看到他们把描摹后的纸样放在一张预先备好的薄玻璃片上方，按照描摹的线条进行裁割。之后，工人们根据设计的要求对玻璃上色，最后，再进行加热和镀铅。我们清晰地目睹了彩绘玻璃制作的整个流程。英格朗德先生与每一个环节的工人们都关系融洽、亲密。他们开开玩笑，讲讲笑话，时而爽朗大笑，关系之和谐正如他们手中的彩绘玻璃窗的各个部分一样。当一名上了年纪的工人向我们展示裁割玻璃技术时，英格朗德先生在一旁说道：“他已七十多岁，干这活儿快三十年了！”这个技术活儿看着简单，但其实没有多年的经验是完成不了的。因为玻璃片不仅要裁割得精确，而且要裁出完美的曲线。每一块玻璃碎片都不容浪费，每一片玻璃都要裁割得恰如其分，与邻近的碎片完美拼接。之后，英格朗德先生领我们去观看一个中年男人的设计，他要将玻璃裁割出一只鸟的形状。一看这小鸟后背细微的纹理和它精致逼真的爪子，就知道它非常凶悍，表露出一副欲公然挑衅与它们形状相似的玻璃复制品的气势。然而，对于这样一件复杂的作品，他运用雕工刀的架势就像握着画笔或铅笔一样轻巧自如。英格朗德先生随即就向我们介绍说，这位工匠可是巴黎最能干、名气最大的玻璃裁切工。在我们走开之前，英格朗德先生还特意轻轻地拍了拍他的肩膀，以表示对他技艺的认可和赞赏。

接着，我们走进了一间屋子。在那里，一块块颜色各异的雕花玻璃已被嵌入窗框内并置于太阳光下，以检测它们的色散效果。英格朗德先生对我们说，这个环节十分重要，因为鉴定色散效果的强或弱依赖于观察者所具备的敏锐眼力。如果色彩不够浓烈，这块玻璃则需要重新添色加热，直到令人满意。整个上色过程通常需要历经数月，有时甚至要花上两三年。我从没有想到，一扇彩绘玻璃窗诞生之前，它的色彩搭配和色散效果需要历经如此细致而反复的检测。

英格朗德先生表示，彩绘玻璃窗应该像一张玻璃挂毯一样，具有吸收和反射光线的特质，此外，它还应凭借其丰富的色彩和欲表达的主题，激发人的思考和精神活动。其丰富的色彩仿佛是一支无声的交响乐，给人们创造了沉思的氛围。但是我想知道的是，仅靠色彩是否能产生这种效果呢？如果能的话，现代抽象画能使整个过程更为简单吧，因为铅皮不必介入设计，也就不必穿过一个人物的脸庞。但是英格朗德先生相信，对一件作品的整体效果而言，作品所传达的灵魂与主旨和色散的效果同样至关重要。

最后，我们参观了车间最里面的部分，不同的流程正在那里进行着。许多片上了色的玻璃像残骸一样被搁置在地板上。一个正放在火炉上加热的圆形金属托盘上，放着无数块根据设计方案上了色的玻璃。英格朗德先生向我们介绍一位老者，他正是我们将要看到的加工流程的设计者，他也因此而小有名气。我们看到，当玻璃碎片被加热到一定温度，它们渐渐变软并熔化，因而各种色彩融合到了一起，经过冷却，一块完整的大玻璃薄片就形成了。加热环节是整个过程中至关重要的一部分，只有这位老先生深谙温度调控之道。我饶有兴致地在一旁观看，眼见着玻璃因热量的作用而产生了耀眼的色散效果。突然，这位老先生打破了沉默，他问我：“你是不是日本人？”听到他讲英语，我很高兴。得知我是中国人，他马上打开了话匣子，滔滔不绝地说了起来。显然，他熟知许多中国的传统手工艺。他告诉我，他经常去博物馆，研究和学习一些来自中国的精美工艺品。我向他请教，在这个工艺中一块完美的有色玻璃诞生需要花费多长的时间。他告诉我，一般需要约两周的时间，而一些更为精致的设计则需更久方能完成。我告诉他，中国尚未盛行玻璃制品，而且也没有彩绘玻璃这类物件。他谦虚地回应我："即便如此，中国工匠的手艺可是非常娴熟而精湛的呢，我这手艺活儿，要不了六个月他们就能驾轻就熟。"他对我们中国人的手艺如此有信心，这令我感动不已。同时，我也希望英格朗德先生那份人人都能和谐相处、精诚合作的愿望在不远的将来得以实现。

第二十三章　“顽强的生命力”

有一次，我被一辆大型货车挤到巴黎穆浮塔街（Rue Mouffetard）的一条狭窄车道旁，不仅我寸步难行，它自己也难以通行。这时，耳边传来一阵奇怪的声音，沙哑而又微弱，几乎难以听见。我想一定有谁受了伤，于是环顾四周，看看能否帮上什么忙。奇怪的是，我周围的人都挺快活的，个个脸上都洋溢着笑容，有些人甚至在捧腹大笑。这街头市场的气氛热火朝天，丝毫不见痛苦与悲伤的迹象。

既然这大货车与一辆小汽车狭路相逢，我只好耐心地等着大货车先过去再说。就在我等待的时候，那奇怪的声音又传入耳际。它真的很像呻吟声，是那种“哎哟，哎哟，哎哟”的痛苦呻吟。渐渐地，那声音又减弱了，越来越轻。苦于法语知识储备太少，我无法想象它的含义，也分辨不出那声音来自街区哪个嘈杂的角落。后来路通了，我离开时又再次听到了这声音。虽然这次在耳边回荡了好一会儿，但是我没再关注它。

穆浮塔街离我的住处很近。事实上，我若想去巴黎别的街区几乎都要穿过这条街。而且我经常会在晚上特意过来逛逛，并买些水果和油酥糕点吃。刚来这里的前两个星期，我告诉很多人我公寓地址时，也顺带提及我住在某某街的旁边。听我这么介绍，他们往往会神秘地笑笑。后来，我才得知穆浮塔街很有名，这里不仅是某类巴黎人的集聚地，而且还是著名的周末市场，集市往往在周日早晨达到高潮，这在巴黎所有的市场中可是独一无二的。

身为旅行者，我对任何所见所闻都不会带有偏见。而且，无论身居何处，我都会不知不觉喜欢上周遭的一切。我喜欢这条狭窄而繁忙的街道，它不仅是观察劳动人民生活习惯的一个好去处，而且还反映出常为游客忽视的城市生活的某一个方面。那里的窄巷几乎都有斜坡，顺势往下走就可以走到穆浮塔街市场。透过那些窄巷墙面上的窗户，我能常常看到埃德加·德加的绘画作品《熨衣服的女子》中的情景。时过境迁，他笔下的女子早已变为老妪。沿着街道走，可以看到好几家舒适惬意的小咖啡屋，我常去的是位于雪鸮街角的那家。我去那里不是为了喝咖啡，而是为了找到一种意境，在想象中体会保罗·塞尚画《玩纸牌者》时的情景。我买橘子和香蕉的时候，遇到一个胖乎乎的姑娘。对每一位来到她店里的顾客，她总是笑脸相迎，可对她的男性同事就不那么友善了，总是对他乱发脾气。她简直像极了图卢兹·劳特雷克在他素描簿中所画的人物。除此之外，我还经常会碰到这样一类人——他们或许来自奥诺雷·杜米埃（Daumier）的《三等车厢》，而不是他的《二等车厢》。清晨醒来，我偶尔会听到巴黎街头商贩的叫卖声，但我确实搞不清楚他们在叫卖什么东西。有一次，我遇到一个背着木框板的人，上面用一根绳子紧紧捆绑着各种尺寸的玻璃片。他一边走着，一边扯着嗓子大声吆喝。看样子，他不是镶玻璃的，就是修窗户的。竟然有人以这种方式卖玻璃，这可真是让我大开眼界，而他的吆喝声竟也不同于惯常的叫法。这就是永恒不变的巴黎。

和林荫道与大马路相比，穆浮塔街算是一条相当拥挤狭窄的街道。但在以前，这样的规划和设计确实也符合宽阔大道的标准。据说，它曾经是古罗马大道的一部分，连接着巴黎和罗马两个城市。随着历史进程的推进，街道两旁的房屋多次重建和翻新，但仍然朴素雅致，散发出古色古香的气息，恰如莫里斯·郁特里罗的油画一样，永远流淌着诗意。一个朋友对我讲，这条街在法兰西第二共和国建立之初曾遭到极大的破坏。为此，他引用了欧内斯特·勒内在 1848 年 6 月 24 日写给她母亲的一封信中的原话："穆浮塔街区内的暴动非常严酷，那里设置了如堡垒一样的路障……" 另一个朋友极力劝告我说，可不要小看这街道残败破旧的模样，有人在穆浮塔街区的一幢房子内发现了大量的金币。据说，这些金币自 1756 年就已被藏在某间屋子的烟囱内，其价值不低于 10 亿法郎。这笔宝藏是由一帮拆屋工人于 1938 年 3 月在旧墙上凿洞时发现的。事后的一年里，不下八十四人声称自己是这份财产的继承人，有资格拥有它。不过，时至今日，还没有人知道这笔钱财的来由。

这条窄街意义非凡，其重要性不容小觑。这附近住着一些勤勉好学的上进人士，他们不希望被不速之客打扰，画家安东尼·韦斯蒂尔（A. Vestier）就是其中一个。据说，有几个从事艺术和戏剧工作的人也住在这里。出于好奇，我去穆浮塔街上一个专门为儿童创办的木偶剧院看了看，发现那里的舞台演出比杜伊勒里花园和卢森堡大剧院的真人小丑戏更能打动青少年的心。

哈罗德·克卢恩（Harold Clunn）在他的《巴黎真面目》（*The Face of Paris*）一书中描写过这条街："当时还没有钟表，当地居民只能根据太阳的升与落来掌握时间。他们的文化知识素养和他们举止优雅的邻居们比起来，似乎要落后三个世纪。每一次夫妻间私底下的斗嘴都会演变成街头的打骂争执。愤怒的妻子会跑到大街上诉苦，在光天化日之下指责自己丈夫的卑劣行径，并集合民众的力量一起批斗他。有时候，这些吵架靠打斗来解决，善斗的妻子往往用自己尖利的指甲在丈夫脸上狠狠地划上一道口子。但在晚饭碰面的时候，他们又会在一瓶酸葡萄酒中达成和解。”这也许是多年前发生在穆浮塔街的真实情景。而待了几个月后，我发现这地方非常讨人喜欢，而且当地居民非常友善，与我很投缘。尽管我法语知识匮乏，可是咖啡屋店主每次都面带微笑地欢迎我进门。不仅如此，如果店内的其他顾客注意到我，也会友好地点头问候。有时我在外待到深夜才回住处。偶尔，会邂逅有人在街心唱歌，或一小帮人在角落里激烈地争论，但他们的口舌之争往往会在笑声中烟消云散。这里还有一家糕饼店，值班的女店员举止优雅迷人，一直令我印象深刻。巴黎肯定不乏更为时尚的街区，但在我看来，那里的店员还不及她们优雅呢。简陋的环境并不会降低人的尊严，破旧的衣衫也不会掩盖人的美好精神。

穆浮塔街的白天最具活力，尤其在中午时分。这里主要是一条集市街，街道两旁小店林立，杂货店、粮店、二手或三手家具店和二手布料店等，应有尽有。每逢周五、周六，真正的赶集日来临，人行道上的每一寸地盘都被奇形怪状的货摊或各种篮子、盒子占据着，几个邻近的小巷子也如此这般，拥挤得水泄不通。平常的日子，一辆普通小轿车能顺利地通过，但在赶集日，许多运送粮食和其他商品的大型卡车往往会被堵在街道中央。巴黎的其他区域也常会发生类似的窘境，我经常听到司机们因为心烦意乱而说些过激的话，不过，这些争执从不会在这条街道上发生。有的司机甚至会走下车，亲自指挥交通，而路人也会过来助一臂之力。商贩的叫卖声、顾客的嬉笑声此起彼伏，似乎有一种逍遥优哉的空气在这条大街上弥漫着，久久不散。市集上的人们，无论男女，都乐呵呵的，大多数卖家也都带着殷勤的笑脸，兴高采烈地做着生意。

就是在这种场景下，我又再次听到了那个在本章节开头提及的

穆浮塔街卖晚报的人

奇怪声音。那声音沙哑而又微弱，几乎被淹没在熙熙攘攘的人海中。于是，我仔细地察看周围每个人的面孔，可他们没有一个人流露出些许痛苦的表情。突然，一群激动的妇女向我这边冲过来，把我挤到了一旁。原来，前面的肉铺正在大减价。就这样，我被推到了两面墙的夹缝中。就在此时，那奇怪的声音又传入耳际，就在我左后方的位置。我立刻转过身，发现那声音竟出自一个老者之口。他竭尽全力地叫喊着，但脸上丝毫没有痛苦的表情。那老人头戴一顶破旧的贝雷帽，帽下的白发乱蓬蓬的，额头上布满了皱纹，小眼睛深深地凹陷了进去，嘴边长满了浓密的花白胡须。他个头不高，身上的旧大衣长得盖住了腿。面前放着一把有裂缝的凳子，凳子上整齐地摆放着四捆不知名的植物，而且每捆只有三根。他用那奇怪的声音一遍又一遍地叫唤着。我装出一副没有注意到他的样子，但其实在仔细地听他的叫唤。听起来像“哎哟，哎哟”的声音好像是痛苦的呻吟，可我难解其意，困惑不已。后来，我记起自己的口袋里装着一本小型的法英词典。我从他身边走开，试着去翻翻词典。我在词典里查了一会儿，发现他所叫唤的词竟是“大蒜，大蒜，大蒜”。原来，这老人是卖蒜的。我因自己解开了一个谜团而十分高兴，但转眼又替他和他的大蒜担忧起来。街上的每一个水果蔬菜商，都会在摊子上摆满一大捆一大捆的蒜，十分显眼。而这老人奇怪的叫卖声沙哑而又微弱，怎能在嘈杂的人群中被顾客听到呢？在我逗留的个把小时里，竟没有一个人正眼看过他和他卖的大蒜。那他究竟靠什么为生呢？奇怪的是，他看起来还很开心，没有一丝忧虑。最后，我离开了这儿。但是这“大蒜，大蒜，大蒜”的叫卖声一整天都在我耳边萦绕。

自那天起，我每次上街都会瞥他一眼。几乎每一次，他都保持着老样子，面前摆放着四捆分别只有三根的大蒜。渐渐地，他似乎也注意到我在看他，时常朝我笑一笑。有一次，我路过时跟他挨得很近，便听到了他对我的低声问候：“你好，先生！”我试着与他交谈了几句，但是他声音实在太小，难以听清楚。朋友们觉得我很疯狂，竟会对一个普通得不能再普通的卖蒜老头儿这样上心。不过在那段时间里，我确实知道了一些他过去的故事。

原来，四十多年前，他是在贝尔法斯特大歌剧院与其他著名演唱家同台演出的歌剧男高音歌手。不幸的是，他生了一场大病，嗓子从此哑了。病好后，他被调到了离穆浮塔街不远的奥德翁剧院，在那里表演一些莫里哀的喜剧。唱歌和表演的时候，他虽从不是主角，但衣食无忧，且小有名气。他性情开朗，为人豪爽，收入几乎都花在了自己和友人身上。在过去的那些年里，朋友们时不时会接济帮助他；可如今，朋友们大多已离世，他只能独自艰难生活。巴黎历史源远流长，民间故事浩如烟海，或长或短，有真有假。我不确定这位朋友人

生故事的虚实，但我相信，经过多种语言的描述，它一定会被写成一本活生生的、永恒的书，以记录人类命运不可逃遁的过程。名声只能带来暂时的荣耀，金钱也只能买来暂时的恭维。我们赤身裸体地来到这个世界时，既无名声亦无金钱，而当我们离开，这两样东西变得毫无意义。然而，说来奇怪，这世上之人，无不想与名声和金钱相伴一生。我回望自己的人生，希望自己为这卖蒜的老人做点儿什么。想到这里，我心潮澎湃，久久不能平静。

直到某个周日，我才深切感受到穆浮塔街周日集市的真实情形。那日，刚吃过早餐，一个朋友就打电话过来，邀我去逛集市。不到三分钟，我们就来到了大街上，集市上早已人山人海，热火朝天。商贩们并没有把要卖的商品摆在售货摊上，而是一股脑儿地堆积在人行道上，那种凌乱摆放的样子颇有艺术美感。集市从我的老熟人——卖蒜老人所站的地方开始，直到圣梅达尔街（Rue St. Médard）和拉塞佩德街（Rue Lacépède）之间的区域。我们沿路看到了很多商品，都是在春天百货（Le Printemps）、老佛爷百货（La Fayette）和莎玛丽丹百货（Samaritaine）等任何一家巴黎的大型百货公司里找不到的。尽管如此，许多准买家依然摩肩接踵地来这儿购物，有那么一两位甚至穿着昂贵的貂皮大衣，戴着皮毛手套，也特地过来凑热闹。我弯下腰，细看地摊上的货物。有一些生锈的钉子，数根一两英寸长且布满红色斑点的电线，一些尖梢残缺或完全没有的油漆刷等。我的朋友也从一大堆五颜六色的鞋子中捡起一只瞧瞧，结果他发现，那鞋子没有后跟，而且鞋底一直开裂到鞋尖，就像青蛙张开的大嘴巴一样令人难以接受。我们继续向前走，破旧的衣服、脏得难以辨认的内衣（它们多半是因为搬家而被屋主弃于垃圾堆内，又被商贩捡来卖的）、无柄的平底锅、用了一半的针线盒、落满灰尘的厨具等，成百上千不同名堂的废旧物品散落在摊上，希望被买主带走。我对朋友低声咕哝了一句："巴黎人是不会浪费的。"同时我又在想，要是我的祖母还健在，看到这集市，她一定很难忘。因为在三十五年前的中国，掌管着一个有四十多口人的大家庭的她，一直秉持一个治家之道，那便是"勿要浪费，尽量节俭"。

一路上，我的心思多次飞到那个卖蒜的老人那里，朋友也察觉到我的沉默寡言，心事重重。我在想，或许，这老人比周日集市上的其他商贩情况要好，他至少度过了一个属于自己的周末。

到了和巴黎说再见的时候。临走前的一个早晨，不知为何，我再一次走到了卖蒜老人的身边。跟往常一样，我们相互笑了笑，以示问候。但是他怎会想到，我今天是来向他告别的！他自顾自地叫卖着，不时发出"大蒜，大蒜，大蒜"的声音，依旧沙哑而又微弱，几乎听不见。还是那把破凳子，还是四捆各有三根的大蒜，人群中，依然没有一个顾客走过来瞥一眼他的大蒜！我站了半小时，一捆大蒜也没卖出去。我不由自主地走上前，询问他一捆蒜的价钱。为了省去找零的麻烦，我拿了一张面额不大的纸币，买了两捆，共六根蒜。我没去想买它们作何用途，只是把它们塞进了口袋。最后，我向这位老朋友告别，转身离开了。那晚，我躺在床上，耳边依旧不断地回响起“大蒜，大蒜，大蒜”的叫卖声。

“多么顽强的生命力啊！”这话本用来赞美亚利桑那州（Arizona）沙漠的野生罂粟花，现在，我也想把它献给我的那位老朋友——巴黎街头的卖蒜人。如果人是沙漠中的一粒沙子，那么，他一直顽强地在塞纳河左岸的沙漠中生存。

第二十四章　羽毛和软毛

“想看天鹅？动物园里有！”

这个回答或者说指责来自于一位法国朋友。那时，我们正沿着德比尔哈克姆桥（Pont de Bir-Hareim）和格勒纳勒桥（Pont de Grenelle）之间的天鹅小径（Allé des Cygnes）散步。这是一块因河床上升而形成的狭长地带，这一段较为宽阔。小径宽度均匀，看起来像人造的，但边缘并不像码头那样铺着石头。河边绿草如茵，我喜欢在这美景中漫步。

是否真有天鹅栖居于此？我很疑惑。多年来，在伦敦的路堤旁，天鹅是我习以为常的一道风景，然而，我不明白，为何在巴黎的塞纳河畔见不到它们的踪影了呢？巴黎的码头和河岸，全部不间断地砌上了石头和砖块，没有为天鹅留下合适的栖息之所。但我想，沿路长满绿草的天鹅小径，该会是天鹅的理想栖息地吧！毕竟，它的名字也蕴含了这层含义。因此，当听到朋友略带指责的答复时，我感到吃惊。

显然，天鹅没有经常光顾塞纳河，不像光顾泰晤士河那般频繁。这是巴黎和伦敦不同的另一方面。逗留巴黎期间，我见到的天鹅真是寥若星辰。在流经尚蒂伊城堡（Château of Chantilly）的森林的河流里见过一对，在枫丹白露宫的湖中见过一只，还有一只是在肖蒙小丘公园的湖中，植物园和文森森林的动物园里也各有一对。水面完全不见天鹅或偶尔仅有几只掠过塞纳河面，河流固然能保持清澈干净，可总是显得空洞无物，缺乏灵气。一个雪白的小点在远处的天空中优雅地滑翔，或有一对天鹅拖家带口在河岸边寻寻觅觅，四处走动，无疑会给塞纳河增添不少魅力。

不只是天鹅的销声匿迹让我觉得塞纳河空荡且毫无生气。相较于伦敦，巴黎离大海更远，它的河流缺乏峡湾拍浪的声音以及水流的湍急。巴黎的天空比伦敦的天空更为宁静。在伦敦、纽约、都柏林和旧金山，我习惯了海鸥从人山人海的上方掠过的景象。

布洛涅森林和文森森林（Bois de Vincennes）的湖中栖息着鸭子，在肖蒙小丘公园的湖中也有一些，可是，这些地方离巴黎中心有些距离。一个下雨的清晨，我终于如愿以偿地在塞纳河看到了一只鸭子。那儿离圣路易岛很近。我得知住在岛上的某个人养了一只鸭子作为宠物，每天都带着它散步。我对这种新宠物有了好奇心，但是很长一段时间都无缘与它邂逅。然而，那天清晨游览完小岛之后，在奥尔良河堤边的拐弯处，我的注意力被一个几乎完全被一把大伞覆盖的男人吸引了。起初，我以为他是个渔夫，然而，我发现他同我一样对河中一只孤单的、嘎嘎叫唤的鸭子感兴趣。我注视着这只鸭子游向远处，然后掉过头，在水中划个圆圈，又一头扎进水中，像是在表演翻筋斗，嘴巴溅起的水花飞溅到背上，嘴里发出无比喜悦的嘎嘎声。那一刻，它可能是世界上最快乐的生物。过了一会儿，撑伞的男人走下坡道，朝河边走去，不久，那只鸭子转过身来非常欢快地向他游去。这只鸭子能如此明显地回应它的主人，让我非常惊奇。那人把它放在手臂上轻轻地抚摸着，如同轻抚一只猫或狗。此时，我注意到鸭子腿上系着一根长绳。那人对他的宠物说着悄悄话，快活地从我身边走过，渐行渐远。这是生活在圣路易岛上的一个好处吧。

在巴黎，尽管其他鸟儿很少，但一个城市里最常见、最有代表性的三种鸟儿还是有的。第一种是鸽子。巴黎人会在公园、广场和塞纳河岸边喂食他们的鸽子，但不会像伦敦人在特拉法加广场（Trafalgar Square）那般大张旗鼓地进行。巴黎市政厅广场、杜伊勒里花园，以及巴黎大多数有公共座椅可以休憩的地方，都是巴黎人喂鸽子的好去处。巴黎的鸽子不像它们伦敦的兄弟姐妹们，它们不会聚集在任何特定的角落，但是沿着大道旁的人行道或马路上，甚至是在狭小的小巷子里或通道上，随处可见它们的踪迹。

鸽子对树木和乡村有一种天然的热爱，但我不明白它们如何成为了城市的栖居者，并对城市生活有一种偏爱。巴黎的林荫大道固然郁郁葱葱，但据我观察，巴黎的鸽子更喜欢在人群中行走，而不是在细枝和绿叶间呼呼地飞来飞去。夜晚，我从未见过它们在树上休憩，很显然，它们更喜欢生活在石砌的建筑中。在巴黎圣母院，我发现那些频频光顾于此的鸽子在那儿找到了安乐窝，因为在那幢古老建筑的墙上和双塔里，有许多现成的鸽子洞。我无法数清到底有多少洞，但我曾见过六七只鸽子在其中一个洞旁飞来飞去。

就在圣母院南侧不大的总主教府广场（Place de l'Archevêché）的小门和栏杆后面，我见到了比其他任何地方都多的鸽子。几条长椅摆在树下，无论晴雨，都有人坐在那儿喂鸽子，大树为他们遮风挡雨。复活节来临时，所有的樱花树都盛开了，呈现出一派花团锦簇的景象。一天清晨，我站在一个角落里，一位身穿套衫和便裤的漂亮的巴黎女子，抱着一个两三岁的男孩走了过来，他们可能是姐弟，也可能是母子。她放下那个男孩，一起给鸽子喂食。明媚的阳光、花团锦簇的樱花、大人和孩子的欢声笑语，还有偶尔扑棱棱飞起的鸽子，这一切构成了一幅多么美好的图画！

中国人对鸽子的喜爱大约可以追溯到两千五百年前，那时，巴黎圣母院尚未建成。许多古老的遗迹，比如以鸽子头为造型的青铜器或玉制品（其历史可上溯到公元前3世纪），都幸存至今。中国的一本古书记载了这样一件轶事。那时候，未来的汉朝开国皇帝刘邦正和他的死敌项羽为帝位争斗得你死我活。他被一路追杀，路上，他在一片杂草丛生的灌木中隐藏起来。

项羽追到那里，看到一只鸽子在灌木丛里悠闲地咕咕叫着，以为里面没人藏匿，便掉头离开了。这样，争夺权位的大势就此改变，刘邦最终成为了汉朝的开国皇帝。为了纪念他奇迹般的逃生，他命人制作与鸽子有关的物品赐予老年人。每年秋天，他命人挨家挨户地询问，赐每位古稀之人一件与鸽子有关的物品和一些大米，年过八十者赐青铜制作的鸽子头，而极少数年过九十的人则赐玉制的鸽子头。

此举是为了祝愿年老之人无吞咽食物的困难，多福多寿。遗憾的是，这奇怪而令人愉悦的习俗却没有长久地延续下来。中国人喜爱鸽子，也因为它的许多美德而敬畏它，父母对子女的关怀就是其一。据说，斑尾林鸽一次可以孵化六七只小鸽，并且会毫不偏爱地喂养它们。而且，它们非常忠诚，即使配偶离世，也不会再寻找新的伴侣。跪乳之恩理当受到鼓励（我疑心这代人身上是否还有），它有助于社会的稳定和有序。尽管喜爱这些鸟儿，我却不打算吹捧它们的美德。有时候，在巴黎林荫大道的人行道上，成群结队的鸽子一直跟在我身后，头在它们铜线般的脖子里前后伸缩，让我有些讨厌。除非我加快脚步，否则它们是不会飞走的。而我是不情愿这么做的，这样有失绅士风度。

另一种在伦敦和巴黎都司空见惯的鸟儿是麻雀。麻雀是唯一英勇无畏地将自己与人类联系在一起的鸟类，无论人类身居何处，它们都会忠心耿耿地追随。麻雀是人类的朋友，尽管它很少从人类那里获得真实的友情；而人类，却因为它们的普通和寻常而对它们不屑一顾。在卢森堡公园以及香榭丽舍大道上毗邻阿尔丰斯·都德雕像旁的竹丛中，我有幸观察过它们。在中国，麻雀栖息于竹上很常见，中国的艺术家也乐意描绘它们。在巴黎再次看到它们，我很是高兴。吃食时，麻雀们聚集到一起，在灌木丛中飞奔着，蹦跳着，扇动着翅膀，鸣叫着，啄着食，甚至傲慢地互相谩骂着。它们似乎是极爱吵闹的，但它们的喧闹声在我看来似乎不是过激的争吵，而是时兴的聊闲天。当它们在因风而婆娑起舞的竹中飞来飞去时，那景象也是极美的。

在我看来，那些带着面包屑来喂食其他鸟儿的人几乎没把麻雀放

在心上。然而，麻雀毫无疑问会赶来，并且索要它们的那一份。但有一次，我在杜伊勒里花园却遇到了一个只喂食麻雀的老人。起初，我以为他只是随便地喂食鸟儿，并无什么特定的目的。我饶有兴致地看着他，他很特别，面部表情随着肩膀、胳臂、双手和脚的动作而变化，丰富的表情让我看出他时而欣喜，时而又后悔不已，时而愤怒，时而又心满意足。慢慢地，我发现他在将食物扔给远处的麻雀前，故意抓一小把扔给一些乌鸦和鸽子。不久，似乎应了一种魔力，所有的乌鸦和鸽子都飞走了，他完完全全地被麻雀给围住了，一些麻雀为了抢食甚至飞到他手上。他看上去很快乐，脸上洋溢着满意的微笑。见我在看他，便开始滔滔不绝地和我聊起天来。我只听得懂“Le moineau. Le moineau”（麻雀，麻雀）。但我希望自己能明白他为什么只喂食麻雀。很显然，从麻雀的快乐中，他也感到了快乐。而且，看着他，我也感到了快乐。

至于第三种寻常的鸟——欧椋鸟，想要判断是巴黎多还是伦敦多是困难的。它们在玛德莲教堂的门廊下的喧闹声可不比它们在伦敦国家美术馆门廊下的喧闹声大。掠过巴黎植物园树梢的欧椋鸟群也未必

比伦敦贝特西公园（Battersea）灌木丛中的欧椋鸟阵容更大。或许，它们之所以显得没那么冒失，是因为巴黎林荫大道宽阔而大气，这样，它们在空中自由地飞翔时，啁啾声多少显得没那么聒噪。

我的时间不可能都用来观鸟，所以可能错过了许多种巴黎的鸟。我喜欢看着燕子在靠近塞纳河面的上方飞上飞下，我也喜欢看一列乌鸦或秃鼻乌鸦在河面上反复地拍打水面——它们似乎是受了河下面谁的指使。威廉·海赫爵士告诉我说，当他还是英国驻巴黎的公使时，办公室的窗户正对着圣奥诺雷街上英国大使馆的花园，透过窗户往外看，可以看到五子雀、旋木雀、大山雀等各种鸟儿，有一次还看到过黑白的啄木鸟。当然，除此之外，还有其他寻常的鸟儿，像苍头燕雀。海赫夫人也告诉我，从他们靠近雷蒙·庞加莱大道和福煦大道（Avenue Foch）拐角的公寓里，晚上经常听到猫头鹰的叫声。猫头鹰的叫声我一次也没有听到过，但是这座城市有猫头鹰几乎是毫无疑问的，因为猫头鹰的食物链中包括老鼠，而老鼠在巴黎并不少见。

巴黎矾鞣码头（Quai de la Mégisserie）的雀鸟市场小有名气，所以，来巴黎没几天，我就毫不费力地找到了它。我混在买主和卖主中——他们手提鸟笼，不停地说着。能唱歌的鸟儿种类很少，有的也

几乎是金丝雀，最吸引我并令我好奇的是，大多数的金丝雀被标记来自约克郡。在一只幼鸟的笼子下面，有一条很好笑的标语，写着：保证它歌声动听。我想，卖主是在委婉地表达，这只鸟儿现在虽不能唱出宛转的歌儿，但成年后的歌声必定是悦耳动听的。我十分欣赏这种法国式的智慧。我得知，四百多年前，一艘携带着从加那利群岛（Canary Islands）上抓捕的绿色小鸟的船在靠近厄尔巴岛（Elba）时失事。这些鸟儿成功逃生，飞到这座岛上，并从此定居。一些鸟儿被岛上的居民捉住，它们实在活泼可爱且歌声动听，不久就成为当地居民的最爱，并迅速遍及整个欧洲。人们测试它们的智商，德国人和法国人将它们训练得很聪明。布封在他的《自然史》中这样记载：

> 1820 年，一位法国人在伦敦展示了他的二十四只金丝雀，据他介绍，其中许多鸟在十八到二十五岁。一些鸟能在空中做平衡动作，它们的腿和尾巴朝上，头朝下并且放在它们的肩膀上。其中一只，爪子里夹着一根细枝，头从两腿间钻过，然后痛苦地转过身来，似乎在表演被烧烤的动作。另一只，保持着身体平衡，吊在一根松弛的绳子上，被前后投掷着。第三只，穿着军装，头顶帽子，手持一把剑和一个小袋子，爪子夹着一把明火枪，端正地坐了片刻后，待接到命令，这只鸟便脱掉衣服飞向鸟笼。第四只，不幸被击中，掉了下来，似乎死掉了，被放进一辆小手推车，被一位同伴推走了。几只鸟一同被放在一点烟火上，一动也不动，毫不惊恐，直到任务完成。

所有这些看似不可能做到的事情，人们在一百多年前都做到了。如今，巴黎雀鸟市场就卖英伦产的金丝雀。

巴黎有两个动物园。一个在植物园，另一个在文森森林。前者位于左岸，和我的住所只有咫尺之遥。

我去过那里几次，一般是在清晨，在我去其他地方闲逛之前。这是一个很小的动物园，比伦敦摄政公园中的动物园和纽约中央公园中的动物园的动物都要少。但是，这个小动物园和鸟笼的结构很特别，和东方国家苏丹宽敞的花园倒有几分相似，一半东方特色，一半西方风韵，法式与中式碰撞，颇具18世纪的中国风。这些都体现了他们的经营目的，因为动物园是一个展示性场所，游客主要是小孩和普通民众。这座小动物园与其他机构连接在一起，如动物博物馆、矿物博物馆和植物花园，便于学生们做对比学习。我还看到，许多由著名雕塑师设计的精美的动物雕像，散布在树木和灌木中，这是我参观过的其他动物园做不到的。

法国人的思想和中国人有相似之处。我们受到的教育是，人类只是自然界中无数生物中的一种，并不比其他生物高级。巴黎有许多精美的国王和女王的雕像，也有作家和艺术家的雕像，连动物们也得到了它们应有的一席之地。除了在植物园、卢森堡公园以及杜伊勒里花园见过的那些动物，我在丹佛尔－罗什洛广场（Place Denfert-Rochereau）的中心看到过狮子，也看到过一头犀牛和一头大象正朝着

圣克劳德（St. Cloud）走去，还在国玺公园（Parc de Sceaux）看到过两群鹿。

文森森林的大动物园在巴黎的边界上，在波特多雷（Porte Dorée）可以乘地铁直达。第一次去那里，是在一个寒风凛冽的下午，和一个年轻的朋友一起。尽管天气寒冷，我们还是乘着电梯登上猴山去吹吹风。又一次，在一个阳光明媚的早晨，我独自一人认认真真地绕着整个动物园逛了逛。猴山奇怪的布局吸引了我。当我背着阳光从远处面向它时，我发现它上面的轮廓像极了古代中国山水画里的某座山顶——也许是一位宋朝大师的画作，而下面的部分则隐藏在清晨的浓雾中。我当即挥笔画了几幅素描。猴山上猴子寥寥无几，倒是有一架升降梯，可以将游客送至山顶。

最近，我的朋友约翰和海伦·蒂－凡来巴黎，参加在巴黎举行的国际动物管理机构大会，因为约翰是纽约布朗克斯动物园（Bronx Zoo）的负责人。他们曾走遍了欧洲所有的动物园。我问他们，是否能分享一些他们的所见所闻，他们写道：

> 我们发现，位于文森森林的动物园堪称欧洲最好的一个动物园，维护得特别好。对于将动物从鸟笼内转到鸟笼外和展览地，他们有一套周密而精细的好办法。另一件让他们印象深刻的事就是，在狮子和老虎的笼舍里，动物园给艺术家提供了三间工作室。从这些工作室可以透过有栏杆的窗户看出去，但里面的人不为外人所见，一直能看到为动物们修建的露天围场。他们的服务大楼和研究实验室也非常的先进，并且装备很好。动物园的总体规划也给我们留下了深刻的印象，巨大的、形状规则的围场被壕沟和矮墙隔开，这样，游客就可以同时看到不同种类的动物。

海伦是动物方面的艺术家，她为美国版的《大英百科全书》绘制了很多插图。法国人和中国人一样，甚至有过之而无不及，似乎总是对图案和装饰性设计有敏锐的眼光。

我对所有的动物都感兴趣，多年来我一直担任伦敦动物协会及纽约动物协会的研究员。一旦开始写有关动物的文章，我发现很难停笔。无论如何，现在我关心起我们日常在巴黎城遇到的普通的毛皮家族。我尚未看到哪里卖猫，尽管在散步时会常常遇见它们。巴黎不仅在法国大革命期间遭受重创，在1871年的巴黎公社起义中，也遭受惨重打击。据说，就是在塞纳河的左岸，富基耶－坦维尔（Fouquier-Tinville）——那个如老虎般残暴的公社公诉人挑选了他最为杰出、最为高尚的受害者。一般说来，被摧毁的房屋里都生活着一只猫。此后，这些猫就变成了弃物和流浪猫。很多情形下，仆人和男女主人是同甘苦、共命运的。这些流浪猫的后代们，在今天的巴黎依旧是流浪猫。我不确定这个故事的真实性，但可以肯定的是，巴黎的流浪猫应该不少。

在卢森堡公园，好多次，我见过许多将猫顶在肩膀上的男人。其中一次，我就此和几个朋友展开了热烈的讨论。一个脸颊红润、头发花白的壮实汉子，肩膀上蹲着一只姜黄色的猫，一见此情景，我便说，他们可以成为一幅富有色彩的画作的主题。我们中的一个伦敦人无意地低语道："带着猫兜风真是怪怪的！这种动物是能够照顾自己的。"他没有意识到我们当中有一位热血、好使性子又淘气的巴黎学生。就在他话音未落时，那位正激动得雀跃的巴黎学生讥

讽地说："英国人总是表现得好像他们是世界上唯一热爱动物的人，但实际上，他们并不知道如何去爱。这位老者恰恰展示了对他的朋友——这只猫真正的爱。而英国人，在他们继续自己的工作——缝纫、编织、写信、阅读时，让他们的猫日日夜夜地在壁炉边打瞌睡，那不是爱，那是冷漠和自私。或者，他们邀请自己的客人坐在壁炉围栏和脚凳上，而让猫蜷缩在一张新的、干净的扶手椅上，那也不是爱，那是过分宠溺。英国人强迫猫喝牛奶，并给这些可怜的家伙吃煮熟的牛肉和土豆泥，还堂而皇之地美其名曰'圣诞佳肴'。但是，《圣经》对猫却只字未提。"这话似乎越说越远。这位伦敦朋友和我一样吃了一惊。尽管他自己不是宠物爱好者，但是他那英国人特有的不屈不挠的精神不允许他保持缄默，便也提高了嗓门。不久，一场脱离猫与狗的辩论就开始了。他宣称，法国人所认为的爱是庸俗而浅薄的，爱，应当出自于人心灵的最深处。它深藏在那里，但是也需要一些看不见的动机使它显现出来。爱，是不可能被外部手段强迫的。它源自人类本身，而不是外部。让爱浮于表面有什么意义呢？通过外在行为表达和表现爱仅仅是为了让别人看到，无异于作秀。那不是真正的爱……

如果我们生活在五十年前，这热烈的讨论可能会导致一场决斗。最终，他们征询我的意见，我只好求助于我们古老的中国哲学，好让事情和解。我告诉他们，根据道家学说，在生命的节律中，人类和猫生来被赋予相似的天赋。我们每个人都自己的位置和角色，在实现人生角色的过程中，我们要和人生的节律保持和谐。人类之间的爱，和猫与猫之间的爱其实如出一辙。人类对猫的爱，和猫对人类的爱亦如此。如果一方的感情走了极端，那么，人生节律的平衡就会失去，就会招致很多麻烦。他们都认为我在谈论谜语，笑着让我闭嘴。其中一人甚至向我摇头，似乎想说，这是一个多么神秘莫测的东方人啊！但是，大家的笑让我感觉到紧张氛围得到了缓和。

无论法国人是否对猫有一种特别的爱，但是毫无疑问，他们对贵宾犬有一种偏爱。我朋友布莱恩·维西－菲茨杰拉德，是一位专业的动物节目的播音员，也为某家伦敦周报撰写宠物文章，对于法国贵宾犬，他有一番有趣的评论：

首先，它们并非法国土生土长。法国贵宾犬是一种误称。只有花哨的修剪开始于法国，那还是在法国大革命以前。无人知晓谁是第一个吃螃蟹的人，但似乎那是一种宫廷时尚。

有证据表明贵宾犬来源于埃及。在源自公元1世纪的浅浮雕上，人们发现了貌似贵宾犬、经过修剪毛的狗的形象。我个人认为，这种狗像极了与贵宾犬有血缘关系的葡萄牙水狗。关于其来源地的其他联想有很多：葡萄牙、俄罗斯、德国、意大利和土耳其。

在我看来，葡萄牙的可能性最大。我认为是红酒商人将这种狗先带到荷兰，然后又带去德国。马丁·德·沃斯（Martin de Vos，1531—1603）在他的《托比特和他的狗》（*Tobit and His Dog*）一画中清晰地表明那就是一只修剪过的贵宾犬。阿尔布雷特·丢勒（Albrecht Dürer）也展现了一只可能是贵宾犬的、经过剪毛的狗。当然，除了尾巴上的小绒球，那种修剪和现在的法式修剪是不一样的。

有六种贵宾犬是大家所公认的——巨型犬、标准贵宾犬、迷你贵宾犬、灯芯绒贵宾犬、牧羊贵宾犬和猴子贵宾犬。我们在英格兰见到的，要么是标准犬、迷你犬，要么是灯芯绒贵宾犬。但是许多是异种繁殖，所以，你会看到有着各种各样头和腿的贵宾犬。

我记得在哪里读过，新桥建成时，政府允许商人可以在桥的两侧摆摊。那时，总有人拦住狗的主人，劝说他们为他们的贵宾犬修剪最时尚的毛发，而他们只需要付出一点儿小钱即可。我想，如今为贵宾犬修剪并不简单，因为专业的修剪师很稀少，因而收费不菲。有一次，在香榭丽舍大道上的一间大的狗店外，我透过橱窗看小狗的各种古怪的姿态。一阵接一阵的笑声从里面传出来，我走了进去。只见一群人正围着一个高脚凳，一只黑色的贵宾犬蹲在上面，一位身穿白色罩衫的店员，像专业的理发师一般正给这只贵宾犬修剪。贵宾犬的头被牢牢地按下，它看起来悲伤而又顺从，始终向上看着。修剪师口若悬河地谈论着。他每说一句话都会引起一阵大笑。很明显，他感到得意洋洋。笑声越响，他的谈论就越显得机智。这些似乎是他工作的一部分。我努力记住他的话语：小狗，你想怎样才看起来既可爱又漂亮呢？难道你不想让自己看上去漂亮整齐点儿，好和美丽时髦的女士出去走走？

在伦敦，固然有某些年轻人属“游手好闲之辈”，他们衣着得体考究，站在街角无所事事。有时他们徘徊在街头，也会引来他人的一瞥。来巴黎参观的人们，大多衣着光鲜，他们沿着林荫大道漫步，看似无事可做，但是，他们不能被称为“游手好闲”。不知何故，我感觉在巴黎真正游手好闲的是贵宾犬。它们总是在场。无论如何，贵宾犬是巴黎狗中的游手好闲之辈。

“瞧那衣冠楚楚、游手好闲的家伙！”

第二十五章　手与脑

我喜欢安静地独自旅行，但有时，我既不能独自上路又不能安静享受。在巴黎旅行时，我不会说法语，朋友也不像在其他地方旅行时那样众多，所以，貌似我在这里很有可能享受到安静的孤身旅行。但若想要实现去拜访巴黎手艺人并且参观他们工作的愿望，我必须带一个随身翻译，而这就注定了我无法享受独行之乐。不过，在此情形之下，能在我为数不多的熟人里找到一个导游，我还是很欣喜的。总的来说，我是很幸运的。

我早已得知一位女编织艺人的名字，并打算拜访她。让我哭笑不得的是，朋友们对我的这个兴趣有些不以为然，他们甚至联合起来反对我的计划，并声明没人愿意陪我一同前往。但最终，在我的软磨硬泡下，方君璧答应与我同行，尽管她当时正在法国吉美博物馆（Museé Guimet）里忙得焦头烂额。于是，我们去了位于第六区的马耶街（Rue Mayet）。抵达时，看门人告诉我们，这位夏皮昂女士（Madame Chapion）住在第五层楼。然而，我们没找到任何电梯，这让方很沮丧，也使我心存愧疚，因为她看上去已经筋疲力尽了，而那一级一级的台阶是那样的让人望而生畏。上楼梯的时间似乎占据了此次旅途的大部分时间。爬上楼梯以后，夏皮昂女士热情地迎接了我们，但方则早已露出疲惫不堪的神色。

夏皮昂女士的房间小而舒适。我们三人在一个方桌旁坐下，方桌的一边紧挨着窗户。房间小到似乎只能放下这些桌椅。夏皮昂女士拿出一堆小物件给我们欣赏。方似乎看不出它们有什么特别之处。不一会儿，一个直径仅 4 英尺的小巧花篮出现在我们眼前，它看上去有些年头了，是中国制造的，女主人滔滔不绝地向我们介绍它，不停地赞叹中国手工艺者的高超技艺。她充满感情地向我们指出竹藤的每一个连接点。我被她的热情深深打动，然而方却丝毫不为所动。夏皮昂女士对这个小花篮非常感兴趣，因为她此前对这种手工艺品见得不多，而且她深知制作这样的手工艺品需要多么错综复杂的技巧。但对我们而言，它算不了什么，因为在四十多年前，我们还是小孩子的时候，玩过很多类似的小花篮。大人把它们当玩具送给我们，但过不了多久，娃娃们就会把它们折磨得破旧不堪。在那时的中国，这类小花篮几乎一文不值。

遗憾的是，即便夏皮昂女士如此地盛赞中国的手工艺品，方还是提不起兴趣。由于我无法用法语交谈，而方的心情如此低落到一言不发，气氛显得有些沉闷，我想我得做点儿什么来活跃气氛。我开始用中文讲话，好让方来翻译：近年来，美国人对北美印第安人的手工编织篮产生了极大的兴趣，因为这些篮子精巧而独特。菲律宾、夏威夷和新西兰的篮筐编织技巧也同样备受赞誉。但中国的编篮手艺，也许是当前仍在传承中的最为古老的手工艺，当然比中国的大多数手工艺历史更为悠久。早在两千五百多年前，《诗经》一书就提及过这门手艺，而这书可比孔子的儒家著作还要历史悠久。古代中国讲究男女授受不亲，因而，篮子有一种有趣的用途，倘若一位男子想要给女子赠礼，女子必须通过篮子这个媒介才能拿到。篮子还被广泛用于桑蚕养殖，在中国人的葬礼上，篮子也是不可缺少的物件。于是，我不由得吟诵起以下古诗：

溱与洧，浏其清矣。
士与女，殷其盈矣。
女曰观乎？士曰既且，且往观乎？
洧之外，洵讦且乐。
维士与女，伊其将谑，赠之以芍药。

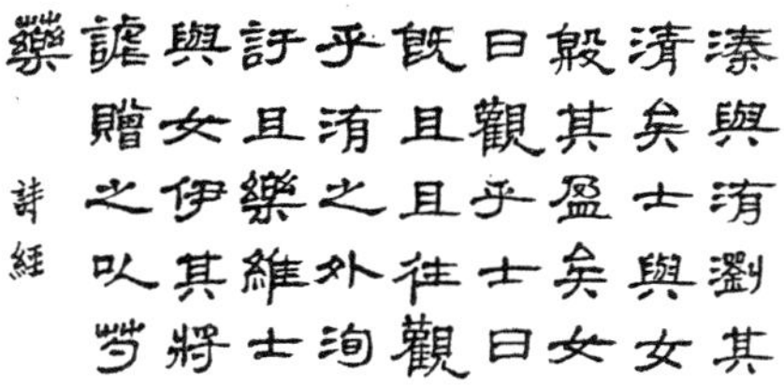

这首古风民谣已有三千年的历史。正因为竹篮的用处十分广泛，这门手工艺在设计和创造性上能不断推陈出新，不断进步。不同的省份编织出来的篮子自然各有千秋。在芝加哥的费尔德自然历史博物馆（Field Museum of Natural History），就陈列了非常优秀的中国编织篮的收藏品。

起初，方慢慢地向夏皮昂女士翻译着我的话，我留意着，想不到她竟能把这首古诗粗略地翻译出来。夏皮昂女士不断点头，方看出她很有兴致，渐渐地加快了翻译速度，不知不觉地，她也和夏皮昂女士聊起来，说到开心处，两人忍不住大笑起来。女士们可以通过聊天来驱散疲惫，这让我惊奇不已。

方的态度转变是有原因的，因为她发现夏皮昂女士不仅是一个技艺精湛的手艺人，而且还有着迷人的人格魅力。她们俩聊天的时候，方不时地给我翻译几句，好使我不至于因太无聊而丧失兴趣。

最初，夏皮昂女士并不以手工编织为业。大约五年前，她在一家工厂工作。一天晚上下班后，她去看望一个同事，到了同事家，她看到同事正忙于另一项活计——篮子编织。同事向她抱怨说，她必须在规定时间里完成编织的活儿，但却找不到人手来帮助她。这可不是普通的篮子编织，很需要一双巧手和一点儿慧根。这位同事有一大家子要供养，她不得不白天在工厂干活，晚上在家编织篮子。她的这种编织方法广受人们欢迎，以至于供不应求，因为其父是这方面的行家里手，并且发明了一种新方法来把薄薄的藤条编织在一起。父亲将这门手艺传授给她，但她忙得没有时间来设计新的式样。夏皮昂女士见朋友为生计艰难挣扎，内心备受触动，便出于友谊提出了帮助。“尽管我受教育不多，”夏皮昂女士说，“但我仍然热爱读书，并乐意想办法解决困难。我的手也很灵巧，每根手指都灵活自如。一连好几个月，我跟着朋友在晚上编织，学会了她的一切手艺。”最后，她们决定合伙做手工。但不幸的是，这位好友由于日夜工作积劳成疾，一病不起，最终离开了人世。现在，夏皮昂女士独自经营着这项生意。

编织工作包括用藤条或马来亚白藤编织的椅子、桌子和其他家具。夏皮昂女士告诉我们，她本可以用传统工艺来制作，但她希望做得与众不同。她非常热爱大自然，以前也常常去动物园游玩，正是在那里她收获了无数灵感。她找到了一种编织和连接藤条的方法，以便仿制自然界的事物。她向我们展示了一些照片，照片里的工艺品是她曾在法国和其他国家的大型手工艺展上所展出的。她的创作里有鸟儿，有其他动物，还有人类的形象——主要是女人。我认为这些展品非常有趣，因为原材料的特性使她无法自由地发挥，要想在作品中体现现实主义是不可能的，但它们仍是真正的艺术品，正是原材料的局限性才使风格成为必不可少的亮点。结果就是每件作品都极具原创性，一看便知是出自夏皮昂女士的双手和智慧，而不是其他任何人的制作。有一张照片展示了一整套手工编织品，表现的是一位年轻女士在一座现代洋房的花园里喂鸽子的场景。整体效果令人陶醉！我了解到，这件独特的作品是为现代家装展所创作的，这个展览类似于一年一度的英国理想家居展。我想这些作品一定让参观者们饶有兴致。夏皮昂女士第一次的成功之作是一对公鸡。展览的成功为她赢得了法国知名女手艺人的名声。为留作纪念，我照着相册作了一张这对公鸡的素描。这对公鸡给她带来了盛誉，她的作品也渐渐地被人们用作百货商店的橱窗装饰。

巴黎某家大公司的经理曾找她定做了一双藤条编织的长筒靴。夏皮昂女士编好之后，开出一张 1 万法郎的账单。这让经理大跌眼镜，并提醒夏皮昂女士，藤编商品在市场上是很廉价的。夏皮昂女士的回应是要求经理退还长筒靴，她说，这是她双手的创造物，也是她想象力的结晶。创意比单纯的手工技巧更加宝贵。这个故事让我和方很兴奋，因为我们从小到大被教育的是，珍视所有创造的结晶——也就是靠手和脑共同完成的工作，视金钱上的回报为粪土。夏皮昂女士纠正了我们对西方社会的错误印象，我们原以为西方人更注重物质的获取，而不是精神的满足。我长期旅居英国，有幸见识了很多满怀崇高理想的优秀人士，而夏皮昂女士则是法国众多优秀人士的一个典范。这件事让我更坚信，一概而论往往会导致误解，亲身的接触才是促进人们真正理解的最好方法。

夏皮昂女士的简单纯朴和全心全意使我印象尤为深刻。尽管早已功成名就，但她并不精于世故或虚与委蛇。她说许多人报道过她的作品，但她从来都不愿意保留那些剪报。这让我想起我之前拜访过的某些巴黎手艺人，他们把我当成了新闻记者，一边给我引座一边急不可耐地向我展示他们的剪报簿。她说她喜欢自然的举止，不善于为那些试图扭曲或夸大事物的人说好话。她不断提醒我们，她的父母都是普通的工人，她唯一受过的教育就只是小学程度的阅读和写作。成名以后，她应邀参加一些大场面的社交聚会，但这些常使她局促不安，因为她不擅长用恰当的语句来表达自己。听到这里，我打断了她，安慰她说，她的作品就是她最好的表达。

方和夏皮昂女士继续交谈。对动物的热爱成为她们的聊天主题。夏皮昂女士养了一只猫和一只狗，她对那些虐待动物的人发出了愤懑之语。她继续说道，人们都热爱和平，要是能发明出一种世界通用的语言，使人类能心平气和地交流思想和工作，该多么好啊！她的生活完全是以工作为中心的。在见识了精美的中国编织品后，她说她很高兴能见到我们，只因为我们是中国人。

末了，她拿出材料向我们展示她是如何编织的。整个过程中，她时不时告诉我们这样或那样的编织藤条的方法，似乎期待我们回答中国人对此有更佳的方法。遗憾的是，我和方都对此一无所知，无能为力。我告诉她有一本带插图的书叫《中国编织》(*Chinese Baskets*)，是芝加哥费尔德自然历史博物馆出版的，这也许能给她带来一些启迪。

1947年5月，联合国教科文组织在巴黎举办了一系列艺术与文学大会，我出席了其中的一次会议，并提出了一个议案。我提议：各国之间除了教授、学者和学生之外，也应该有手工艺者之间的交流。这个提议未经讨论便被否决，理由是超出了该委员会的职能范围。当时，我无可反驳。但我仍坚信，如果教授、学者和学生可以对人类的相互理解起到推动作用的话，那么，手工艺者也可以。事实上，各国间手工艺者的交流交换不仅可以促进理解，还可能会产生更广泛的反响。同行相妒可能会因此而消失，行业偏见也可能会被打破。过去，中国曾因唯一持有“万般皆下品，唯有读书高”的观念而闻名。而中国的学者——有些是名副其实，有些则是名过其实——总是被过分重视而脱离了广大民众，使得整个社会体系失去平衡。我希望全世界都能以中国为鉴，不要只强调教授、学者和学生的作用，而应同样认识到手工艺者的价值。

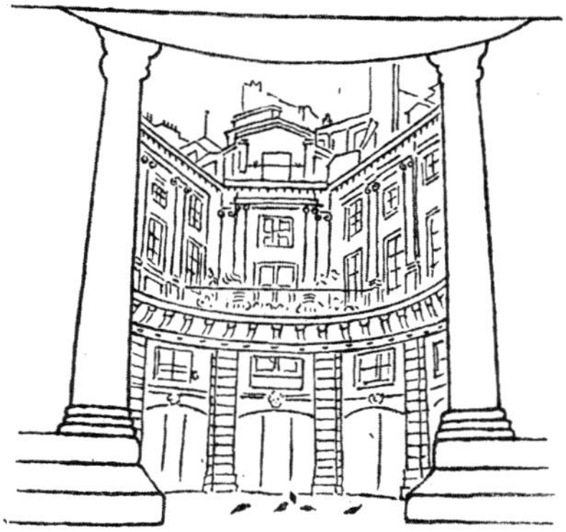

巴黎博韦酒店（L’hotel de Beauvais）

第二十六章　生死之间

这是三月末的一个星期六，大约下午四点。在看完儿童木偶剧后，我从香榭丽舍大道和马里尼大道（Avenue de Marigny）交会的角落走了出来。这条著名的大街一如既往是经过装扮的，只不过装饰它的不是旗帜和彩旗，而是满地的落叶。和巴黎其他街道相比，香榭丽舍大道两旁似乎树木更多，一片郁郁葱葱。无论如何，这些树更引人注目，尤其是从圆点广场向东至《马利的骏马》雕像所在的林荫道的尽头。空气中流淌的暖风熏得我心神荡漾，整个人都轻飘飘的。

我在这条街上见过日日夜夜举行的、各式各样的活动。但在今日下午，有一种活动是我闻所未闻的。在许多人看来，春天是生命的赋予者，但在我眼里，它是生命的美化者。我喜爱冬日的赤诚与真实，但谁又能抵御得住春天的潇洒气韵？大多数人对自高自大嗤之以鼻，但无可置疑的是，生命若是缺少了炫耀或卖弄，则会因没有自己的风格而干涸。我想起那些坐在咖啡馆的人，他们凝视着大道上从圆点广场至星形广场的橱窗:除却很年幼的人，他们无一例外地经历了冬日，此时此刻，他们坐在阳光下享受着生活，憧憬着未来。

那个下午我突发兴致去看儿童木偶剧，全凭一种无忧无虑、悠然自得的心境。在巴黎，我没有认识的小孩可以一同前去，但还是充满期望地去了，希望能欣赏到他们全神贯注的表达，领会到不知名的年轻人的身势语，同时，我还隐约有一丝愿望——想去学点儿法语，我以为既然是儿童剧，那么其语言必然明白晓畅，简单易懂。在到巴黎之后不久的日子，一位朋友推荐我去杜伊勒里花园欣赏儿童木偶剧，在闲逛的途中，我也发现了其他类似的表演，一场是在蒙苏里公园（Parc Montsouris），另一场是在文森森林里的多梅尼勒湖（Lac Daumesnil）的小岛上。我也曾光顾过卢森堡公园的木偶剧院（Marionette Theatre）。在木偶表演进行中，在幕后的节目主持人有时会向年轻的观众提问，这可以看出他们对人心理的洞察力。当然，表演者是知道答案的。回答总是异口同声的。说到我在法语上的进步，我不得不承认，进步为零。然而，我的确弄明白了一样事情：为什么法国的男男女女在地铁站或公交站台见面或离别时，总要反复在对方的双颊上亲吻。原因也许在于，他们小时候看多了儿童木偶剧，从而

模仿了剧中的木偶与敌人打斗的动作。为避免被同化，我尽量克制自己，不过于频繁地看这有传染性的木偶剧。

林荫道北面是宽阔的人行道，人行道两侧树木成行，此刻，我就走在这绿荫之中。这地方本身是一个公园，因为有足够的空间供人们活动，有供人们停下来歇息的长凳，也有卖食物、水果和玩具的小贩。一些孩子从驴子上爬下来，我饶有兴趣地驻足看了看；一个坐在马车上的小女孩，当小马出其不意地走动了一下，她因此从马车的座位上跌落下来，嘴里却发出快乐的尖叫声；两个小男孩，他们的气球同时爆炸了，他们发出哈哈的大笑声，我也情不自禁地跟着笑了。附近一带称得上是巴黎提供给年轻人的一处天堂。我所知道的大城市，在对青少年的关爱上，没有一处堪比巴黎。除了木偶剧场和儿童剧院，在公园里还有许多专为孩童设置的特别区域。更令人惊讶的是，即便不是父母同时陪伴，这些孩子也总有父亲或母亲陪伴左右。当然了，生活在现代巴黎的女性们，几乎没时间去做她们的姐妹们在其他现代城市所爱做的事情。巴黎的母亲们不仅将自己的孩子打扮得漂亮光鲜，相当多的妈妈还会亲手为自己缝制衣服，在穿戴方面，她们似乎天生有这样的才干。这些母亲还是烹饪的高手。那么，她们是如何找到时间在公园里悠然自得地闲坐的呢？

站在大使剧院（Théâtre des Ambassadeurs）附近，我不住地看向

协和广场和星形广场。车辆川流不息，其抛光部位折射出的光，在路面上洒落下金色或银色的斑点。很难想象，这样明亮的光线来自三月的太阳。

不久，一个骑自行车的人从星形广场方向快速骑过来，我感觉速度甚至跟小汽车一样快。当他骑到马里尼大道从香榭丽舍大道分离出来的地方，一辆银色的巨型车朝他冲来。随着一声刹车的尖啸，汽车停住了，险些撞倒骑自行车的人。自行车飞了出去，骑者摔到了汽车的发动机舱盖上！少顷，他跳了下来。我不禁捏了把冷汗。接着，一个警察走来，手中还拿着一个记录本，那骑自行车的可怜家伙浑身颤抖，惊骇得说不出话来。人群围了起来，我也走上前去，心想或许可以做个证人，尽管已有两个人在用法语口若悬河地描述着整个事故的

经过。两名身着整洁制服的警察从那银色大车里走出来。更多的警察过来了。骑自行车的人仍然一言不发，倒是指了指他一条大腿上的划痕，尽管明显受到了惊吓，他还是很镇静。后来，一辆救护车驶来，带走了他。两名未着警服的警察钻进他们的汽车，离开了。人群散去。我却依然站着不动。

片刻前，我尚在观察和思考活着的状态，而此刻，我又目睹了一种临近死亡的东西。在命运之轮的无常的变幻中，这个骑自行车的人死里逃生。他若迟两秒到那个角落，只怕难逃死神的魔爪。我的一位诗人朋友，一个叫约翰·霍尔·惠洛克（John Hall Wheelock）的美国人，曾写下两行关于生与死的诗句：生得辉煌，死得荣耀。

但，该怎样看待生与死的临界点？那骑自行车的人从惊恐中恢复后，该怎样看待他从死神手中逃离的那个惊险过程？活着，即使辉煌，也实属不易。在现代生活中，荣耀地死去却更加不易，那是因为意外地、不光彩地终结生命的机会大大增加了。这位骑自行车者的经历为我这明媚的一日投下了些许阴影。

第二十七章　旅馆客满

我和方君璧在拱桥相遇。彼时我正斜靠在矮墙上，看着漫天雪花飞舞。每片雪花飘飞旋转，在碰到水的刹那，便迫不及待地与之相融。

方拍了拍我的肩膀，问我在干什么。她正要去吉美博物馆，对一些佛教画作进行深入研究。这些 9—10 世纪的画，是大约四十年前由伯希和（Pelliot）教授从中国西北的敦煌石窟带回来的，是那个时期重要的记录材料，如同大英博物馆里的斯坦因（Stein）收藏品中的佛教艺术品一样珍贵。我很少明确规划漫游一天的行程，但此刻却不得不回答方的问题，只好说我打算去爬巴黎圣母院的塔。出乎意料的是，方竟然想随我同行。要想去预测另一个人的想法实在太难了，我原以为，她可能会觉得在这样的雪天去登高是一件疯狂的事情。

塔门是开着的，我们开始了漫长的登高之旅。那些石阶，在几个世纪里，经过人类鞋底的不断打磨，已经失去了尖锐的棱角，在雪天则变得湿漉漉的、滑滑的。登高并非易事，但方很乐意在前面带路，很显然，她对这样的探险感到十分兴奋。她说，尽管自己在巴黎断断续续生活了十五年，可是以前从未爬上来过。

不久，我们就爬到了台阶的尽头。光线从一扇门里透过来，我们

赶紧穿了过去。在巨大的玫瑰色窗户上方，一座桥状的建筑物把两座塔连了起来，我们走了过去。我在两个怪兽状滴水嘴之间站了一会儿。返回的路上，我看到了一个留胡子的小伙子，他两颊通红，站在离门不远的墙边凝视着天空，对我们视而不见。方说他肯定是个诗人。“可能是吧，”我赞同道，“并且，还和我一样疯狂！”我那没有人愿意上来看下雪的假设再次被反驳了。

突然，一个身材壮硕的女人推开了一扇门，从像洞一样的入口挤了出来，带领我们回到塔里面。她那宽阔而弯曲的后背以及那艰难的动作让我想起那部极好的小说《钟楼怪人》（*Hunchback of Notre-Dame*）。大学时代就读过维克多·雨果这部令人钦佩的小说的中文译本，但我不得不承认，当时它对我没有多少影响，只因我对这一主题的宗教背景不太了解，即使它里面包含着人类共同的道理。电影中查尔斯·劳顿（Charles Laughton）精彩演绎的驼背人和令人惊讶的装扮，才让我对这个故事有了深刻的印象，并使得我把书中不幸的人们同巴黎圣母院联系起来。在我们当中，从来都不缺少不幸的人。社会文明的进步有没有改善他们的命运呢？

现在，我们站在一栋木制建筑物旁，它里面悬挂着一口巨大的钟。我正努力想象驼背人是如何从一根横梁爬到另一根横梁，疯狂地敲响了那口钟。正在那时，那个女人用一根木棒敲响钟给方听，之前她一直在详细介绍钟的大小、重量和历史。由于我一个字也听不懂，便不听了。

又有一个游客上来了，是一个满脸笑容的小伙子。他想知道那个老妇人刚说了些什么。我承认，她所说的让我一头雾水，完全不知所云。原来，他是荷兰人，刚降落到巴黎机场。他发现自己在转机去纽约之前还有一个小时可以打发，于是决定来爬巴黎圣母院的塔。“为什么呢？”我问。“因为这代表了巴黎呀！”他回答道。很快，他离开我们，不见了。人们普遍认为，只有美国人喜欢坐飞机周游世界，在一座城市只待上一个小时。而这位年轻的荷兰人也在做这样的事。很显然，他如果去美国，他会像在家里一样自在。

方给了那个女人一些小费，她笑了，允许我们继续往上爬。在顶上，没有像低处平台那样的怪兽状滴水嘴。我们盯着四周的风景，雪花还在空中飘飞旋转，就像我在拱桥看到的一样。但除了那些落到我脚周围的雪花以外，其他的似乎在碰到地面以前就消失不见了。气氛愉悦而宁静，尽管空中如此纷乱，但仍能感受到一种静谧。天空是灰色的，与白雪覆盖的屋顶和结满霜挂的树木融合在一起，像是刻在中国乳白色瓷盘上的风景画。一条条大道将城市分割得像个棋盘。从这个高度看，塞纳河很窄，河上的一道道桥梁让它看起来像条现代化的铁轨。我对眼前的景色如此痴迷，竟忘记了寒冷。但是方开始跺脚了，不久，她就提议回到地面上去。

目送方踏上前往吉美博物馆的路，我闲逛到大教堂的北面，进入到科隆街（Rue Colombe），又到了于尔桑街（Rue des Ursins）——这是一条很窄的路，一边是高高的老房子，另一边是一堵高墙。在这条街的尽头，我发现了很是吸引人眼球的一种混合的建筑风格。有的房子有一排拱形的窗，有的房子有嵌壁式的窗，下面还有简陋的咖啡馆。走上几步台阶，我发现自己在花卉码头（Quai aux Fleurs）上了。三个小男孩在互相扔着雪球，我停下来看他们嬉戏。我记得有个朋友曾反对我的观点——爱玩雪球是人们普遍的天性。他宣称非洲的孩子肯定没有这种天性。但我认为他并没有求证他说的这一情况。也许，只有爱斯基摩人的孩子对这项运动不感兴趣吧。

我继续前行到了圣路易桥（Pont St. Louis）。我越来越喜欢这座桥，以及它所通向的圣路易岛。这也许是唯一可以从一个独立的角度来纵览巴黎的地方。尽管这座岛离市中心很近，且和西岱岛相连，又有很多桥梁与大陆相连，但它仍是一座孤立的小岛。岛上几乎没什么车辆，码头也是个理想的闲逛之地。我的一个年轻的法国朋友告诉我，圣路易岛上的居民把他们自己看作是岛上居民，若要去巴黎其他地方购物，他们会称之为“出境”。

我跟圣路易岛初识于一个关于圣路易桥的故事。这称不上是一座美丽非凡的桥，但你可以完全自由地在上面行走，因为上面没有马车道。当黄昏降临的时候，它几乎无人问津了。爱尔兰作家詹姆斯·乔伊斯（James Joyce）在巴黎生活期间，常有人看到他一边在圣路易桥上走来走去（更可能是这座桥的前身，一座结构相仿的桥，于1940年坍塌），一边朝四面八方甩着胳膊，一边自言自语。熟悉他的人称他为疯子。在他的有生之年，与其说声名显赫，不如说是声名狼藉。他的滑稽动作并不足以引起行人过多的关注，因为他的声望还不够响；或者人们认为他还不够引人注目，因为巴黎人早就看惯了举止怪异的家伙。所以，实际上没有什么能真正吓到巴黎人。

在这个下雪天，我站在桥上，想象着乔伊斯在此来来回回地走着，一边手舞足蹈、一边放声歌唱的画面。据说，他是一位很有天赋又精通音乐的男高音。在文学创作过程中，他的听觉、视觉和嗅觉等身体机能不好使唤，但精神活动却处于巅峰状态。他的内心或许苦恼或许狂喜，而在外在上，他会忘记自己所处的环境，也不在乎别人是否认为他疯癫。他在贫困的生活中无休止地挣扎，居住环境可能也是不自由的，而圣路易桥就是离得最近的开放场所，可以轻易地出入，而且安静，因为河流减弱了车辆的嘈杂声。

我时常造访这简陋的建筑物不仅因为这桥和乔伊斯的联系，另外的原因就是我喜欢到与它相邻的码头闲逛。这片区域非常宁静，几乎不受车辆侵扰。除此之外，这里还有很多古老而精美的建筑，大多是 17 世纪带着艺术和文学色彩的宅邸。一天，弗朗辛带我去见她的朋友路易丝 · 佛瑞法维（Louise Faure-Favier）女士，她是一位诗人，住在小岛最西端波旁码头仅有的几幢房子中的某一幢。从一个引人注目的入口，我们踏上了宽阔的楼梯，一层又一层地往上爬，直到顶端。路易丝 · 佛瑞法维女士热情地问候弗朗辛，好像她是自己的亲孙女一般。我被安排坐在一扇大窗户旁边，窗外是高高的树梢，从下面的码头那里延伸至此，跟窗格交错到一起，错综成古怪的图案。弗朗辛告诉我，我坐的这把椅子叫作“诗人之椅”。这里的女主人习惯让她的诗友们坐在上面，欣赏瑰丽的景色。她自己也经常坐在那里。被看作是一位诗人，对此，我有点儿尴尬，尽管我的工作是用传统的中文韵律码字，可我从没把自己当作是诗人。

多么美妙的景色啊！左边，巴黎圣母院顶端周围一些细小的雕刻已经模糊不清，而司法宫、法兰西学院和埃菲尔铁塔顶端缩小的轮廓依次浮现。右边是雄伟的市政厅，还有圣雅克塔（St. Jacques）和远处的卢浮宫。傍晚的薄雾已降临，渐渐模糊了那些建筑物的轮廓，并使之看上去有些微微的走样。远处的那些建筑物笼罩在神秘的气息中。塞纳河平静地流向水天相接之处。我见过一些大城市里很多其他的河流，没有哪一条有这么多座桥。从埃菲尔铁塔可以得到更广阔的视野，塞纳河就像一条有着均匀环状标志的响尾蛇。这条蛇吞下了西堤岛和圣路易岛，但还没有把它们消化干净。从路易丝·佛瑞法维女士的窗口望过去，北岸的树尽管还没发芽，但已泛出温暖的淡紫色，仿佛因内在的柔和的生命力而微微闪光。我注视着这一切，街灯投下金色的光晕，更让人感到下面仿佛有一个小而愉快的世界。市政厅码头下的河岸边，一棵小柳树似乎分享了我的愉悦之情。它那细长的枝条已经萌生了嫩黄的芽，好似一个穿着长袖黄丝袍的旧时女子，摇曳着袅娜的身姿，热切期盼着某个游行队伍的到来。就在一瞬间，我似乎觉得塞纳河像一架巨大的梯子朝天上升起，特地为我搭到了窗口。不知不觉地，我站起身，朝窗户走去。我的举动让女主人和弗朗辛也跟着站了起来，我无法解释刚才复杂的思绪，只好开玩笑地说，她们刚刚阻止了一场自杀，但这个笑话似乎没获得预期的效果。我心满意足地指着那棵小柳树，对弗朗辛说，我以前经常站在那棵树旁，盯着圣路易岛的房子最上面的一排窗户，希望能从其中的一扇窗里欣赏这里的风景。如今，我的愿望实现了！

这是我参观圣路易岛那些安静的码头的众多经历之一。我喜欢看波旁码头上的渔民，还有泊满船只的港湾。这些船只既非中国制造，也非英国制造，大多被漆成绿色和蓝色，带着红色条纹，停泊在拱形的玛丽桥（Pont Marie）边的堤岸上。它们像极了某种水生植物的巨大的叶子。

一天下午，我再次来到岛上。我曾多次在码头附近散步，但迄今为止，还没有穿过它唯一的那条街——圣路易岛街。这是一条笔直而狭窄的街——安静、不招摇，甚至有些乡土味。它没有左岸那些古老的街巷里世故的气息。街道两边几乎没有人行道，人们似乎是走在路中间，我甚至看到一群少年在车道上玩着某种游戏。难

以置信的是，这里似乎难寻车辆的踪迹。只有几家店铺，但都很小，主要出售生活用品和烟草。我走进圣路易教堂，发现了一些精美的木雕和小雕像。它们看起来很旧，但造型精致。然后，我仔细地看着兰伯特酒店（Hôtel Lambert）的外墙，据说，这家酒店是勒沃（Le Vau）在1640年建造，并由勒布伦（Le Brun）和勒叙厄尔（Lesueur）设计装修。之前，我读过这座酒店精美内饰的详细介绍，但这并未对公众开放。

回到了河边后，我斜靠在矮墙上，不远处便是狭窄的心锁桥（Passerelle）。雨虽不大，但已下了好一阵子。那些树给我挡了雨，但偶尔还是有一两滴水珠滑进我的脖子，让人不舒服。雨点碰到树叶，发出轻轻的声响，听起来真让人心情愉悦。雨点好像是从叶面上跳了起来，而不是落在了它上面。

苏佩维埃尔（Jules Supervielles）曾给我念过他的诗《雨滴》（*La*

Goutte de Pluie），如今，在圣路易岛东面，这首诗的含义和意境如此清晰。我想到一个古老的汉语成语“沧海一粟”。这个成语可用于多种情形，也可解读成不同的意思。但它最主要的意思是，人好比是苍茫的大海里的一粒谷子，是渺小的，微不足道的，但有它特定的用处。这是一则传统的中国信条，即人应该抑制自我的重要性，在不朽的轮回中，扮演好命中注定的角色。我就是苍茫大海里的一粒谷子，我在巴黎的短暂停留，尤其是此刻在小小的心锁桥旁的停留，变成了塞纳河水面上稍纵即逝的雨滴——一段如梦的回忆，我总有一天会回来找寻。

无意识地望向天边，突然间，几码之外一道绚丽的彩虹令我心醉神迷。我觉得我似乎能碰得到它。雨停片刻，阳光穿透了云层，西垂的日头虽不具备很强的光线，但足够明亮，足以穿透薄雾的面纱，照亮眼前的景色。应该感谢这薄雾，它不仅把工厂烟囱的线条变得柔和，还隐藏了其他一些丑陋的东西，比如圣伯纳德码头（Quai St. Bernard）葡萄园市场（Hall aux Vins）令人乏味的屋顶。更令人惊讶的是，彩虹的一端似乎隐藏在这些屋顶上，而另一端则消失在奥斯特尔利兹桥（Pont d'Austerlitz）的上方。

在中国古代，彩虹象征着天上的龙伸长脖子，低头饮水。一本名为《异苑》的中文古书里记载，在秦岭地区，有一个叫薛愿的人，看见一条彩虹在喝他家水槽里的水，饮他家酒桶里的酒。他赶紧打开其他的酒桶，把酒倒出来，请这位天外来客享用。他倒得越多，它喝得越快。等它解了渴，彩虹，或者说是龙，从嘴巴里吐出大量金块，直到装满酒桶，似乎是以此报恩。最后，薛愿成了当地最富有的人。我想到，如果这条“法国的龙”也在做相同的事，明天早上，在葡萄园市场各业主碰面时可能会争抢得不可开交。

中文里对彩虹的另一种解释是说，它是天上神仙和天使行走的桥。李白的这首诗是个很好的例子：

石壁望松寥，宛然在碧霄。
安得五彩虹，驾天作长桥。
仙人如爱我，举手来相招。

Form the rocky cliff I gaze at Mount Sung-liao,
Which appears to be standing in the blue sky.
How can I get the five-coloured rainbow
To make a long bridge up to Heaven?
Immortals, if you love me,
Beckon to me with your hands!

我如此粗糙的翻译无法传递出这些中文诗句里所表达的力量和想象。那天傍晚，塞纳河上美丽的彩虹给了我灵感，我也赋了一首诗，虽然是以一种全然不同的心境：

雨倦日再出，悬空挂彩虹。
岂真仙人意，邀我游苍穹。
太白其无忌，今昔各不同。
逍遥逊庄子，行者哑又聋。
所恋在人世，巴黎夕照中。

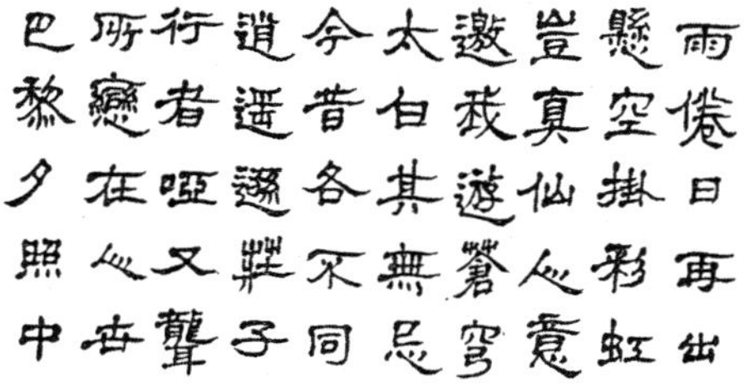

我穿过马路，再次来到了岛中央。我想起了波德莱尔（Baudelaire）的诗句：

黎明披上玫瑰红与葱绿的袍子，
沿着寂寞的塞纳河优哉漫步。

我能找一间顶层的房间来度过良宵，以便观看黎明破晓吗？我竭力使小旅馆的老板明白了我的意思，可是，唉，旅馆已客满。

第二十八章　巴黎地下墓穴

初次听说巴黎地下墓穴（Catacombs）时，我全然不知它为何物，于是把它们想象为浪漫之地。我的朋友们都没去过那儿，自然不可能告诉我什么。终于，我和琼·亨得利决定一同前往，做一次探险，去看看这些墓穴。

一个午后，我们在丹佛尔－罗什洛广场碰面，然后加入了在一扇木门前等候的游客大军。渐渐地，越来越多的人加入进来。两点钟之后又过了许久，开放时间才到，大门终于打开，人们汹涌而入。我注意到，除了购买入场券，游客们还买了一根蜡烛和一块木头。我们当然也照做。

沿着走廊走了很久，我们来到一座狭窄的旋转楼梯前。楼梯一阶一阶地向下延伸，似乎看不到尽头。这让我产生了一种奇妙的感觉——既非害怕也不是开心，而是兴奋，仿佛接下来我们将要穿过地心，出现在另外一个半球。每个旋转阶梯的拐弯处都有一盏小电灯，但并不能照射到太远的地方，所以某些角落几乎是一片漆黑。

令人不解的是，竟然没有一个官方的导游跟着我们。这也让我多少想起了到托基市（Torquay）附近的肯特岩洞（Kent Cavern）参观

时，导游会关掉安装在岩石间的所有小灯，这使得在场的女性游客都害怕得失声尖叫，因为大家位于海滩平面以下很深处，什么也看不见。我还记得在切达洞穴游览时的那位导游，一路上喋喋不休，一刻也不停。

我的同伴看起来很开心而且充满期待，时刻准备着接下来的行程。我们靠近漆黑的隧道口，突然间看见很远的前方有一点儿闪烁的光芒。想起手里还拿着蜡烛，我们赶紧点燃蜡烛，发现我俩竟然走在浩浩荡荡的队伍的最前面，缓慢地在这不见天日的隧道里前行。前方的一片漆黑使我感觉自己像是一个探险家，并且后面还有一群支持我的跟随者。我感觉豪气十足，内心也变得更年轻了，仿佛成了汤姆·索亚，一手牵着他的女伴，一手举着蜡烛，沿着蜿蜒的密西西比河，在很深的洞穴中缓缓前行。我瞥了一眼我的同伴，她也微笑地看了看我，似乎和我心有灵犀。

这隧道长且狭窄，两个人并排紧靠才能勉强通过而不至于刮蹭到两边的石墙。粗糙而多卵石的地面也让行进更加困难，但我们坚定地前行着。

最后，我们终于到达了隧道的出口，墙上的黑色箭头提示我们左转，箭头上还标注了头顶上方巴黎街道的名称。接着，我们进入另一条幽长的隧道，它和先前走过的那条几乎无异，只是看起来更长，光线更暗。当这条隧道走完时，又一个箭头指引我们右转，进入第三条隧道。接着，是第四条隧道。穿过第一条隧道时，耳畔不乏欢声笑语，穿过第二条隧道时，大家都死一般地沉默，而穿过第三条隧道时，我不时听到叹息和抱怨！我自己也几乎处于崩溃的边缘，所有的骑士气概渐渐消失殆尽，只剩下最后一点点勇气能对同伴说我不反对打退堂鼓。但那显然是不可能的。墙上明显没有通风设施，因为我们的呼吸，通道里的空气渐渐变得更加潮湿与稀薄。但是，这一切并没有结束，或许还只是刚刚开始。又转了三四道弯后，我发现我们已漫无目的地走了近半个钟头。

幸运的是，接下来发生的事情将我们从崩溃中解救出来。我们终于看到一群人站在铁栅栏一侧，这些铁栅栏后面是一座特别大的洞穴入口。人群中间似乎有几个年轻人，其中一个人还隔着铁栏杆嘲弄地向我们喊话，他的大笑立马让我们精神振奋。同伴告诉我，那个人问我们是不是迷路了。我们好受多了，因为我们知道旅途的终点不远了。

不久，在一个雕塑长廊里，我们加入了另外一支队伍。我举起蜡烛，环顾洞穴，看到墙上刻着“马翁港”（Porte Mahon），我也注意到有许多刻在石头上的微型的

雕塑品。有人说，这些都是出自一名老士兵之手——曾经的一个守穴人，他曾在马翁港囚禁了几年，用五年的闲暇时间在石头上刻出了马翁港平面图。真是了不起！据说在这洞穴附近，有一些巨大的碎石块，它们在某一个位置很完美地保持着平衡，而且这种平衡状态已经保持了两百多年。然而，我最终没有逗留下来，去寻找这些有意思的石头，因为我不希望独自落在这里。我担心自己缺乏探险者的激情和勇气。

巴黎地下墓穴近在眼前了。石壁全都经过打磨，并被刻上了富有宗教色彩和哲理的、反思生与死的语句。接着，一个带十字架的祭坛映入眼帘，但随着我们脚步的前进，它很快消失在黑暗中。终于，我们来到了一处由无数人的颅骨与骨骸堆叠而成的墙壁，其中大部分是股骨。骨骸一块挨一块地、整齐而干净地堆放在那里，在这绵延无尽的石墙建筑里该有千千万万块骨骸！

这些由骨头堆成的墙壁非常高，几乎接近隧道的顶部，每一面都按照同样匀整的方式堆着—— 一排颅骨交替一排股骨。中间是一个类似于海盗船上的旗子图案的设计—— 一颗头骨加一个由骨头摆成的 X 字形。站在这些人类的骨骸中，我感到很不舒服，竭力不去想它，只是跟着人群缓缓前进。一路上，我和同伴都沉默不语。忽然，一群年轻人中传来一阵大笑，只见他们拿着蜡烛放在头骨的下面，好像在试探它们能否被点燃。见此情景，我的脑子里立刻想到了我作为中国人的身份。在海外漂泊多年，虽然养成了很多西方人的习惯，但从小就懂得的敬奉祖先的价值观没有丢掉。祭祀祖先不是一个落后的陈规陋俗，更不是愚蠢之举。把蜡烛放在亡灵的头骨下，这是一个愚蠢的玩笑，谁敢保证这些头骨中的一具不属于他们当中谁的、早已逝去的祖先呢？

近二十分钟后，我们走到了骨头墙的尽头。大家渐渐放慢了脚步。有人说，在这成千上万的骨骸中，也静静地躺着许多知名人士的骨骸，如弗朗索瓦·拉伯雷（Rebelais）、米拉博（Mirabeau）、蓬皮杜夫人、奥尔良公爵、马拉等。此刻，我们的蜡烛快要燃尽，透过它微弱摇曳的光，只能看到我们到了一个更大的圆形空间，在这里，几层台阶通向一扇门，但这扇门是紧闭的，钥匙也不知在何处。我们如同里面的囚徒，有人坐在唯一的一条板凳上，剩下的人就那么静静地站着等待；也有人猜测门的另一面会不会有一部电梯能带我们通向地面，这个想法让大家都兴奋了好一会儿。

可惜，这儿没有电梯，因此，正如我们下来时一样，我们得爬上这些旋转的台阶。终于，我们回到街上：这里是达罗小道（Passage Dareau），就在蒙苏里公园大道附近。炽热的阳光照得大家有些目眩，我和朋友都累得气喘吁吁，说不出话来。久违的新鲜空气让我有一种难以名状的轻松感，随后才发现我们的鞋子和裤腿处沾上了石灰和灰尘。在咖啡馆小憩片刻，我们接着出发去蒙苏里公园，尽管脑子里还萦绕着墓穴之所见留给我们的迷惑。为了让思绪回归现实，我们参观了气象台，看小孩子骑摇摆木马，然后，走下山去了湖边。暮光中，柳风轻拂，黄色的水仙花在风中摇曳生姿，此时此刻，我的心才渐渐平静下来。目送朋友上了巴士，我也乘着地铁踏上回去的路。

我的朋友弗朗索瓦丝·斯克里特先生是一位专攻法国文学的法国学者，多年来一直在印度半岛教学，而且娶了一位迷人的当地女子为妻。其妻有着令人赞叹的厨艺。她对我讲述了很多关于巴黎地下墓穴的事情。这些墓穴之前是废弃的采石场，后来在1789年被改造成大墓穴，彼时，来自其他墓地的约五百万人的残骸，连同大革命中的难民一起被埋在了这里。采石场占地150公顷。塞纳河南岸的房子也是从这些古老的采石场中取材。但后来，采石场被废弃了，成了行人的安全隐患——一方面，行人很容易掉进去，另一方面，它也为坏人提供了藏身之处。后来一个名叫勒努瓦（Le Noir）的副总警监，提议将这个废石场改建为墓穴。这项耗费巨大人力的工事始于1777年，并在1786年4月7日被祝圣，终结于1790年。

她还告诉我，在施工开始的当天，地狱街上有一幢房子发生了坍塌事故，整座房屋陷入90英尺深的大坑里。此外，我还听说了一个趣闻，来自索邦大学的两名学生，在最后的一场战争发生前，藏身在巴黎地下墓穴里。没有人知道他们是何时以及如何进去的。有一种说法是，他们原本是跟随着一群人在墓穴里走着，但是后来误入歧途，进入了另一条通道，因而没有和其余的人一同出来。还有一种说法是，他们可能是通过宿舍下面的一个秘密入口进入墓穴的，因为地下的各个通道总共有七十多个出口。当时，一位家庭主妇听到了地底下的噪音，但她不认为有人在地下，而以为是老鼠发出的声音。但当噪音越来越响时，她开始变得警觉起来，而且听到这噪音的也不只她一个，住在墓穴通道正上方房子里的左邻右舍们也都听到了。接着，他们叫来了警察。有间谍在通道里活动，甚至一场侵略行动在地下开始了的谣言很快被传得沸沸扬扬。一大批警察，还有整整一个军团的士兵都被派遣过来，严守在墓穴入口，而部队的分遣队则潜入墓穴，做好了作战准备。过了很长一段时间，士兵和警察出来了，两个笑着的学生跟在后面，他们宣称自己在漆黑的地下通道里探索，玩得很开心。

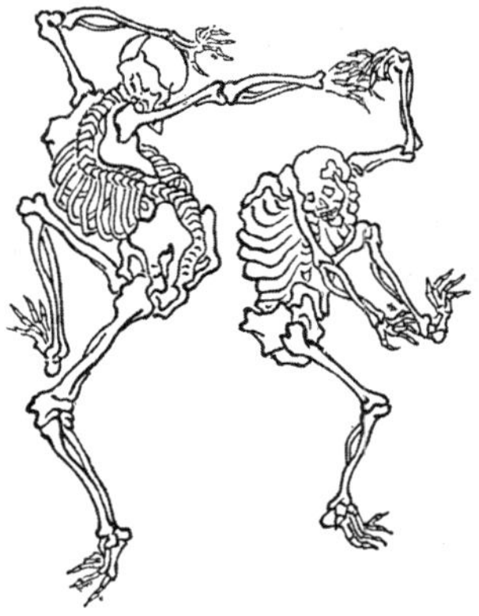

我年轻时读过一篇非常有名的文章，激发了我无穷无尽的想象。文章名为《桃花源记》，出自 4 世纪时我国伟大的田园诗人陶渊明之手。在此文中，陶渊明描述了这样一件事情：一个渔夫随着小船的漂流，置身于一片桃花灼灼的桃林中。于是，他摇船穿过桃林，又弃船上岸步行穿过一个洞穴，接着发现自己进入了一个与当世全然不同的村落。在那里，人们的穿衣打扮还保留着秦朝（公元前 3 世纪）的风格。渔夫讲诉着那些年发生的事情，他们对于渔夫所言毫不理解。接下来的几个月，他们一直都友好地招待他，在回去的路上，渔夫特地标记了路线，但是，他再也没能找到这片桃花林。后来，也有很多人循着渔夫的标记去找，但亦一无所获。此文一出，中国的很多文人墨客竞相成了世外桃源的追寻者。我对此也颇感兴趣，因为诗人陶渊明与我恰好是同乡。时至今日，我依然能吟诵出这篇文章。对于世外桃源，我早已不再追寻，我也相信，巴黎地下墓穴不会像那片桃花林引陶渊明笔下的渔夫进入另一个时代一般，指引任何人进入一个地下的世外桃源。

第二十九章　暮光信步

四月初的一个星期天，玛德琳·钱伯特（Madeleine Chambert）带着她的小女儿尼科尔、儿子杰拉德和我一同乘车去了枫丹白露宫。室外下着雨，映入眼帘的是一幕银丝做成的屏障，尽管如此，我们仍欣然前往。宽阔的马路上鲜见车辆。据说，一代伟大的帝王拿破仑常常乘着他的金色马车，带着大量前呼后拥的侍卫，浩浩荡荡地在这条路上走过。曾经辉煌的壮观场面已成历史，一去不复返了。我思忖着，或许路边那些最最古老的树可以告诉我它们在过去所见证的往事，但是没有一棵树会留意我们，因为我们那么匆匆地驶过它们。真是沧海桑田！

到达宫殿主入口时雨还在淅淅沥沥地下。我们径直穿过宽敞的庭院，来到这扇著名的马蹄形台阶所处的大门处。这里已是游人如织，人们左顾右盼，神情专注而又如醉如痴。或许，他们也像我一样正在想象着同样的情景：拿破仑带兵前往巴黎加冕前威严地检阅着他的军队。毫无疑问，他们也一定如我一样，正想象着拿破仑在流放前向他的将领们挥手道别的情景。

由于玛德琳的官方身份，我们被特许拥有一名专门的导游。为了照顾我，他语速很慢，但即使如此，我对大部分介绍仍一头雾水。在红厅（Salon Rouge）内，我见到了一张圆桌，正是在这张圆桌上，拿破仑签署了他的退位诏书。但是，更吸引我的是白色王后宫（Reines Blanches）。导游告诉我们，之所以这样命名，是因为它们是专为法国国王的遗孀而保留的。身着白色是法国的传统。在中国，白色是吊唁的色彩；我并不知道，原来在法国王室也是如此。

正是在白色王后宫里，教皇庇护七世（PoPe Pius Ⅶ）被拿破仑囚禁长达十八个月，因为他不同意皇帝与约瑟芬皇后离婚。这也使我想起一本广受欢迎的英语导游指南里的一段话：

> 在参观枫丹白露宫前，要好好读一下这些被囚禁的俘虏的故事，尽管导游带你参观宫殿的时候会重点讲述它们，不要忘了其中有一个出名的会晤事件：据说因为教皇拒绝放弃国教的地位，皇帝竟然大发雷霆，伸手扇了教皇一个耳光。

若不是在国外生活了很长时间，可能我都无法理解一个皇帝怎能被禁止做他想做的事情，因为在整个中国历史长河中，皇帝拥有不容置疑的、至高无上的特权。中国人长期处于一人独裁统治之下。在欧洲，即使是那个年代最有权力的拿破仑，仍然不能为所欲为。

每一个房间，我们都没有停留太久，因为下午到这儿的时候已经很晚了。这样的节奏，用中国的古话说就叫“走马观花”。所有的房间看起来都是相似的：色彩斑斓，金碧辉煌，装饰华丽，冷冷清清。我简直难以相信以前竟然有人居住在这里。

我们参观过的最后一个地方是瓷器廊（Galerie des Assiettes），里面是橡木板装裱的一百二十八个瓷板，每一块上面绘画的都是一个个法国国王的宫殿。这系列别致的饰板是在路易·菲利浦（Louis

Philippe）的要求下，在塞夫勒制造的。我仔细端详它们，寻找特别的印记。我的朋友们都认为我对塞夫勒瓷器很感兴趣；他们肯定没意识到我回想到了朱利叶斯·门德斯·普莱斯（Julius M. Price）在1913年出版的书——《我在巴黎放荡不羁的日子》（*My Bohemian Days in Paris*）：

> ……那是我生命中最不同寻常的日子之一。发生在枫丹白露宫，我在那里待了一周，并且也获得许可能够在宫殿内作素描……在一个下雨的午后，那儿基本没什么游客，我在这些房间里漫步，这时，我在一块壁板上注意到了奇特的东西。走近一点查看后，我发现它是金属吊钩或是锁，还发现这扇壁板本身就是一扇神秘的门。我的好奇心大大被激发了。我打开门，发现它是向内敞的，里面是一个黑暗狭窄的走廊。猎奇心理更加强烈了，确保没人看见，我毫不迟疑地进去了，推开壁板，发现这走廊通向更大的私人套房，到处都是灰尘和蜘蛛网，看来这儿已经很多年来无人问津了。
>
> 四处都是古老而华丽的家具和早已不再光鲜的帷幔，整个地方都笼罩着神秘而又可怕的氛围，房间中弥漫着的旧世界的气味更加强了那种氛围。房间虽不大，但是一个房间通向另一个，似乎永远没有尽头。尽管它看起来永无止境，但是那种排列的方式却是让人意想不到的蜿蜒曲折，那些漆黑的走廊时不时提醒人们前方有更大的惊喜在等着你。
>
> 但是那天下午，我没有时间去满足我的探索欲望了，因为已近黄昏，宫殿关闭的时间就要到了，因此我沿着原路折回。对了，我忘了提到一件事，在来的路上我看到了一台非常美丽的老式钟，我再一次驻足去观赏它，然后才离开。不久，我惊讶地发

现了另外一台设计完全一样的钟。经过它的时候，觉得很奇怪，竟然两台钟如此相似。更加让我惊讶的是，接下来我又看见了一台和前两台几乎完全一样的钟。然后，我忽然意识到，我其实一直走的是一个圆，实际上只有一台钟，这意味着我迷路了。

我惊愕地站在那里，脑中闪过的念头是除非我自己可以找到返回那扇神秘大门的路，否则等着别人来救我的可能性几乎为零，因为我处在一个这所高大的建筑里几乎无人知晓的位置。因此，我得以来时路上那些吸引我的家具和其他物件为线索折返回去，但我很快发现那是徒劳的，我忘了回去的路了。所有那些可以望见花园的窗户也已经废弃了。天色越来越晚，宫殿已经关闭了，所以我不可能再得到外界的帮助了，除非工作人员发现我一个人被落在了这里，然后开始寻找我。

心中带着这点希望，我开始大步快速地走路，用最大的声音喊着“救命”。声音在房间里惊悚地一遍又一遍回荡，但是却没有任何回应。此时，我变得更加恐慌，因为我可能就这样慢慢地被饿死在这里。时间一分一秒地流逝，很快就到了夜里，我发现自己一直都是失去理智的，于是坐在一张床上开始冷静地思考自己的处境。不记得自己到底在那儿坐了多久，我想，有可能我在那儿打了个瞌睡，接着就发现外面天色已经相当晚了。突然，我听到了从外面碎石走廊上传来了脚步声，还有一束反射的光，于是赶紧跑到我所能找到的最近的窗口，我大大缓了一口气，因为那是一位拿着提灯的巡夜人。接着，我点亮火柴，开始疯狂拍墙以引起他的注意。

我大叫着说出我被关在里面，以及如何落在了某处，后来，他明白了原委，大声让我待在原地，然后匆忙离开。时间此刻变得无限冗长，但开心的是，最后我听到了回响在整个公寓里的脚步声：一群工作人员出现了，我获救了。

读完这个故事后，它就一直萦绕在我的脑海里：何况我们现在正待在这个地方，又如何叫我不想起呢？我从未想过，如果我发现了那扇神秘之门该怎么做。也许，在我发现它之前被叫到别处是一件幸运的事情。

我们遗漏了很多房间没参观，甚至包括在枫丹白露庭院西侧的中国馆，因为我觉得那里的展览品必定不如赛努奇博物馆（Museum of Cernuschi）和吉美博物馆的精致。这些雄伟的金碧辉煌的房间变得让人有点儿压抑。令人开心的是，玛德琳带大家向导游致谢，并带我们去了位于宫殿后方的露台。新鲜的空气总是让人愉悦，尽管没有出太阳，但雨已经停了。低沉的乌云让整个下午看起来都像是黄昏，不那么漆黑也不那么明亮，但是却觉得它有种持久的特质在里面。

台阶前是一方宽阔的水潭，潭中偏右侧有一座白色喷泉，朝向英国公园（Jardin Anglais）。一条通向宫殿东面的水道出现在我的眼前，但它的形状和路线却神秘地消失在雨后的雾气里。湖面上方的景色是广袤的，和谐而又静谧。许多老年人和年轻人都倚着矮墙俯身，饶有兴致地朝水里看，他们的谈笑风生似乎并没有打扰这静谧的环境，反而增强了这种安静的气氛。在我们走向矮护墙的时候，脑中闪回着过往的景象：在那些帝王时代，法国的国王和王后一定也带着他们的王公贵胄来到这台阶，抱着相同的兴致和热情来观看水里的东西，也像他们一样谈笑风生。我觉得自己似乎也在置身于这些王公贵胄之中。天色渐暗，但人们着装上的银色、锦缎色以及金色却足以照亮我脑中的景象。突然传来的婴儿啼哭声打破了这一幻象，将我带回现实。但一个声音似乎仍萦绕在我耳边：“人生充满偶然和多变，但枫丹白露宫的景象却一如从前。”

我俯身向栏杆外望去，意外而又惊喜地发现一群大小不一的鲤鱼。它们在池中游来游去，飞速抢夺着游人抛下的面包屑。尼科尔指给我看一条个头很大的鲤鱼，它每次都能准确无误地抢夺到抛下的食物。杰拉德来回跑动，边用手指边大声叫道：“大鱼在这儿！”“大鱼在那儿！”他有好多话想要跟姐姐和母亲讲，但他那些又快又短的法语单词我却一个都无法理解。玛德琳微笑着向她的孩子们点头，母亲总能在这些时候产生异于寻常的幸福和满足感，而我的快乐则来源于她的满足。

远处有一只小的像一个白点的天鹅，好似一块经过雕琢的白玉旁边的一点儿装饰，被喷泉隔开却朝着我们的方向滑行过来。它也想分享一口食物！这美丽的动物仪态优雅，用一抹纯白点亮了整幅画面。然而靠近栏杆时，它愤怒地发出嘘嘘的声音，想要将这些鲤鱼吓跑，却并没有成功，因为鲤鱼们更靠近水面，可以在天鹅弯下长长的脖子之前，轻易而快速地狼吞虎咽掉那些面包屑。我从没见过这样可爱的生物表现得如此笨拙与愚钝。看来，天鹅并没有一双与生俱来的尖锐眼神，因此它无法像海鸥一样在空中叼到面包屑。那墨黑色气泡般的眼睛被放在了白色脸庞的正中间，表达着愤怒的情感。但却也让人觉察出一丝可怜，因为它正目不转睛地盯着失掉的食物。必须说，这是我第一次看到天上飞的和水里游的打架，一只鸟和一条鱼因为食物而发生争夺，这似乎是绝不可能的！它们几乎基本找不到这样的机会，因为一个在深水里，一个却在水面之上，但在这里我却真的看到了。虽然鲤鱼群并非真的因天鹅的到来而争抢食物，但后者的来临和它坚持不懈的努力却打破了原本平静的景象。天鹅游来时不断拍打着水面，使鱼群向四面八方分散而去。最终，天鹅放弃了挣扎，向远处游走，又留下了一条美丽的弧线。

中国人赋予鲤鱼许多美好的联想。因其象征着“成功”和“充裕”，它经常成为中国艺术作品的主题，比如在古代的铜镜、玉器、玛瑙还有木制品上都能找到它的踪迹。在两千五百年前，孔夫子喜得麟儿，其友赠之以一双鲤鱼，这位先贤便用“鲤”为这孩子取了名。鲤鱼同时也是中国绘画中喜闻乐见的主题。波士顿的艺术博物馆中便有一幅由12世纪某位不知名的画家创作的鲤鱼图，画中刻画了两条鲤鱼。想到这里，我不禁手心发痒，赶紧提笔，对着这些美妙的鱼凝神沉思，画了几幅速写。

全世界大约有一千五百种鲤鱼，闻名的中国金鱼也是其中的一种。有的鲤鱼寿命很长，据说枫丹白露宫中的一些鲤鱼已经存活了超过百年。不过毫无疑问，那些存活下来的鲤鱼无法区别给它们喂食的究竟是不是旧时的国王、王后、王子抑或是公主。我猜测它们一直“被保护着”，虽然有时也不可避免地被抓到。比如，当国王乔治六世对法国进行国事访问时，法国总统奥里奥尔（Auriol）就以枫丹白露宫的鲤鱼宴请贵宾。

我当然想知道法国人是否有烹饪鲤鱼的独特方法，中国的许多烹饪方法我在西方都从未见到。在大多数中国的河流中，鲤鱼的数量非常庞大，尤其黄河里的鲤鱼因其质美味鲜而闻名。黄河里的鲤鱼个头很大，童年时我曾经见过重达80—90磅、身长超过5英尺的鲤鱼。在新年到来前大概一两个月的时候，人们大批量捕捞鲤鱼并且运输到很远的地方销售。我的家乡九江位于长江沿岸，距离黄河很远，但我的家人（的确是非常庞大的一个家族，四十位家庭成员生活在一起）却可以买到多达几百磅的黄河鲤鱼，存放在家里。在我撰写的《儿时琐忆》（*A Chinese Childhood*）一书中，我回忆道：

> 腌鱼的方法与腌肉的方法大体相同……我记得腌肉第一道工序结尾，舅舅就买上二十几条鱼，准备腌制。女孩子们在屋

里帮助洗鱼。用人将鲤鱼从背上一劈两半，抹上盐，以后工序与腊肉相同。上等腊鱼经过蒸熟以后，肉色粉红。像腊肉一样，腊鱼不宜过咸。我特别喜欢吃腊鱼，做法是：将腊鱼切成半英寸的鱼块，与同样大小的猪肉块，一起烧着吃；这道菜里也应加些青蒜，祖母有时候亲自做这菜，味道特别鲜美。因为我爱吃鱼，每到新年，大家叫我“鲤鱼馋”。*

每每想到那鱼的滋味我都会垂涎三尺，我已经有二十年没有尝到那味道了！这些腊鱼当然不仅仅只在春节时享用，它们也会成为接下来几个月的食物。有些家庭甚至会保留一年的存货。同时也有许多烹调新鲜鲤鱼的方法，我最喜欢的一种就是在鸡肉汤中慢炖，再添加新鲜的豆腐乳和鲜嫩的竹笋。

我走神去回想鲤鱼的做法，错过了分享身旁这群年轻朋友们的喜悦。乌云滚滚袭来使得天色逐渐暗淡，只能看到池中鲤鱼的嘴巴在水面上一张一翕。这让我产生了作画的想法，于是赶忙画了一幅素描。我们离开了这里，通过波特多雷的小道直奔向我们的汽车。在路上，我注意到了松树园里的普里马蒂乔洞（the Primaticcio grotto），它在岩石间凸现了出来，尽管光线微弱，我无法看得十分真切。

司机笑盈盈地开车接到我们，他有了一个好主意！他告诉玛德琳，1914 年他还在军队的时候，曾经在枫丹白露森林露营。他建议现在就带我们到那里去。杰拉德和尼科尔对这个建议十分兴奋，而我则希望借助这个机会看看森林的样子。我听说这是法国最幽深的森林之一，周长足足有 63 英里，占地逾 42000 英亩。我还听说过有趣的弗朗查德峡谷（Gorge of Franchard），还有法拉蒙德

* 译文出自蒋彝著，宋景超、宋卉之译，《儿时琐忆》，南昌：百花洲文艺出版社，2005 年。——编者注

（Pharamond）——森林里最老的一棵树，哭泣岩（Weeping Rock）及强盗洞（Brigands'Cave）。不用说，作为一名艺术家，我早就读过罗伯特·路易斯·史蒂文森（R. L. Stevenson）关于枫丹白露画派画家的文章，萨克雷（Thackeray）笔下描述的枫丹白露学校。那时，我并不在意我们究竟要去哪里，只希望能够在森林里漫步。在黄昏来临前，我们应该没有多少时间可以停留了。

我们很快便离开了，颠簸在森林旁边的小路上。路的两边长有许多高耸而又细长的树木——多是些年轻的松树和桦树。桦树的叶子还未长满，只见一些嫩叶已经钻了出来，点缀在顶端的小树枝上，与乌云密布的天空相对。一簇簇的小黄水仙，还有数不清的野生法国水仙在向我们微笑致意。

我们继续前进。我坐在司机的后面，所以只能从侧面看到他的脸庞，但是我很肯定，对于能够重回森林，他满脸洋溢着幸福，因为他在不停地摇头晃脑并且不时发出些开心的声音来，这一路上的情景一定勾起了他的回忆。我猜想，自从 1915 年他所在的部队离开森林奔赴前线后，他大概再没机会回到这里吧。

在去往松林间空地的途中，我们从车上下来，沿着一条小径徒步前行。进入空地之前，我回头望去，只见一条宽阔、平坦的道路向远处延伸数英里。远处，高大的橡树下坐着三个法国士兵，可见这附近依然驻扎着军营。司机熟知路线，所以无须打扰这三位穿着制服的军人，自信满满地带领着我们往前走。

我们行进的小路正如其他蜿蜒的林间小路一样，引领我们到达了森林中的岩石群落，这里，巨大的岩石林立，以大自然最迷人的乱序肆意地铺展开来。我从最高处一块巨大的岩石开始巡视四周，吃惊地听到了公鸡的啼叫声和母鸡们的咯咯声，叫声中传达出害怕和追寻的情感。而在下一刻，我便意识到，杰拉德在岩石上模仿一只公鸡，玛德琳和尼科尔则在另一块岩石上模仿母鸡的声音。他们模仿得很生动！是的，有那么一刻，他们的模仿的确让我信以为真，虽然我一度感到疑惑，这附近并不见农舍，何来的家禽呢？朋友们的举动让我感觉到自己仿佛成了捕猎家禽的猎人！沉沉暮色中，在这点缀着少许橡树、山毛榉和角树的冰冷岩石间，这样的意趣是多么美妙啊！

我们穿过一片松林，并将其甩在了身后，然而在我们面前却可以继续看到一片又一片的松林，就这样一直沿着森林的边缘分布。我还可以在逐渐昏暗的日光中分辨出来，除了松树之外，大部分都是角树，还有少量的橡树和山毛榉。我曾经在书中读到，虽然源自于欧洲和小亚细亚，角树其实土生土长于英国东南部和东部。据说，伦敦城外的埃平森林（Epping Forest）保存有大量的角树，远远超过林间的其他任何树种。这是英国所有树种中“最硬、最重和最坚韧的”一类，原产自白垩质土壤，并且可以生长在任何沃土当中。可能也正是这样的原因，角树广泛地分布于枫丹白露林的各个角落。我们当时就站在石灰岩上，下面的土壤即为白垩土壤。

曾经，枫丹白露森林吸引了许多著名艺术家住在这里的核心位置，我相信现在也一定有许多大艺术家选择搬到这里居住。这里最主要的吸引力就是丰富的景色和许多不同种类的树木。我立刻就能理解，为什么许多艺术家选择居住在这片壮丽的森林附近，因为我自己也很喜欢树木。角树的确是一种非常俊朗的树木，成熟时会开出雌雄同体的花朵，在同一棵树上繁殖，并且在晚春时竞相绽放。夏天果实累累，则愈加美丽，而当秋天来临，叶子逐渐变黄也是十分可爱。虽然现在的时节既非夏天也非秋天，我仍然觉得身边的一切以它们自己的方式散发着美丽的气息。快要秃掉的枝叶和树干相互交错，偶有些小的嫩叶点缀其间，它们中有一些逆着阳光，显得很暗淡。

几分钟过后，几只正在追逐野兔的狗发出的犬吠声打破了平静。

这让我一下子想到自己曾经站在约克郡旷野的岩石上，侧耳倾听一群骑在马背上的英国猎人发出的声音。他们身后总会跟着许多只猎犬。而如今，犬吠声有了变化，那声音就好像是一只小狗，兴奋地追逐着猪獾和兔子。哦，不！杰拉德又在展现他的小把戏了。这个十二岁的小家伙总是不能自已，一直活泼地在身边的一切动物身上找寻自己的影子。

杰拉德的举动又让我陷入了思考。猪獾并不是我们漫行在这片森林中期待见到的动物，但是让我意外的是，我们却连一只兔子都没有看到。这里难见鸟的踪迹倒不是那么奇怪，毕竟，尽管森林很大，却少有溪流或者水洼之类。鸟儿确实会飞来，但不会停留太久。纵然这片森林十分干旱，一两只兔子也是应该会有的。南希·米德福德（Nancy Mitford）笔下的故事中兔子流行病的开始并不足以解释这种奇怪的现象。在她的《在乡村》（*A La Campagne*）一文中，她讲述了阿曼德·德利尔博士（Dr. Armand-Delille）对彼得兔破坏了他在厄尔（Eure）和卢瓦（Loire）省的种植园是多么的伤心难过，于是向彼得兔注射了兔黏液瘤病毒。彼得兔很快死于这种病毒，但却把这种病毒传染给了它的亲属们，灾情甚至蔓延到欧洲和亚洲，造成了大量死亡。这件事使得阿曼德·德利尔博士很不受欢迎，因为野兔或者是在养兔林饲养的野生兔子，都是法国人十分喜爱的一道佳肴。因此，驯养员们必须每隔六个月就为这些驯化后的兔子接种野生的激素，而这耗资巨大。同时，兔毛贸易也因为皮毛数量的减少而大幅下降。农夫们或许会为他们的庄稼不被破坏感到开心，但法国的农夫们同时也是狩猎者，随着猎物的不断减少，米德福德给出了有趣的评论：

美国人十分慷慨地表示可以租借给我们一些未被病毒感染的兔子。但美国的兔子却像狮子一般大，像老虎一样凶猛。事实上，去读读看法国有关于此的文章就会发现，人们认为摩天大楼之所以在美国出现，就是为了让美国人尽可能地远离他们的兔子。这些具有强大毁坏能力的啮齿动物被友善地拒绝了。

米德福德女士的智慧有效地缓解了她的读者由于阿曼德·德利尔博士考虑不周的行为而带来的恐惧感。我最近在亚利桑那州、犹他州和新墨西哥州的沙漠里见到过美国兔。它们被称为长耳大野兔，体积大小是彼得兔的三到四倍。当汽车行进到死亡谷和彩色沙漠时，我看到了它们。有时行进到艾灌丛时，我看到它们在低矮的灌木丛边，而它们并没有在我靠近时躲藏或者跑开。当然，如果兔子可以生活在沙漠这样干旱的地方，它们当然也可以在枫丹白露宫的森林里找到栖息之地。

彼时，逐渐袭来的黄昏提醒着我们黑夜即将到来，枝叶和树干逐渐被灰色面纱般的迷雾遮蔽，使得视线变得更加模糊。我们不能继续在此逗留了。返回的路上，司机有好多话要跟玛德琳聊。他描绘了森林的各个方面，从清晨到黄昏，从春夏到秋冬，没有任何一刻的景象是相似的。他还特别的回忆了温暖的夏日里傍晚月夜下的景象，以及秋天不可思议的美丽色彩。我听不懂他的话，除了偶尔听一听玛德琳的翻译，却可以从他肩膀、眉毛还有双手不断的动作中感受到他的情感。他的心中充满了浓浓的乡愁，但却只字未提当士兵时的

生活。当兵，是一种生活的方式，对我们中的很多人而言，无论愿意与否，是必须强加在身上的一段时光。但是我们对自然的热爱却是与生俱来、由生至死一直存在的。若不是因为夜幕降临，司机一定想更久地流连在这可爱的森林里。他与我们的分享为这次旅途增添了许多欢乐。对于大多数雇佣来的司机来说，这么久的停留一定会是极其无趣的。

一离开森林，我们就停在莫雷（Moret）的一个咖啡店歇脚。莫雷是卢万河（Loing River）边一个风景如画的古镇，在艺术界享有盛誉。许多艺术家都喜欢描绘那些古雅的房子和街道。我们漫步在主街道，看着那被岁月侵蚀的城门。在河水的一边，已损坏的水磨轮子躺在泥巴里面，而在河的另一边，一位年轻的女士正在岸边垂钓，虽然天色已晚，她却丝毫未受影响。一切都没有改变。那些造型奇特的房子与小桥倒映在水中，颇像一幅黑白画卷，或者更为准确地说，是惠斯勒（Whistler）蚀刻。几年前，玛德琳曾遇到一位绅士，他是一位诗人也是一位历史学家，住在这古雅世界的一角。她希望我彼时能去见他，因为她认为这位绅士那里一定有许多关于这个地方的奇闻轶

事。但我们并没有找到他，甚至我们问起的所有居民都没听过他的名字。玛德琳十分震惊，重重地叹了一口气。她叹息于这古老的城镇见证了如此之多奇特的人物，而其自身却未发生丝毫改变。我们回到车上继续前行。而在前往巴黎的这一路上，暮色和歌剧院大道上灿烂的霓虹灯始终在陪伴着我们。

第三十章　一个异国他乡的鬼魂

在去凡尔赛的火车上，我和朋友一致决定不进凡尔赛宫，只逛逛外面的花园，因为此前我俩都已去过那里。

就在三个月前，我的两个朋友——鲁特先生和杨先生，在凡尔赛度过了一个星期的假期，他们请我吃午饭，随后带我参观了宫殿。那是一月里一个下雨的星期天，在宫殿建筑物周围，茂密的、笼罩着一层薄雾的树林和一大片的开阔地吸引了我，于是，我离开派对走了出去。但是我的朋友不喜欢雨，他又把我叫回去了。对游客来说，星期天是悠闲的，然而不管春夏秋冬，凡尔赛宫里都是难以形容的拥挤场面。我们跟随着一连串的导游，有时候离得很近，有时候隔得有点儿远，但他们的讲解对我来说并没有多大的意义，因为我能听明白的连续的法语单词也就三两个。其余的游客也没有特别注意听，导游在给我们介绍故事和传说的时候，很多人都在说话，甚至咯咯地笑，还有的走开了。今天的游客肯定与1878年万国工业博览会之后凡尔赛宫初次开放时的游客不同。那时候，众多关于王室成员的记忆在游客们的脑海中是新鲜的，听讲解时也能投入更多的注意力和共鸣。如今，对几百年前或更久以前发生在凡尔赛宫的往事，我们似乎都相当模糊了；宫殿里的房间，只因面积宽敞和装饰精巧，看起来空荡、打动人心。

参观的路线包括：小教堂、海格立斯厅、丰收厅、维纳斯的房间、狄安娜厅、马尔斯厅、墨丘利厅、阿波罗厅，然后是镜厅、会议室、路易十四的卧室、牛眼厅、玛丽·安托瓦内特王后的私人套房、大理石楼梯间和其他一些房间。装饰性的、镀金的天花板，镀金墙壁和家具，尤其是宽敞的房间和走廊，看得我眼花缭乱。镜厅给我的印象最为深刻，这是一个巨大的走廊，有240英尺长，30英尺宽，但是墙上几乎并排放着的镜子让我感到困惑。我了解到，这样设计是为了使镜厅显得更宽敞。那么，建筑师设计时，完全可以随心所欲地利用大量的空间，但他为何希望这个镜厅看上去显得更大呢？也许是因为镜厅的设计为现代的建筑家们提供了灵感，好几个纽约的大酒店在它们的房间里也用了类似的装置。纽约的一切都规模宏大，只是土地有限。

在火车上，我把这些都说给了朋友听，我还描述了宫殿里那张大大的椭圆形的桌子。1919年6月28日，德国与协约国在上面签订了《凡尔赛和约》。那时我还只是个小青年。现在，我已经度过了第二次世界大战，但是，在何时何地还将有另一个为了全世界的和平而签署的条约呢？我怀疑是否还会有那样一张桌子让未来的几代人看到。朋友赞同地点点头。当我开始谈玛丽·安托瓦内特的时候，她似乎有不同的观点。

在巴黎，不管我们走到哪里，都能听到玛丽·安托瓦内特的名字。在巴黎的历史中，她是一个最常被人们提及的女人。很多人认为，她应该受到极大的谴责，因为这个愚蠢的女人带来了大革命的动荡。而且，尽管她身为他们的女王，但她不热爱法国人民。可我觉得，判断玛丽的是非功过是无用的，因为引发大革命的根源早在路易十六登上王位之前就根深蒂固了。没有任何补救措施作为坚固的堤坝，那日益汹涌的强大浪潮如何才能被制止呢？在我发表意见后，朋友难以置信地看着我。

后来，我给她讲述我在奥斯伯特·斯特维尔爵士（Sir Osber Sitwell）的《美好的早晨》（*Great Morning*）一书中读到的故事，她笑了。在雷尼森，这位作者曾经打开过楼梯上橱柜中的一个抽屉，发现一个小信封，上面写着这样一句话：

> 玛丽·安托瓦内特的一绺头发，是在她被执行死刑十分钟后剪下来的。

奥斯伯特感到很疑惑，暗想这是多么怪异的一件事，这么有趣的一件遗物就以那样的方式随处乱放。后来，他想起三十多年，他的朋友爱德温·路特恩斯爵士从刚破的沙发套中抓了一点儿填充物，塞进一个信封里并在信封外缠了一点儿丝带，又在信封上写了上面那句话，然后把它放进了抽屉里。这么做时，他对奥斯伯特说："很长时间内不太可能有人发现它，那么等它被发现的时候就成真的了。"所幸的是，这个玩笑没有成真。

当时，我不算名副其实的哑行者，但我必须说点儿什么，因为旅途中朋友比我还沉默，而且，学习法语的困难让我好几天没好好说话了。这是四月初的一个晴朗的上午，才十一点半。与前一次来这里游玩时雨雾笼罩的情形不同，此时，灿烂的阳光正驱散着薄雾。我们走进宫殿的庭院，在路易十四的雕塑旁左转，穿过一道门，走过一条小长廊，来到南边的橘园。朋友对花园已经有些了解了，便让一个矮胖的守卫带我们去小特里亚农宫（Petie Trianon）。这守卫正巧从园子里过来。他看起来很热，拿着他的制服外套，好脾气地微笑着为我们指路。不知为何，朋友似乎决意去看小特里亚农宫。

不久，我们站在一段石阶的最高处，面向大运河，大运河延伸得很远，似乎无边无际。那明媚的薄雾将远处的景物合为一体，比如那一大片的树林，被它变成了完全相同的灰绿色斑点，融合在中央那条延伸得长长的绿地毯两边。空气中有一抹不同寻常的静谧。远处人们的一举一动、飞行着的小鸟，都如此细微，在这空旷而宽广的花园中，几乎不为人觉察。这庄严而匀称的规划突出了人类充满控制欲的思想：自然在他的掌控之下；树木已被仔细地归了类，并被要求笔直地生长。这个巨大公园的设计者，利用了公园中的众多花园、喷泉、以及众多精美的青铜雕塑，构造了一幅绝妙的景象。

一走下那段石阶，我便绕着拉托娜喷泉的边缘行走，同时观察着不同姿势的青蛙雕塑，这些青铜制作的青蛙朝着拉托娜（Latona）的主雕塑从嘴里喷出水来。据说，这位拉托娜为了惩罚利西亚（Lycian）的农民，把他们全都变成了青蛙，只因为他们没给她水喝。作为一个女神，拉托娜本应不这么恶毒，却为何如此不分青红皂白地报复一个民族呢？女神尚且树立坏榜样，谴责现代的暴君对我们来说又有何用呢？中国也有类似于拉托娜的传说，但是农民们不是被变成了青蛙，而是被变成了其他的动物。也许拉托娜该为法国人吃青蛙的习惯负责。

然后，我们沿着绿地毯街（Tapis Vert）的北边朝大运河走去。太阳升得更高了，并且微微地向西倾斜。它驱散了树上的薄雾，使它们更清晰地展现在我的眼前。大运河另一边稍远的景象仍然被雾霭厚厚地笼罩着，甚至感觉不到一丝微风。偶尔，我发现几片叶子在悠闲地打转，好像在说，它们也不想动，只是一些鸟儿惊扰了它们。一切都是那么安静。

我们到达阿波罗喷泉（Basin of Apollo）的时候，远处出现了一群人，然而距离太远，我看不清他们，而且他们很快就离开了。花园里就剩我俩了。快下午一点钟了，很显然，在这个时间，还没赶到这里的其他游客正在镇上吃午饭。阿波罗喷泉的马嘴里没有水喷出来，事实上，水池里也没什么水了。夏天的几个月，一个工匠就在清理和维修这个水池。我本想在大运河边多转转，顺便找个地方坐下来吃中饭，但朋友兴致盎然，打定主意继续前进，带着我们寻找小特里亚农宫。

循着那个矮胖的守卫所指的方向，我们沿着王后大道（Allée de la Reine）向北走去，这是一条宽阔的马路，两边种满了高大的树，大部分是白杨树。在树下的一个地方，有一些修道院的女学生在野餐，她们尽情地享受着自己的食物，两个身穿黑衣服的修女坐得稍远些，也在野餐。这幅景象让我饥肠辘辘，但我的朋友却丝毫没有放缓脚步的迹象。我们沿着这条长长的、笔直的马路走了一段时间后，来到了一个十字路口。我的注意力立刻被一辆古老的四轮马车吸引了，这辆马车沿着右边的岔路口向我们靠近。远远地，这辆样式古老、孤独的四轮马车行进在高大的树木之间，看起来就像来自遥远过去的幽灵——马车内可能是一些王室成员，出来享受这温暖和煦的日子。但是当马车靠近时，我们发现只是一位上了年纪的车夫带着一些穿着时髦的游客在逛花园。“如果我们也去坐一坐，一定很有趣。”我说道。我们已经失去了方向感。

然而没过多久，我们便看见了一排军营式的房屋，应该曾是士兵和军队杂役的住所。在房屋附近，我们穿过一面刷成粉色的墙，进入了大特里亚农宫（Grand Trianon）的花园。尽管这个花园的规模小一点儿，但其布局与凡尔赛宫周围的花园很相似。朋友变得激动起来，因为她觉得离小特里亚农宫不远了。她是对的。走了一小会儿，我们来到一扇石门前，石门内是一个庭院，眼前是一幢朴素的两层楼房，这就是小特里亚农宫了。门窗都关着，但是都被明亮的阳光照亮着。看起来，这些窗户已有些年头没打开过了。朋友如痴如醉地凝视着整幢建筑物，尤其是顶部的一扇窗户。她告诉我，玛丽·安托瓦内特还是女王的时候，非常喜欢这幢小房子，并且常常在这里住上几日。四十年之前，也许更久，两位英国女士亲眼看见玛丽在那扇窗子边缝衣服。我质疑道：“那怎么可能呢？”但是我的朋友无法满足我的好奇心。

我们在房子四周逛了逛，然后走进花园。映入眼帘的是一派与众不同的景象，和大特里亚农宫的花园不同的是，这个花园没有按照常规的几何图案造型去布置花坛和露台。高大而古老的树木非常挺拔，但不是像军队一样站立，而是随意地成片闲立在一座小山上，最显著的位置上是低矮些、幼小些的树木。一座小小的凉亭半隐于厚厚的灌木丛和一棵高大的树木后面。一条小河——几乎和溪流差不多，一直蜿蜒到视线的尽头。再也没有比凡尔赛宫里那些精心装饰的、庄重的花园更与众不同的风景了。尽管凡尔赛宫过去属于国王或女王，但它全然没有宏伟壮丽之感；在某种程度上，它清新、神秘、令人惊讶的特质触动了我的想象力。早春在灌木丛和树林间描绘了不同的绿荫——黄绿色的、翠绿色的和深绿色的。两棵小枫树耸立着，阳光下伸出幼嫩的、五指形的粉色叶子，而那半遮半掩的凉亭的灰色石头使得景色更加深刻了。我拿出一个小本子记录下这里的色彩设计方案，然后，转身感谢朋友带我来到这里，但是，此刻她正如痴如醉地凝视着各处，陷入深深的思绪中。

我们沿着河边的小路走着，一阵微风在身边的灌木丛中发出战栗的沙沙声，像是在热烈欢迎我们的到来。我们脚下的步伐变得越发轻快了。

走过两座小桥，映入眼帘的是一座茅草屋顶的小农舍，它有着开放式的阳台，整个农舍清晰地倒映在它跟前的湖水中。面前出现了岔路，很幼稚地，我们商量好分两路绕湖走，然后在农舍前碰头。我感觉我的朋友似乎想到了什么主意，因为她愉快地接受了这个提议。没走几步，我就发现了一个奇怪的建筑：一座外露旋转楼梯的塔，两个女孩子正往上爬。我觉得这塔与整个风景格格不入，极不协调，尽管整座塔身被垂柳黄绿色的叶子半遮半掩，在一定程度上帮助它与整片风景融合在了一起。

我的朋友比我早到小农舍，我到的时候，她正专心致志地凝视着这座房子。她抬起右手，似乎想让什么东西显现出来，我便没有打扰她。小农舍维护得很好，很整洁，但是少了点儿什么。一种萧条感直上心头。乡村的房子是大自然的一种装饰，但是需要人类入住来维持大自然中的生命的韵律。随后，我看了一眼磨坊，同样也是整洁而亮堂的，侧窗开着，但是没有任何生命的迹象，看起来就像是木偶的房子。

然而，三只在湖面上漂浮嬉水的白毛鸭子打破了这种沉寂。它们的出现使人联想到生命的活力，整个风景立刻变得生动起来。偶尔，其中一只潜入湖边长长的芦苇中寻找食物。当它的喙再次露出水面时，它发出一声轻柔沙哑的“嘎嘎”声，仿佛在诉说它的满足。尽管有被鸭子泛起的微小的涟漪，湖中央的水面依旧平坦得就像一面玻璃镜。万里无云的天空倒映在水中，只是色调显得更深了，而黄绿色的杨柳叶的倒影倒挂在红褐色的松树干旁边。每只鸭子的倒影都贴近它们的身体，鸭子们的双重身影为我带来了乐趣。

突然，其中一只鸭子很快地冲向湖中央，另外两只鸭子也跟随其后。它们在那里绕着圈圈打转儿，在 1 码或者 2 码深的水里来回地游着，并且兴奋地嘎嘎叫。淘气的它们似乎想把像镜子似的湖面打破，也许只是像年少的孩子们一样无法抗拒在如此光滑的水面上滑动。我笑了，随后明白了它们冲向湖中央的原因。在它们的倒影之下的水里，现出了一大片羊毛似的白云。它们在和白云比较，看自己的身体是否比白云更白。它们胜利的欢叫声好像在宣告自己的胜出。记录下鸭子们的活动，还有杨柳、松树、磨坊以及这条小路后，我走过去和我的朋友交谈。她也在笑，但所笑不同。

回大运河的路上，我们又在小特里亚农宫的四周转了转。我的朋友挥着右手对它表示“再见”，不自主地，我也这样做了，可能只是出于某种情不自禁。在很多高大的树木之间，我们穿过一片绵延的草地继续走着，为了五月到九月的音乐喷泉表演（Grandes Eaux），大量的修缮和大扫除工作正在热火朝天地进行着。

来到大运河的岸边，看着面前这片宽广开阔的空间，我张开手臂，做了一个悠长的深呼吸，相比之下，我们观看鸭子的小湖那边的空气似乎更寒冷。终于，当看到大运河北岸一家餐馆的招牌时，我才想起自己饿了。我毫不犹豫地走在前面带路，这次朋友笑着跟上我。快三点了，我们还没吃午饭。各种各样的菜肴很快被我们开心地一扫而光，白葡萄酒对我来说似乎异常地美味。我们来这里之前，很多人已经在一个沿着餐馆边缘、饰有丝质流苏的遮篷下的桌子边入座了，在这里观看大运河上划船的人和其他在河岸上散步的人，是有得天独厚的优势的。我们在小特里亚农宫时，游客们一定是蜂拥着去看凡尔赛宫和它的花园了。然而我一点儿也不着急，此刻我需要的就是好好休息。我的朋友也没因此觉得沮丧，因为她不仅乐得休息，还在脑海里重温了几分钟前看过的美景。

她一路上对凡尔赛宫表现出的态度让我感到困惑，现在饱餐了一顿，也休息够了，我想知道这次旅行中，她为什么特地选择了小特里亚农宫，为什么对那里的所有事物都这么出神和专注。她告诉我说，小特里亚农宫原本是路易十五所建，是送给他的情妇杜巴利伯爵夫人

（Madame du Barry）的礼物。后来，又被路易十六送给了玛丽·安托瓦内特，玛丽把花园改建成英伦风格，而且注入了瑞士村庄的风格。在那里，玛丽和她的侍臣们用牛奶制作黄油、饲养家禽，以过农场生活而自娱自乐。他们卖掉劳动果实，并把所得的利润都分发给附近的穷人。小特里亚农宫的闹鬼事件经过两个英国游客的证言变得人尽皆知，她们说玛丽·安托瓦内特和她的随从会在一年的某个特定的时间出现在那里。这两位英国游客是C. A. E.莫伯利小姐和E.F.乔丹小姐，她们把1901年8月的凡尔赛之旅写进了名为《一次冒险》（*An Adventure*）的书中，描述了她们共同看到玛丽·安托瓦内特和她的侍臣的经历。我的朋友很久前就读过这本书，亦兴奋于今天终于游历了小特里亚农宫。参观花园的过程中，她一直在回想书中描述的场景，也希望能够瞥见鬼魂！尽管最终没有如愿，但她还是非常享受地追随着莫伯利小姐和乔丹小姐走过的足迹。我深深地吸了一口气，心里想着，也许游玩的过程中没有想起玛丽·安托瓦内特，才是最好的。很庆幸朋友没有告诉我之前她脑中所想的事，否则，此刻我对小特里亚农宫的花园的感受也将很不一样。随后，我们乘火车返回了巴黎。要分开的时候，我问朋友是否注意到玛丽的瑞士村庄前的小湖里有三只鸭子，遗憾的是，她并未留意。

自那次凡尔赛之旅后很久，我的另一个朋友玛乔丽·怀特把《一次冒险》借给了我。玛乔丽说，她相信书上所写的，而且，我的旅行同伴贝蒂·斯科特也对此深信不疑。谁能反驳呢？莫伯利小姐和乔丹小姐都是受过良好教育的女士，在她们那个年代享有重要的教育地位。我浏览了此书，意识到贝蒂在参观小特里亚农宫时期望看到的是什么。书中写道：在庭院的前院，莫伯利小姐看见一名活泼的年轻男仆走过来，主动提出带她们参观，在阳台上她们还看见一位女士手里拿着报纸，好像正伸长胳膊读着；花园中那个类似音乐演奏台的小亭里——就是我看到过的那个凉亭——坐着一个男人，他长着一张极其丑恶的脸，脸上的表情如同这本书里描述的，令人厌恶到极点。我们分头走的那条小路正好是那两位女士走过的路，贝蒂选择了湖右边的路——因为莫伯利小姐曾说左边没有什么吸引她的，而我选了湖左边的路。如今，描述她们的冒险之旅的原稿被收藏在牛津大学波德林图书馆（Bodleian Library）。多年来，这本书的合著者都在潜心研究，以识出那些曾经出现在她们面前的人物。她们是没有理由弄虚作假的。

《一次冒险》一直让我心存疑惑，百思不得其解。两位法国绅士与合著者们一起散步交流，以验证各种观点。其中一位还写了一段评论，确认了两位女士所给解释的准确性。在这本书的附录中，作者还叙述了1907—1908年间在凡尔赛生活过的一个美国家庭的相似经历。我觉得若是一个法国人有这样的经历，并能够准确细致地描述出幽灵所穿的衣服，这将会对像我一样的读者产生强大的说服力。可是，1911年莫伯利小姐和乔丹小姐发表她们的著作的时候，为什么没有法国人站出来说出他或她在这个地方的经历呢？对我来说，这样的奇遇是不可能的，因为我应该只会把鬼魂认成真实的人。

我的思绪跳跃到了北京的故宫，那里流传着各种鬼故事。如果莫伯利小姐和乔丹小姐去那里参观，并且偶遇来自过去的生命，她们会如何描述他们的长相及着装呢？我们可能不会读到如今的讽刺漫画和英国舞台剧里的“男人留着长长的胡须，女人低着头快速而小步地行走”的描述吧？让我去识别她们书中提到的出现在小特里亚农宫中的人物是很困难的，但和我比起来，让她们识别故宫里的每个人物更是难上加难。

我当然知道自己不可能再活出另一个五十年，而且我确信，一百年后，我若不能成功地步入天堂，必将成为一个孤魂野鬼。我年轻的时候，中国人有一个很强烈的信仰，就是人成为鬼魂以后，会再去他生前知道的所有地方游荡。就像我现在，活着的时候游历过小特里亚农宫和它的花园，可能遥远的日后，我的鬼魂会作为一个异国他乡的鬼魂故地重游。为了方便日后任何偶遇我鬼魂的人识别我，我在此提供一些识别哑行者的细节：

面部扁平，鼻子几乎没有鼻梁；头发乌黑，夹着少许白发；眼睛微微地斜着，向下而不是向上；穿着一套花 50 先令裁剪的英式灰西装；走路不像英国人；可能是个白痴，因为他会盯着一棵小枫树看很久，甚至眼睛一眨也不眨，盯着湖面上的三只鸭子的时间更长；漫步的样子就像住院多年的病人。

我并不认为有人认出我后会造成轰动，毕竟，一百年以后，谁会有这样的闲情逸致去识别一个平淡而微不足道的异国鬼魂呢？

文景

社科新知　文艺新潮

Horizon

巴黎画记

［美］蒋彝 著　王艳 译

出 品 人：姚映然
责任编辑：熊霁明
封面设计：曲培煜
美术编辑：安克晨

出　　品：北京世纪文景文化传播有限责任公司
　　　　　(北京朝阳区东土城路8号林达大厦A座4A　100013)
出版发行：上海人民出版社
印　　刷：山东临沂新华印刷物流集团有限责任公司
制　　版：北京大观世纪文化传媒有限公司

开 本：890mm × 1240mm　1/32
印 张：10.125　字 数：256,000　插 页：10
2018年5月第1版　2018年5月第1次印刷
定 价：59.00元
ISBN：978-7-208-15246-5 / I·1735

图书在版编目（CIP）数据

巴黎画记 /（美）蒋彝著；王艳译. —上海：上海人民出版社，2018
书名原文：The Silent Traveller in Paris
ISBN 978-7-208-15246-5

I.① 巴… II.① 蒋… ② 王… III.① 游记-作品集-美国-现代 IV.① I712.65

中国版本图书馆CIP数据核字（2018）第118776号

本书如有印装错误，请致电本社更换　010-52187586